我為愛而生，我為愛而寫
文字裡度過多少春夏秋冬
文字裡留下多少青春浪漫
人世間雖然沒有天長地久
故事裡火花燃燒愛也依舊

瓊瑤

瓊瑤經典作品全集

⑥⑦

梅花英雄夢

第二部：英雄有淚

繁花盛開日，春光燦爛時

我生於戰亂，長於憂患。我瞭解人事時，正是抗戰尾期，我和兩個弟弟，跟著父母，從湖南家鄉，一路「逃難」到四川。六歲時，別的孩子可能正在捉迷藏，玩遊戲，我卻赤著傷痕累累的雙腳，走在湘桂鐵路上。眼見路邊受傷的軍人，被拋棄在那兒流血至死，也目睹難民爭先恐後，要從擠滿了人的難民火車外，從車窗爬進車內，車內的人，為了防止有人湧入，竟然拔刀砍在車窗外的難民手臂上。我們也曾遭遇日軍，差點把母親搶走，還曾骨肉分離，導致父母帶著我投河自盡……這些慘痛的經驗，有的我寫在《我的故事》裡，有的深藏在我的內心裡。在那兵荒馬亂的時代，我已經嘗盡顛沛流離之苦，也看盡人性的善良面和醜陋面。這使我早熟而敏感，堅強也脆弱。

抗戰勝利後，我又跟著父母，住過重慶、上海、最後因內戰，又回到湖南衡陽，然後到廣州，一九四九年，到了臺灣。那年我十一歲，童年結束。父親在師範大學教書，收入微薄。我和弟妹們，開始了另一段艱苦的生活。可喜的是，這段生活裡，沒有血腥，沒有別離，沒有遷徙，沒有朝不保夕的恐懼。我也在這時，瘋狂的吞嚥著讓我著迷的「文字」。中國的《西遊記》《三國演義》《水滸傳》……都是這時看的。同時，也迷上了唐詩宋詞，母親在家務忙完後，會教我唐詩，我在抗戰時期，就陸續跟著母親學的唐詩，這時，成為十一、二歲時的主要嗜好。

十四歲，我讀國二時，又鑽進翻譯小說的世界。那年暑假，在父親安排下，我整天待在師大圖書館，帶著便當去，從早上圖書館開門，看到圖書館下班，看遍所有翻譯小說，直到圖書館長對我說：「我沒有書可以借給妳看了！這些遠遠超過妳年齡的書，妳都通通看完了！」

愛看書的我，愛文字的我，也很早就開始寫作。早期的作品是幼稚的，模仿意味也很重。但是，我投稿的運氣還不錯，十四歲就陸續有作品在報章雜誌上發表，成為家裡唯一有「收入」的孩子。這鼓勵了我，尤其，那小小稿費，對我有大大的用處，我買書，看書，還愛上了電影。電影和寫作也是密不可分的，很早，我就知道，我這一生可能什麼事業都沒有，但是，我會成為一個「作者」！

這個願望，在我的成長過程裡，逐漸實現。我的成長，一直是坎坷的，我的心靈，經常是破碎的，我的遭遇，幾乎都是戲劇化的。我的初戀，後來成為我第一部小說《窗外》，發表在當時的《皇冠雜誌》，那時，我幫《皇冠雜誌》已經寫了兩年的短篇和中篇小說，和發行人平鑫濤也通過兩年信。我完全沒有料到，我這部《窗外》會改變我一生的命運，我和這位出版人，也會結下不解的淵源。我會在以後的人生裡，陸續幫他寫出六十五本書，而且和他結為夫妻。

這世界上有千千萬萬的人，每個人都有自己的一本小說，或是好幾本小說。我的人生也一樣。幫皇冠寫稿在一九六一年，《窗外》出版在一九六三年。也在那年，我第一次見到鑫濤，後來，他告訴我，他的一生貧苦，立志要成功，所以工作得像一頭牛。「牛」不知道什麼詩情畫意，更不知道人生裡有「轟轟烈烈的愛情」。直到他見到我，這頭「牛」突然發現了他的「織女」，顛覆了他的生命。**至於我這「織女」，從此也在他的安排下，用文字紡織出一部又一部的小說。**

很少有人能在有生之年，寫出六十五本書，十五部電影劇本，二十五部電視劇本（共有一千多集，每集劇本大概是一萬三千字，雖有助理幫助，仍然大部分出自我手。算算我寫了多少字？）我卻做到了！對我而言，寫作從來不容易，只是我沒有到處敲鑼打鼓，告訴大家我寫作時的痛苦和艱難。「投入」是我最重要的事，我早期的作品，因為受到童年、少年、青年時期的影響，大多是悲劇。**寫一部小說，我沒有自我，工作的時候，只有小說裡的人物。我化為女主角，化為男主角，化為各種配角。寫到悲傷處，也把自己寫得「春蠶到死絲方盡」。**

寫作，就沒有時間見人，沒有時間應酬和玩樂。我也不喜歡接受採訪和宣傳。於是，我發現大家對我的認識，是：「被平鑫濤呵護備至的，溫室裡的花朵。一個不食人間煙火的女子！」我聽了，笑笑而已。如何告訴別人，假若你不一直坐在書桌前寫作，你就不可能寫出那麼多作品！當你日夜寫作時，確實常常「不食人間煙火」，因為寫到不能停，會忘了吃飯！**我一直不是「溫室裡的花朵」，我是「書房裡的癡人」！因為我堅信人間有愛，我為情而寫，為愛而寫，寫盡各種人生悲歡，也寫到「蠟炬成灰淚始乾」**。

當兩岸交流之後，我才發現大陸早已有了我的小說，因為沒有授權，出版得十分混亂。一九八九年，我開始整理我的「全集」，分別授權給大陸的出版社。臺灣方面，仍然是鑫濤主導著我的「全部作品」。愛不需要簽約，不需要授權，我和他之間也沒有簽約和授權。從那年開始，我的小說，分別有「繁體字版」（臺灣）和「簡體字版」（大陸）之分。因為大陸有十三億人口，我的讀者甚多，這更加鼓勵了我的寫作興趣，我繼續寫作，繼續做一個「文字的織女」。

時光匆匆，我從少女時期，一直寫作到老年。鑫濤晚年多病，出版社也很早就移交給他的兒女。我照顧鑫濤，變成生活的重心，儘管如此，我也沒有停止寫作。我的書一部一部的增加，直到出版了六十五部書，還有許多散落在外的隨筆和作品，不曾收入全集。當鑫濤失智失能又大中風後，我的心情跌落谷底。鑫濤靠插管延長生命之後，我幾乎崩潰。然後，我又發現，我的六十五部繁體字版小說，早已不知何時開始，大部分的書，都陸續絕版了！簡體字版，也不盡如人意，盜版猖獗，網路上更是零亂。

我的筆下，充滿了青春、浪漫、離奇、真情……的各種故事，這些故事曾經絞盡我的腦汁，費盡我的時間，寫得我心力交瘁。我的六十五部書，每一部都有如我親生的兒女，從孕育到生產到長大，是多少朝朝暮暮和歲歲年年！到了此時，我才恍然大悟，我可以為了愛，犧牲一切，受盡委屈，奉獻所有，無需授權。卻不能讓我這些兒女，憑空消失！我必須振作起來，讓這六十幾部書獲得重生！這是我的使命。

所以，今年開始，我的全集經過重新整理，在各大出版社爭取之下，最後繁體版「花落城邦」，交由春光出版。城邦文化集團春光出版的書，都出得非常精緻和考究，深得我心。說來奇怪，我愛花和大自然，我的書名，有《金盞花》《幸運草》《菟絲花》《煙雨濛濛》《幾度夕陽紅》……等，和「春光出版」似有因緣。對於我，像是繁花再次的綻放。這套新的經典全集，非常浩大，經過討論，我們決定「分批出版」，第一批十二本是由我精選的「影劇精華版」，然後，我們會陸續把六十多本出全。**看小說和戲劇不同，文字有文字的魅力，有讀者的想像力。希望我的讀者們，能夠閱讀、收藏、珍惜我這套好不容易「浴火重生」的書，它們都是經過千淬百煉、嘔心瀝血而生的精華！那樣，我這一生，才沒有遺憾！**

瓊瑤　寫於可園

二〇一七年十一月十日

21

雲淡風清的好天氣，太子拿著一個卷軸，跑出太子府，東張西望。鄧勇牽著馬，帶著幾個騎馬的衛士在等待著。太子等得不耐煩，正要上馬，只見皓禎、寄南帶著魯超騎馬奔來。太子一見二人，就舉著卷軸，對兩人指指點點，大聲責備：

「你們兩個幹什麼去了？找我幫忙的時候十萬火急，我找你們就常常找不到人，看樣子，我得弄個飛鴿傳書才行！」

皓禎和寄南趕緊翻身下馬，給太子行禮。

「皓禎、寄南見過太子殿下！」兩人說道。

「太子這是要去哪兒？手裡拿的是什麼？」寄南問。

太子氣呼呼的揮了揮手裡的卷軸，說道：

「終於把劉照陽的案子完全查明白了！簡直氣死人！我從劉照陽開始查，像滾雪球一樣，案子牽連的人越來越多！幾乎全國的地方官，從縣令縣丞開始，一半都是買來的！你們說要不要氣死人？」

「一半？」皓禎又驚又怒：「怪不得民間官府腐敗到這個地步！買官就是做生意，為的就是從老百姓身上大大賺一筆，還是長期賺下去！民不聊生想當然耳！」

「這是買官賣官的名單嗎？」寄南看看那卷軸問。

「不錯！」太子說：「我那詹事府查了一個月，動用了主簿、錄事、司直、令史……所有的人，整理出這卷名單！賣官的主謀，都指向了皇親國戚！我現在立刻要進宮去面見父皇！你們跟我一起去！」

皓禎、寄南臉色一凜，全部上馬。魯超、鄧勇和衛士隊也上馬。

皓禎問道：

「除了一個劉照陽，你還有其他證據嗎？我覺得只有劉照陽不夠！」

「這些地方官就是證據！還要什麼證據？」太子氣極的說：「讓大理寺、刑部、御史台，把他們通通抓來一問就明白了！現在要點醒的是父皇，看了這個，他就會知道伍震榮他們都在幹些什麼勾當！這是鐵證！」

「既有鐵證，還等什麼！快走！」

太子、皓禎、寄南三匹馬在前，魯超等人馬隊隨後，立即向前疾馳而去。

到了長安大街，太子放慢了速度，怕馬隊驚擾路人。整個隊伍也跟著放慢了速度，緩緩前進。就在速度減緩的時候，突然間，幾個黑衣蒙面人從屋頂飛躍而下，直奔太子，拿著武器，就向太子攻擊，另外幾個，就去搶那卷軸。

太子跳下馬背，護著卷軸，就和刺客交手。皓禎大喝：

「大膽！光天化日，膽敢行刺太子！」跳下馬背，喊道：「魯超！鄧勇！保護太子！」又對太子嚷道：「趕快把卷軸給我！」

「居然有埋伏！」太子大喊，就把手裡的卷軸對皓禎拋去，喊著：「接著！」

皓禎接到卷軸，就飛身跳上屋脊，開始在屋脊上飛奔。

寄南早已和眾黑衣人打成一團，看到皓禎上了屋頂，也飛上屋頂。兩人中間隔著一條巷道，黑衣人全部躍上了皓禎那面屋頂，全部追向皓禎。寄南大喊：

「皓禎，卷軸傳給我！」

皓禎在屋頂，一面應戰，一面把手裡的卷軸，隔著巷子，拋給寄南。寄南身手矯捷的抄到卷軸，看到太子也上了另一面的屋頂。眾黑衣人開始追逐寄南。太子喊道：

「給我給我！」

寄南一面應戰，一面把卷軸拋給太子。

魯超、鄧勇和眾衛士也紛紛上了屋頂，和黑衣人們展開大戰。奈何黑衣人武功高強，大家打得難解難分。太子手握卷軸，對寄南、皓禎喊道：

「這些屋瓦太脆弱了，我們別把老百姓的屋頂給踩穿了，再摔到老百姓家裡去！我們去城外！」

太子拿著卷軸，在屋頂上疾奔，一路跳過各種障礙，飛過各條巷道。皓禎、寄南緊緊跟隨，卻分別在不同的屋頂上飛躍。黑衣人狂追不捨，眼看追到太子，太子手裡的卷軸又拋向皓禎。皓禎要從一個屋頂，跳到對面的屋頂去，中間巷道很寬。皓禎立刻把卷軸拋向另外一個屋脊上的寄南，再飛身躍過巷道。黑衣人跟著躍過，不慎摔下去好幾個。

寄南大笑，把卷軸又拋給太子。

三人就像傳毬一般，分別在不同的屋頂，傳送著卷軸，黑衣人幾度掠奪，奈何三人默契太高，即使驚險將要搶到，卻又被另一人從空中抄走。

雙方就一面交手，一面搶著卷軸，往城外方向飛奔而去。

到了郊外，太子手握卷軸，不住往前狂奔。皓禎、寄南追隨在後。鄧勇、魯超及衛隊，和黑衣人們纏鬥著也追了過來。

跑著跑著，忽然眼前一條大河擋著去路，河中有巨石散落豎立，水勢湍急。太子回頭一看，黑衣人越來越多，圍剿過來，魯超、鄧勇和衛士們已打得很吃力。

前面是河，後面是追兵。皓禎一躍就躍到河中一塊巨石上，對太子喊道：

「太子！趕快扔給我！」

太子把卷軸對著皓禎拋去。皓禎跳起身子，卻沒接住卷軸，眼睜睜看著卷軸落水。

寄南追來，跳腳大罵：

「皓禎，你本領退步了！八歲時都不會犯這種錯誤！」

太子在河邊跌腳大嘆：

「哎呀呀！我那些主簿、錄事、司直、令史、舍人……這段日子都白忙了！」

眾黑衣人追到河邊，看到河水迅速的捲走了卷軸。黑衣人的首領一聲呼嘯，眾黑衣人立刻散去。寄南眼看卷軸沒了，氣不打一處來，飛躍過去，就迅速的抓了一個黑衣人，拋進河裡，氣憤的說道：

「我拿你來祭我們的卷軸！你去河裡喝水！」

寄南還要去抓其他的，眾黑衣人早就跑得一個都不見了。

太子在河邊一塊石頭上坐下，跑得太辛苦，用手搧著風，喊道：

「皓禎寄南，過來坐下，這樣打一架，活動活動筋骨，也是不錯的！」轉頭喊：「鄧勇，把大家都帶到下游去，看看還能不能把卷軸給撈起來！」

「是！」鄧勇應著，帶著魯超衛士等人向下游奔去，轉眼不見蹤影。

皓禎躍上岸，歉然的看著太子，沮喪的說：

「啟望哥！是我的錯，居然失手了！」

太子抬眼對兩人一笑，說道：

「不是你的錯，是我丟歪了！你們想，我會大張旗鼓的把這麼重要的證據握在手裡，吆喝著出門嗎？」

寄南瞪眼，大叫：

「什麼？敢情我們『出生入死』搶了大半天，居然是個假證據？」

太子點頭說道：

「我那太子府有奸細！你們看，我才出府，就有人來搶證據！這件事，就是證實了我那府裡有奸細！」

皓禎鬆了口氣，搖頭說道：

「殿下！你好歹給我們兩個一點暗示呀！那卷軸落水，你知道我有多懊惱嗎？你這樣耍我們，還算兄弟嗎？」

「是呀是呀！」寄南跟著喊：「我在屋頂上，差點摔下去，只為了……」好奇的問：「你那卷軸裡是什麼？」

「白紙！只是一張白紙！」太子說：「真正的證據藏得好好的！」

三人互看，不禁大笑。

❖

這天，在皇宮的闕樓上，皇后又召見了伍震榮和伍項魁父子。皇后拍著胸口說：

「還好還好！總算把那證據給毀了！這項麒辦事還是比項魁強！」

項魁有點不服氣，想說什麼，見伍震榮對他一瞪眼，趕緊忍住。

「那證據雖然現在毀了，太子要再做一份也不難！只是又要費番工夫！我們暫時可以放心！我有個計畫，皇后請等著瞧！」伍震榮說。

「你看太子和寄南皓禎處處跟本宮作對，現在，連皇上都不聽本宮的話，還把蘭馨賜給皓禎，真氣死本宮了！」看著伍震榮問道：「這個婚事，現在還有辦法扭轉嗎？」

「下官覺得現在只能用一不做二不休的手段了！趁蘭馨還沒有成婚之前必須動手！」震榮冷靜的，陰險的說道，眼中有一股殺氣。

皇后默契的點頭，霸氣的說：

「你是知道的，只要誰膽敢擋了本宮的路，本宮就要他消失！你放膽子去幹吧！需要多少高手，本宮全力支持！」

項魁再也忍不住了，挺身而出，說道：

「爹的意思，是要把寄南和皓禎他們幹掉？這個絕對要讓項魁親自動手不可！」惡狠狠的說：「我和這兩個人的帳，還沒有算清楚呢！」

「這次的行動，你要給我俐落點，要快狠準，還要保密！」震榮警告著項魁，決定再給項魁一個立功的機會。「本王一定要把他們一干人等通通剷除！」看項魁說道：「你看你哥做事多乾脆，你行嗎？」

「皇后殿下請放心，爹也放心，項魁一定帶著好消息回報殿下！」項魁高傲的、自信滿滿的說道。

❖

皇后和伍震榮又在密謀陷害皓禎，但是，皓禎還沉浸在新婚的喜悅裡，一點防範之心都沒有。這天，在山野樹林中，吟霜和靈兒身背著竹簍，兩人在草叢裡尋找藥材。皓禎和寄南、魯超也在一旁幫忙尋找，主要是護衛她們的安全。皓禎喊著：

「吟霜，妳現在還是新娘子，不要工作得太辛苦！」

「什麼新娘子？」吟霜臉紅：「就是中了靈兒和寄南的計！說不定你也有份！」

「妳不感謝我嗎？現在生米煮成熟飯，妳的地位誰也搶不走了！」靈兒說。

「好了好了！趕快採藥草要緊！」吟霜打斷。

靈兒邊找藥草邊嘮叨：「這些藥草到市場的藥鋪去買就好，為什麼我們還要自己來採？」低頭看看自己的竹簍：「這麼多了，夠用了吧？」

「不夠不夠！皓禎他們有那麼大的志業要完成，我們必須為兄弟們準備一個急救藥囊，隨時帶在身上，所以需要大量的藥草。如果貿然去藥舖採買，肯定會引起注意，這對皓禎他們的行動有影響！」吟霜說。

「果然吟霜是學醫之人，顧慮周詳，『急救藥囊』，太好的點子！讓吟霜加入我們的工作真是意外之喜。今後，我們男人負責行動，吟霜就負責後勤的醫療！」皓禎說。

「想不到吟霜還有充分的保密意識！好！我們有妳這位女神醫，對我們的大業來講真是如虎添翼！」寄南就積極的說：「找藥草！趕快工作！」

就在此時，突然一個金錢鏢向皓禎與寄南的方向發射而來。寄南身子一閃，皓禎伸手用手指夾住金錢鏢。皓禎快速打開紙條，上面寫著：

「休養生息，蓄勢待發——木鳶。」

「休養生息是讓我們暫停行動？」寄南問。

「想不到咱身邊的銅板錢也能當飛鏢！」靈兒好奇研究著金錢鏢。

「妳不要小看這銅板，木鳶是我們的首領，和弟兄們聯絡的方式就是金錢鏢！暗號是『天元通寶』，看到金錢鏢就知道上面有指示！金錢鏢的事，不能跟任何人說！」皓禎警告也解釋著。

「現在情況危急，我們要立刻下山，通知所有弟兄暫停長安城的行動，撤退到安全的地方。」寄南緊張起來：「米倉地窖裡還有受傷的兄弟，快走！」

大家神情一凜，快速上馬。

等到把米倉地窖裡的兄弟疏散了，把各處該通知的地方通知了，該撤退的撤退了，該安排的事安排了……這樣一忙，就忙到黃昏時分。皓禎騎馬載著吟霜，寄南騎馬載著靈兒，魯超去辦事，不能隨行。四人走在荒野，要把吟霜安全送回鄉間小屋去。本來寄南要帶著靈兒回靖威王府的，但是，四人在一起，就有說不完的話，捨不得分開。

兩匹馬並騎慢慢走著，寄南對皓禎說道：

「現在休養生息也好，讓我們可以重新布署計畫。不過，我們最近真是不順，聯絡地一個個被破獲。這個木鳶，又從來不露面，只有他單方面指示我們，我們有事，也不能跟他商量！」

「木鳶只是一個代號，大概不是一個人，而是很多充滿智慧的高人！總之，做為我們的首領，還是隱密一點好！」皓禎邊騎馬邊說道：「死傷幾個弟兄，我們都會受到打擊，萬一傷到木鳶怎麼辦？」

「木鳶這名字真好聽，我猜會取這麼一個特別的名字，應該是女的！」靈兒笑看寄南：「說不定你們的首領是個女人喲！」

「人家都說真人不露相，如果她是女的，說不定她是宮裡哪一個女官或妃子！才什麼內幕都知道！」吟霜笑著說。

四人從容不迫的騎著馬，這條要回到吟霜小屋的路，必須經過一段岩石林。這兒的地形比較特別，沒有正規的路，岩石高矮不齊的散落著，馬兒要曲曲折折的穿越許多岩石。走著走著，馬兒突然一驚，揚蹄而起，皓禎和寄南分別緊急控制著馬匹，一面警覺的四顧。只見四周湧出了大批的蒙面殺手，手持各種鋒利的刀劍、大斧、大錘等武器，團團包圍住了應變不及的四人。

皓禎護著吟霜，揚聲大喊：

「來者何人，為何擋住本公子的去路？」

「也擋住了本王，識相的話，快閃開，別當一條擋路狗！」寄南助陣大喊。

緊張氣氛中，吟霜抓緊了皓禎的腰帶，皓禎摸著她的手安撫著，對她低語：

「等一下無論如何都要跟緊我，不要怕！」

吟霜點頭。

「看你們這架勢，是想打劫是嗎？」靈兒用男聲說話：「光天化日竟敢攔路行搶，小心把你們全抓去見官府！」

皓禎對寄南使了眼色，立刻拉起韁繩準備衝出。誰知還來不及行動，突然四周高岩處冒出許多蒙面弓箭手，瞬間弓箭齊發，射向四人。皓禎反應靈敏，立刻拔劍飛躍而起，一招「如封似閉」，左右雙劍同時發招，以旋轉方式，舞出一片屏幕，將射來的飛箭一一打落，又趁劍雨射來的間隙，飛快把吟霜抱下馬兒，左劍入鞘，只憑右劍，護著吟霜迎敵。

與此同時，靈兒和寄南一見飛箭射來，兩人立刻跳下馬閃避射擊，並拔劍與殺手對決。

彼此對戰中，皓禎四人被殺手圍成一圈，背靠著背迎戰。

皓禎對著殺手，霸氣的喊道：

「見你們招招狠毒，又布置了弓箭手，說！是誰派來的殺手？」

躲在岩石後的項魁雖然蒙面，卻大搖大擺的現身，得意的大笑：

「哈哈哈！看你們今日天羅地網，插翅也難飛了！」

「又是你這個混蛋！蒙面幹嘛？」寄南怒喊：「在皇上面前誣告不成，現在想暗殺嗎？」

「都怪你們不長眼，竟敢多次與本官作對，今日就讓你們死得痛快！」項魁喊著。

「這位少將軍是未來的駙馬，難道你們就不怕公主未嫁先守寡？」靈兒男聲急喊。

「你這個小癟三，有什麼資格和本官說話！」項魁忽然看到吟霜，驚喜的嚷道：「咦！這不是東市的銀針西施嗎？總算又找到妳了！」大叫：「來人啊！把那位漂亮的西施小娘子給我帶過來，其他人通通不留活口！殺！」

「誰敢動她，我就先讓他人頭落地！」皓禎氣勢不凡的大吼。

吟霜瞪著伍項魁，知道他就是殺父仇人，不禁咬牙切齒，悲憤的說道：

「皓禎，這個人，就算他蒙面，我也知道他是殺了我爹的凶手！」

「我知道！讓我幫妳報仇！」皓禎堅定的說。

皓禎、寄南、靈兒三人便聯手出擊，一邊護著吟霜，一邊與殺手對打。但是，一波波襲來的殺手，個個武功高強，皓禎等人寡不敵眾，越打越吃力。即使面對強敵，皓禎仍然一手禦敵，一手拉緊吟霜未曾放手。寄南和靈兒也和殺手打得如火如荼。

突然一個殺手襲擊，利刃掃破了皓禎的衣袖，皓禎危急中仍緊抓吟霜的手。吟霜擔心皓禎，哀求的喊：

「皓禎，你放手，我在你身邊反而會害了你，你快放手！」

皓禎一邊單手應付敵人邊說：

「我不能讓妳落入虎口，抓緊我就是！」

皓禎才說完，另一個尖銳的刀斧，對著皓禎那隻緊抓住吟霜的手砍來。皓禎趕緊放開吟霜躲過刀斧，再立刻抓回了吟霜的手。吟霜感覺危機重重，自己會阻礙皓禎的武術，於是狂甩了皓禎的手，好讓皓禎全力應付殺手。

項魁見機不可失，一步上前，趁機抓住了吟霜。皓禎跳過來想再救回吟霜，但兩個殺手奔來，一個揮舞狼牙棒，一個持銀錘，招招凶狠襲擊皓禎，皓禎倒地輪番閃躲兩殺手的猛力攻擊。

項魁用手腕箍著吟霜的脖子，拉下蒙面巾，大笑道：

「哈哈哈哈！這銀針西施總算到手了！我死了一個夫人小辣椒，妳就繼位吧！」

皓禎在地上應付著不斷湧來的殺手，已經應接不暇，聞言又急又怒，喊道：

「伍項魁！你敢碰她一根寒毛，我要你的命！」

「要我的命？看你怎麼要？」項魁怪叫：「大家把這個袁皓禎給宰了！來呀！」

更多殺手襲擊倒地的皓禎。寄南和靈兒氣得要命，卻被團團包圍的殺手圍住，打得天翻地覆，無法幫忙皓禎也無法救吟霜。吟霜拚命掙扎著喊：

「放手！你這個魔鬼！放手……」

「銀針西施，乖乖別叫，我再也不會放手！妳從此就是……」項魁輕薄的說著，話未說完，忽然間，一個英俊少年，皮膚白皙，面無表情，眼珠森冷，不知從何處冒了出來。面對項魁，一招「流星趕月」，手一揚，一排如意珠激射而出。這如意珠分別打向項魁左手、右手、左膝、右膝。項魁大驚大痛：

「哎呀……我的手……我的膝蓋……」頓時跪地，放開了吟霜。

「賊子手腳只會作惡，必須教訓！」白面少年冷冷的說道，再轉身，依舊面無表情，再一式「梅花五出」，五指一揚，一排如意珠勁射而出，打向攻擊皓禎的殺手，嘴裡依舊森冷的說道：「倒倒倒倒倒！」

五個殺手應聲倒下。

皓禎見機，一招「穿雲破月」，一個後空翻，踉蹌的站立而起，但身後一柄尖銳的單刀正向皓禎襲擊而來。剛剛脫身的吟霜，一見皓禎危急，也不知道哪兒來的力氣，直撲向皓禎。少年再發出兩顆如意珠救急，雖然打在殺手的手上，卻晚了一步，襲擊皓禎的大刀，砍上了吟霜的右手臂，立刻鮮血直流。皓禎狂喊：

「吟霜！」

眼見四人全部要落入敵手，忽然間，一片殺聲傳來，馬蹄驟然響起。

只見一群頭戴斗笠、身穿農裝的布衣大隊，用布巾蒙住臉，勢不可當的殺了過來。為首的正是被皓禎稱為「斗笠怪客」的勇士。布衣大隊喊著：

「殺……殺……殺！把這個狗官給斃了！衝啊……」

皓禎眼見救兵來到，就一把抱起受傷的吟霜，對寄南喊道：

「吟霜受傷嚴重，我們先退！」就抱著吟霜飛奔而去。

項魁挨了四顆如意珠，痛得滿地打滾，看到布衣大隊又到，嚇得屁滾尿流，亂喊：

「把那個放暗器的小白臉給本王抓起來……」

一顆如意珠筆直飛來，打在項魁的嘴唇上，鮮血狂冒。接著，少年就一招「大鵬展翅」，身形凌空拔起，如同大鵬般飛身而去，轉眼消失無蹤。

布衣大隊銳不可當，殺入眾殺手中，殺手不敵，紛紛倒地。斗笠怪客身手不凡的殺到寄南靈兒身邊，蒼老沙啞的聲音急促說道：

「這兒交給咱們！快退！天元通寶！」

寄南急忙拉著靈兒，追著皓禎和吟霜而去。

項魁的隊伍被打得七零八落，受傷的項魁，被一個親信背著，倉皇逃命。

殺手們七嘴八舌的喊著：

「大家趕快逃命啊！這是什麼妖怪隊伍……還有一個用暗器的冷面小妖！這不是人，妖怪妖怪！大家逃啊！」

殺手們各自逃命，四處狂奔。

22

皓禎抱著血流不止的吟霜，和寄南、靈兒奔到安全處。皓禎看著懷裡臉色慘白的吟霜，著急的一聲呼嘯，兩匹馬兒奔了過來。皓禎痛喊：

「吟霜，妳不會武功呀！還來救我？靈兒，快看看她傷勢怎樣？」

「好多血！現在沒辦法細看！先止血，我來！」靈兒快速從身上掏出一條布巾，綁在吟霜的手臂上，邊動作邊說：「吟霜教過我這個方法，可以先控制出血！」

寄南四面戒備的張望：

「幸虧斗笠怪客帶著那批農民勇士及時出現，看他們那身手，伍項魁不是敵手！咱們現在趕快回去給吟霜療傷要緊！」

吟霜勉強振作著，想安慰大家，說道：

「一點小傷，不要緊張！」

皓禎抱著吟霜上馬，讓吟霜靠在自己的懷裡，說道：

「什麼不要緊張，綁了布條，血也沒有止住！我不是緊張，我是……」一咬牙，噤住了：「快走！」

寄南和靈兒也趕緊上馬。兩匹馬如箭離弦般衝了出去。

回到了鄉間小屋，常媽香綺看到流血不止的吟霜，都嚇壞了。皓禎顧不得解釋，抱著吟霜進入臥室，把她放在床榻上。吟霜虛弱的躺著，皓禎和靈兒手忙腳亂剪開了吟霜受傷的衣袖，但見刀傷深長，流血不止。皓禎見傷口大震：

「想不到傷得這麼嚴重？」恐懼的喊：「妳這個女神醫，快告訴我們，如何幫妳治傷？如何幫妳減輕疼痛？如何止血？如何救妳……」

吟霜看了看傷口，吸著氣，衰弱的說：

「這傷口要消毒，讓香綺拿瓶酒來，先用酒倒在傷口上，然後……然後……」她聲音微弱，看似就要昏去。皓禎急喊：

「別昏倒！然後怎樣？」

「縫起來……縫起來……像我做過的……」

靈兒急壞了，嚷著：

「妳的藥瓶瓶罐罐一大堆，是不是該先吃幾顆妳爹的神藥，把妳的元氣保住，妳這樣流血會不會死掉呀？妳得清醒的指導我們呀！」喊著：「香綺！藥箱在哪？乾淨的布條呢？酒呢？水呢？快拿來呀！」

寄南對靈兒急道：

「妳別喊這麼大聲，弄得我們更緊張了！什麼死掉不死掉，妳說點吉利話行不行？上次十幾個弟兄受傷，吟霜都救回來了！不會有事的，不會的！」

香綺抱來藥箱和酒瓶，喊著：

「來了，來了！刀傷藥都在這兒了！針線蠟燭也有了！」拿出一顆藥丸：「這個止痛止血的藥要先吃，再處理傷口！」就幫吟霜餵藥，把酒瓶交給皓禎。

皓禎打開酒瓶，看著那流血不止的傷口，手指發抖的問：

「用酒倒在傷口上？妳會痛死！妳現在能不能用治病氣功先止痛？」

「皓禎，動手吧！」吟霜衰弱的苦笑：「我現在什麼運功的力氣都沒有，你再不動手治療，我會失血過多……萬一我有危險……」

皓禎一聽，大急，急忙把酒倒在傷口上。吟霜大痛，忍不住慘叫一聲：

「哎喲……痛死了！只要倒一點點，你……你……」

皓禎一驚，酒瓶落地打碎了。他立刻去擁住吟霜，滿頭冷汗，緊緊的盯著她。

「消過毒了，消過毒了！現在，要縫傷口嗎？」

「你讓開，讓香綺來縫！」吟霜呻吟著說。

「啊？縫傷口？」香綺惶恐的喊：「不不不！我不行！我嚇都嚇死了，我不敢！上藥、拿針過火我還可以！」將針拿給靈兒，推託的說：「靈兒姑娘！妳來縫吧！」

「什麼？要我縫？」靈兒張大眼睛：「我雖然什麼事都幹過，這縫人肉的事，絕對絕對不行！」就望向寄南。

「別指望我！我這大爺從來沒幹過針線活，連針都沒拿過！」寄南拚命搖手。

皓禎深深吸口氣，把眾人全部推開，在水盆裡洗手。說：

「你們都讓開，我來。吟霜為我受傷，她爹說過，『心存善念，百病不容』！我現在是『精誠所至，天地動容』！有天地幫著我，有她爹在天之靈幫著我！我來！我仔細看過吟霜縫傷口！香綺快拿針過火，寄南去打水，吩咐常媽燉魚湯、雞湯、再準備人參湯！靈兒快裁乾淨棉布條準備吸血！」

皓禎吩咐完，就坐在床前，香綺用烤過的針，遞給皓禎。皓禎額頭盜汗，拿著針線有些遲疑，但眼神堅定。吟霜看著皓禎，眼中也十分堅定。於是，皓禎心一橫，開始工作。他用左手指捏住傷口，右手拿針，從傷口刺了進去。吟霜衰弱的低語：

「如果我暈倒了，你繼續縫，不要害怕，暈倒是身體的自我保護，暈倒就不痛了！」說完，頭一歪就暈了過去。

皓禎看到吟霜暈倒，手一顫，針刺進了自己的左手中指。他看了吟霜一眼，再吸口氣，繼續低頭縫著，又一針，刺進了自己左手大姆指。

靈兒、寄南、香綺、常媽看得驚心動魄。

❖

吟霜這兒雖然流血流汗，畢竟個個關心團結。皇后那兒就不一樣了。

皇后在密室內怒沖沖的踱步，伍震榮垂頭喪氣站在一旁。皇后忍不住大罵：

「又失敗！項魁人呢？他不是向本宮拍胸脯，一定帶回好消息的嗎？」

「那孩子現在可慘了，在家裡發著高燒！說什麼見到鬼了！連農民的武功都練成精！還被一個冷面小子用暗器打得到處傷！這事絕對有問題，袁家和寄南說不定有自己的軍隊！如果下官不把他們滅掉，早晚會栽在他們手裡！」伍震榮越說越憤慨。

「什麼？連農民都會武功？」皇后震驚著：「難道又有人通風報信？咱們不是最機密的行動嗎？他們就算有救兵，怎會知道？」就狐疑的打量震榮。

震榮接觸到皇后懷疑的眼光，一怒，對著皇后陰沉的吼道：

「假若皇后懷疑是下官的人洩密，下官從此就不踏進這房門！說實話，我還懷疑皇后身邊的人呢！」說著，轉身就走：「妳那個皇帝，就是一個大問題！下官告退！」

皇后一驚，急忙拉住伍震榮，立刻換了嘴臉，嫵媚的說：

「怎麼說著說著就生氣呢？知道項魁受傷，刺殺又失敗，你心情不好！本宮心情也不好，口氣重了點，咱們自己人，先別窩裡反！」

伍震榮用手捏著皇后的下巴，咬牙說道：

「下官就是拿妳沒辦法！現在，重要的是怎麼對付這個太子黨！」

「他們連農民都用上了，還有什麼冷面小子？」皇后眼神冷峻：「可見他們有各路人馬！現在刺殺失敗，這事會不會鬧到皇上面前去？項魁有沒有留下痕跡？」

「這事又怪了！」震榮說道：「項魁做事一向粗心，下官知道刺殺失敗，立刻帶人去岩石林清理，誰知已經有人先清理了！現場乾乾淨淨，什麼都沒留下！屍體、傷者，刀槍武器……什麼都沒有！只有一些血跡，打鬥的證據全清除了！」

「誰會這麼做？」皇后驚疑不已。

「這就是下官最想不明白的地方！難道是那些農民？可見他們並不想這事擴大，那麼，這些農民就不是農民！如果這樣，咱們也是草木皆兵呀！」

伍震榮和皇后驚疑互視，深思不解。伍震榮忽發奇想：

「如果皇后和蘭馨講和，讓蘭馨用美人計套牢皓禎，乾脆把皓禎拉到皇后這邊來，那麼不是多了一員大將嗎？何況那袁柏凱在各大將軍裡，影響力最大，在朝廷裡的勢力，也不能小看！殺不死他，就利用他！」

皇后瞪著伍震榮說：

「你想得簡單！那個袁皓禎，是這麼容易中計的嗎？」

「難說！英雄難過美人關，只要蘭馨肯出力！皇后，下官不就是一個例子嗎？」

「廢話！蘭馨自己就是一個標準的擁李派，嫁過去，只是讓皓禎他們更加勢力強大而已！那丫頭根本沒把本宮放在眼睛裡！」

「殿下也別急，下官還有辦法！賓寄南入住宰相府，世廷會嚴密監控，任何蛛絲馬跡都逃不過他的法眼！先把皓禎和寄南兩人分開也好！至於袁皓禎，看在蘭馨面子上，只能先放手，靜觀其變！」

皇后無奈的點點頭，長長一嘆。

❖

吟霜坐在床榻上，右手吊著三角巾，臉色已經紅潤了。皓禎拿著一碗魚湯，正在餵她喝。皓禎說道：

「妳右手不方便，還是我來餵妳喝！雞湯、魚湯、人參湯……我輪流來，總算把妳臉上的紅潤找回來了！」

「你該回家了！」吟霜不安的說：「你已經三天沒回去，魯超天天來，也不敢說話，我想你家最近一定很忙，找不到你，你爹娘會不會生氣呀？」

正說著，寄南和靈兒跨進了房裡。寄南就說道：

「吟霜，妳別為皓禎操心，他爹娘那兒，我已經讓魯超去備案了！就說我們要去一趟咸陽，來不及回家報備！大將軍也是天元通寶的大將，完全沒有疑心！」

靈兒看看吟霜，鬆了口氣說：

「總算吟霜沒有大礙，那天我看皓禎縫傷口，真是看得我心驚肉跳，把妳縫得暈了過去不說，還差點把他自己的手指頭縫到妳的傷口裡去！」

「什麼？」吟霜匪夷所思的問：「差點把他的手指頭縫到我傷口裡去？」看皓禎：「你縫到自己的手指了？真的？」

皓禎把碗放下，對靈兒瞪眼：

「靈兒，妳別洩我的底，要妳縫，妳逃得比誰都快！」就對著吟霜靦腆的一笑：「第一次縫傷口，手忙腳亂，比上戰場還緊張，何況冷汗直冒，哪兒還顧得到自己的手指？起碼扎了幾十下！」

吟霜不禁憐惜的看著皓禎不語。

寄南咳了一聲，提醒皓禎：

「好了！吟霜有句話說得對，皓禎，你該回家了！吟霜有香綺、常媽照顧著，傷口也癒合得很好，你就別擔心了！再說，我們還有斗笠怪客暗中保護，還有那個奇怪的暗器高手……」思索不解：「這人來無影去無蹤，暗器用得出神入化，年紀又那麼輕，難道他就是最近江湖上盛傳的『玉面郎君冷烈』？」

「冷烈？」皓禎尋思：「這人十分神祕，連名字都不像真名！我一直認為他只是江湖上的傳言，不是真有其人！可是那天，他暗器之精準，身手之俐落，簡直不像出自人間！」疑惑的問：「你們看，他和斗笠怪客是同一路的嗎？」

「不是！」寄南說：「我看那冷烈是單獨行動，達到目的後就飛一樣的消失了！他和我們每個人都素昧平生，為什麼會幫我們呢？」

「這有什麼稀奇？」靈兒大聲的說：「我就是跑江湖的，江湖裡什麼人物都有！這個冷烈，不見得是要幫我們，而是看不慣那蛤蟆王的狗屁行為，出手教訓他！」

「說得也不錯！但是，他怎麼會預知我們在岩石林有場硬仗？」寄南問。

四人面面相覷，誰都摸不著頭腦。

❖

數日後，天氣晴朗，太子、皓禎、寄南、魯超、鄧勇各駕著馬匹，帶著幾個最親信的衛士，來到了竹寒山。竹寒山，是太子、皓禎、寄南三個人從小的祕密基地，十來歲就在這兒練武，在這兒賞竹，在這兒探險，也在這兒發下豪語，結下兄弟情緣。因而，每年總有幾次，他們會回到竹寒山，策馬談心，交換心得。

太子一馬當先，皓禎、寄南跟隨，穿過無數竹林，蜿蜒盤旋而上，來到竹寒山他們最喜歡的一個高崗上。在這兒，他們可以俯視，整個山坡下，是層層疊疊的翠竹林立。可以遠眺，白雲深處，還有起起伏伏的山巒圍繞。在這兒，他們是遺世獨立的，在這兒，他們可以擺脫宮鬥、官鬥，呼吸到最純淨的空氣。

皓禎看著壯闊的山巒，深深的呼口氣說：

「啟望！這是我們的竹寒山！還是一樣險峻的高崗，壯闊的竹林，如今各位對當年在此發誓的遠大抱負，是否依然一秉初衷呢？」

「這問題好！」寄南說：「啟望都當上太子了，當年發下要造福蒼生百姓的豪語，轉眼成真！」

「本太子的話，你倒記得清楚……」太子反問寄南：「那你自己發過什麼誓言，可曾記得？」

寄南還沒答話，皓禎就笑著接口：

「他說一不在街上搭訕女子，二不上酒樓，三不打架，結果這三不，通通變成三大嗜好了！」皓禎說完，三人都大笑起來。

「唉！你們別笑我呀！誰叫咱長安街上處處是美女，百姓釀的酒那麼好喝，打架嘛……」寄南得意：「那是我行俠仗義，專打地痞流氓！」

太子笑容一收，看著兩人，擔心起來：

「說到打流氓，真沒想到伍震榮居然會對你們痛下殺手，這次的殺機，肯定也是不滿蘭馨和皓禎成婚造成的，唉！你們這一樁婚事，居然動輒得咎……」想想又說：「或許蘭馨才是你的護身符，名正言順成為蘭馨的駙馬之後，伍家就不敢動你了！」

皓禎真摯的看著太子，坦率的說：

「啟望，今天約你來我們這座竹寒山，其實就是要告訴你一件正事：我和吟霜私下成婚了！」

「什麼？」太子大驚：「你怎麼那麼糊塗？趕在蘭馨之前成婚？你準備讓皇上砍了你的頭嗎？」

「別怪皓禎，我也有份，婚禮是我辦的！」寄南說。

「唉呀！你們兩個都瘋了，簡直不要命！」太子大急。「萬一這事傳到宮裡，你們是要讓伍震榮和皇后不費吹灰之力，就名正言順的除掉你們嗎？你們認為寵愛蘭馨的父皇，會輕易饒過你們嗎？你們把蘭馨置於何地？」

「我知道這麼做對不起蘭馨公主，也對不住啟望哥和皇上，但是我更痛心的是我委屈了吟霜。」皓禎說：「皇上賜婚，我無法違逆，但答應給吟霜的承諾，我也沒辦法違背。就像當年我曾在這座山，向天發誓一輩子對以忠孝仁義立國，以天下蒼生為重的皇上和啟望哥效忠一樣，堅定不移。所以我和吟霜的婚事不能隱瞞你，更希望得到太子的諒解！」

「啟望，皓禎就像這片竹林，他是一個正直的人，雖然事情難兩全，但這一切都是情勢所逼。」寄南說：「我們也知道這事做得魯莽又危險，所以他倆是祕密成婚，除了幾個鄉下老百姓，沒人知道。袁伯父家裡也沒人知道，宮裡頭，你可要幫忙保密啊！」

「你們都說得如此誠懇了，我還能說什麼呢？蘭馨真是個執著驕傲的笨蛋公主，連本太子親自出馬，還是點也點不醒，勸也勸不住！」太子又是擔心，又是懊惱，就正色的看著皓禎說道：「幫你保密可以，但也請你再對竹寒山起誓，一輩子善待蘭馨。」

「善待她可以！只怕夫妻之情，心有餘力不足！」皓禎說。

「什麼話？男子漢大丈夫，兩個女子算什麼？將來，你肯定不止兩個！」太子說。

「走著瞧吧！」皓禎苦笑：「當初的我們，在這山上都有許多豪語，現在發展卻各有不同！誰知道以後的我們，又會怎樣？」

「別談以後，目前，皓禎馬上要心不甘情不願的娶公主，本王馬上要心不甘情不願的住進右宰相府！都是災難呀！」寄南嘆氣。

「怎能把蘭馨的婚事說成災難？這也太過分了！」太子煩惱而微怒著。

皓禎趕緊轉換話題：

「啟望，那份真的名單，你預備怎麼處理？」

太子眼裡透著堅毅的光，有力的說道：

「密呈皇上，速戰速決！」

三人都嚴肅起來，看著山坡上的層層竹浪，陷進深思中。太子揭發皇后，還牽涉到伍震榮，後果會如何？此事會不會太莽撞？要不要仔細考慮計畫一下？皓禎心裡七上八下，但是，看著太子那堅毅的神情，他知道什麼都不用說，太子已經鐵了心，豁出去了！就像他冒著生命危險，也要娶吟霜一樣！這時，一陣風來，竹葉簌簌作響，竹枝向風吹的方向傾去，隨著風去，又回歸原狀。皓禎明白了，為什麼他們三個，都這麼喜歡竹寒山？竹子有它的特性，**有節骨乃堅，無心品自端，幾經狂風驟雨，寧折不易彎！**這，也是他們三個共有的特性！

❖

就這樣，在一個午後，太子手裡拿著一本厚厚的冊頁，只帶了鄧勇一人，進入皇宮，求見皇上。皇上在書房裡接見了他，他又請求密談。皇上不知他葫蘆裡賣的是什麼藥，把曹安、太監、衛士們都打發到門外，鄧勇也在門外等候。書房裡，只剩下皇上和太子兩人。太子見四面無人了，就把手中抱得緊緊的那本冊頁，送到皇上面前。

「父皇！請先看這本冊頁，我再向您稟告原委！」

皇上看到太子神色嚴重，不敢輕忽。就坐在書桌後面的坐榻裡，開始拉開這本層層摺疊的冊頁來看。原來，這是一份賣官和買官的名單，做得詳細而完整。人名地名縣名都有，甚至，還有注解。皇上越看越驚，臉色越來越白，眼神越來越沉重，連呼吸都越來越急促了。冊頁太厚，他還沒看完，就把手中張開的，寫滿名字的冊頁一闔，抬眼看著太子，嚴重的說道：

「這個名單，就是你調查出來的？原來朝廷裡真有人賣官？朕太震驚了！樂蓉從小是個多麼溫婉的公主，居然會做這些事？榮王是朕深信的忠臣，朝廷給他的已經夠多了，難道還不夠用嗎？」搖頭，排斥的說：「啟望，你會不會中計了？」

「中計？中什麼計？」太子莫名其妙的問。

「皇后朕信得過，樂蓉和項麒可能私下有些舉動，榮王……」大大搖頭，聲音提高了：「太不可能！朕猜想，有人故意給你很多線索，引你到這條路上去！」

太子睜大眼睛，無法置信的問：

「故意給我線索？目的何在？」

皇上深深看著太子，看得太深了，讓太子驚疑起來。皇上清清楚楚的說：

「目的在離間我們父子的感情，如果朕對你起疑，你的太子地位就不保！」他想明白了，大聲說道：「就是這樣，這是離間計！」

太子大驚，跳起身，激動喊道：

「父皇！鐵證如山呀！您如果還有懷疑，不妨給刑部一個密令，讓他們會合大理寺，去把這名單上的人都一個個逮捕到案，只要經過審問和調查，真相自然會浮出！刑部不夠，還有御史台，全部出動，父皇就會知道這不是離間計！」

皇上抗拒的瞪著太子，憤憤的大聲說道：

「你知道這份名單直指你的母后涉案！你居然把它交給朕！朕這一生，就喜歡過兩位女子，一位是已經去世的竇妃，一位就是盧皇后！雖然她不是你的親娘，你也該看在她對你的忍讓上，不去參與宮中惡鬥！」

太子頓時氣得發暈，又急又怒，衝口而出：

「父皇的意思是說，因為父皇對皇后的恩寵，我就該睜一隻眼，閉一隻眼，任憑皇后為所欲為嗎？」

皇上大怒，從坐榻上直跳起來，衝到太子面前，就給了太子一耳光，喊道：

「放肆！」拿起冊頁，在太子眼前揮著嚷著：「這個東西一文不值！朕不相信皇后會有任何不法的行為！這個名單，任何人都可以根據本朝官吏的名字，列出幾百個不同的版本！」大喊：「曹安！拿個火爐來！」

門外的曹安和衛士們，聽到門內爭吵聲，個個靠在門邊，驚愕的聽著。曹安被點名，趕緊在門外應道：

「遵旨！陛下！」

太子從來沒有挨過皇上的耳光，真是又氣又痛又傷心，聽到要火爐，急呼：

「父皇！你要做什麼？」

「把這個栽贓的東西，毀屍滅跡！」皇上吼道。

「父皇！你連看都沒有看完！」

「這種東西，根本不值得看！」

話說中，曹安已經捧了火爐進來，皇上就把冊頁丟進了熊熊的火爐裡。太子又驚又痛，撲過去就要從火中搶救名單，驚喊：

「怎麼可以燒掉……」

火舌燒到了太子的手，太子痛得捧著手起立，眼睜睜看著冊頁被火吞噬。

太子含淚看著皇上，咬牙說道：

「你燒掉了我一片忠心和熱血，燒掉了我們東宮忙了一個月的成績……你居然不去細看，就把這一切事實都否認掉！」悲切至極的看著皇上，繼續沉痛的說道：「父皇，你知道『乾澤而魚，蛟龍不游，覆巢毀卵，鳳不翔留……』」他的聲音哽住了，說不下去，衝到門邊，回頭說道：「孩兒告退！」

皇上吼著，追到門邊：

「站住！什麼『乾澤而魚，蛟龍不游，覆巢毀卵，鳳不翔留』！你書唸到哪兒去了？你在咀咒你的父皇和母后嗎？先弄一個名單來陷害你的母后和功臣，再來賣弄你的文采，你要氣死朕嗎？身為太子，怎可如此莽撞？你還是朕重視的啟望嗎？」

「父皇！你身為真龍天子，百姓才是你的活水，沒有活水，蛟龍游不動啊！如果官員壓榨民脂民膏，百姓民不聊生，父皇的活水在那裡？官員要把鳥巢都打掉，再毀去鳥巢裡的蛋，那麼，即使是鳳凰，也不會戀棧這鳥巢！現在父皇面對的就是這個局面！還不正視問題的根本嗎？兒臣直話直說，雖不好聽，卻字字掏自肺腑！」

皇上聽到太子這段話，更加氣得怒上眉梢，對太子吼道：

「你翅膀硬了，來教朕如何當皇帝嗎？你來不及想取朕而代之，來發揮你的能力嗎？左一句百姓，右一句百姓，你以為只有你心裡有百姓嗎？拿著百姓當棋子，鬥掉你的心頭大患，這才是你的目的吧？」

太子氣得發抖，傷痛至極看著皇上，淚水在眼中打轉。他努力不讓淚水落下，挺直背脊，維持尊嚴，對皇上痛楚的說道：

「父皇要冤死兒臣，啟望無言可答！」打開門衝出去，又說了一句：「欲加之罪，何患無詞！」

太子這樣突然把房門一開，幾個衛士跌進門來。趕緊跳起身子站好。皇上也顧不得門外有人，暴怒的對太子嚷著：

「滾！你滾！再也別弄什麼名單給朕！你記住，朕今天能夠立你為太子，也能廢掉你這個太子！滾！」

太子淚在眼眶，忍淚痛喊道：

「兒臣遵命！太子這個身分，我也不稀罕，要廢儘管廢！」

太子怒沖沖往外衝去，鄧勇趕緊追隨，眾衛士太監目瞪口呆的看著。

❖

宮裡這場好戲，皇后當然在第一時刻就都知道了，而且是被「加油加醬」的報告了。她趕緊密召伍震榮進宮，在皇后的密室裡，兩人熱切的討論著。

「什麼？皇上為那名單幾乎跟太子絕裂？有這種事？」伍震榮狐疑的說：「那名單不是被項麒給毀了嗎？」

「不知道是不是那名單？還是另外有什麼名單！」皇后說：「反正，聽說太子挨了一耳光，還被皇上趕出書房！」忍不住笑了出來：「皇上那麼溫和的人，居然氣到打太子，太子那麼高傲的人，居然含著眼淚衝出書房！看樣子，這太子在幫我們的忙！他再多幹幾件事，本宮就不用費心除掉他了！」

「不要太高興！此事可疑！」伍震榮深思的說。

「別可疑可疑了！宮裡好多人看到，不會錯的！」皇后說：「你想，本宮那位皇帝什麼時候有氣焰高張的時候！一定被太子氣壞了！」

伍震榮瞇著眼睛，看著虛空，深不可測的說：

「但願是真的，只怕是假的！名單？這又是什麼名單呢？難道太子手裡，握著很多名單？」

「管它什麼名單，都給皇上燒掉了！」皇后心情良好，一把摟住了伍震榮的脖子：「你還信不過我在皇上心目中的地位嗎？那太子腦袋燒壞了，才會說什麼『覆巢毀卵，鳳不翔留』，犯了皇上的大忌！總之，那賣官的事，名單的事，都可以暫時擱下了！」

伍震榮還在深思，想想，驀然轉換臉色。

「嗯！諒妳那個皇帝，也就是這樣一塊料！既然進宮，又得到如此好的消息，我倆就好好的慶祝一下吧！」

伍震榮說著，霸氣的把嬌笑的皇后一抱，抱上了床榻。

23

回到太子府，太子在大廳裡像困獸般走來走去。心裡是火燒油煎般的痛楚著。他怎樣也沒料到如此辛苦做出的名單，竟然換來這樣的結果！不止痛楚，還萬念俱灰。幾天前在竹寒山，和皓禎、寄南還談著彼此的豪情壯志，轉眼間都成泡影！

太子妃陪在旁邊已經好一會兒了，看到太子臉色如此差，嚇得也不敢說什麼。可是，宮裡傳來的消息實在太震撼，她壓抑了許久，還是忍不住心慌意亂的開了口：

「太子！臣妾心裡好慌，皇宮和東宮，向來什麼事都會傳開的！皇上居然公開嚷嚷可以廢太子，我們要不要先把佩兒送出太子府，讓他住到我娘家去！」

太子站住，嚴肅的看太子妃：

「如果事情嚴重到那個地步，妳我和佩兒，就誰都保不住！」說著，沉痛至極：「佩兒才兩歲，也要捲進這場風暴裡去嗎？」更沉痛的說：「唉！什麼造福蒼生百姓，什麼忠心熱血，今天都被父皇一把火給燒了！」

門外有人敲門，兩人住口。

只見青蘿拿著托盤，托盤裡是兩碗參湯，進門來。青蘿平靜的說道：

「太子！太子妃！人參湯準備好了！趁熱喝了吧！」

「擱在那兒吧！現在沒胃口吃！」太子鬱悶的說。

青蘿便把人參湯放在小几上，抬眼看著太子和太子妃，從容說道：

「太子！太子妃，宮中的事，奴婢和太子府裡的人，都聽說了。青蘿知道太子和太子妃一定很難過，奴婢懇請兩位不要擔心！太子的位子，是不會動搖的！皇上只是一時的氣話而已！」

「妳怎麼知道不會動搖？」太子驚愕的問。

「太子想想，皇上和太子，一向父子情深。儘管今天起了爭執，就算皇上真的想換太子，可是，現在的皇子們，除了太子之外的人選，還有皇子啟端，但他一心學道想當神仙，絕對不能當太子！皇子啟博病榻纏綿，每日離不開大夫，也不能當太子！皇子啟俊才十歲，整天只知道和宮女們鬥蟋蟀，實在不能立為太子！所以，皇上只有太子這唯一的選擇，怎能輕言廢太子？」

青蘿一篇話，深深撼動了太子和太子妃。

太子凝視青蘿，難過的說道：

「分析得不錯！可是，父皇和我嫌隙已經造成，再也不是以前父子情深的時候了！」悲哀的一嘆：「我也不想當太子了，免得父皇認為我想取而代之！真是一番忠心，換得傷心！」

「不會的！父子就是父子！」青蘿誠摯的說道：「皇上對太子一直十分器重，這次大概太子犯了皇上的大忌，才會引起這麼大的風波。等到皇上想明白了，自然會原諒太子的！倒是太子別對皇上灰心，才是最重要的！」

「妳怎麼知道父皇還會原諒我？」太子問：「妳不在現場，不知道我們鬧得多麼僵！我看，這太子的位置，跟我無緣了！」

「不會的！」青蘿說：「小公子佩兒，前幾天打碎了太子最愛的琉璃花瓶，太子當時震怒，打了他的小屁股，轉眼不就消氣後悔了？反而抱著小公子哄著，嚷著要奴婢們給小公子擦藥！還怪太子妃，怎麼不攔著太子，居然讓小公子挨打！」說著一笑，請安道：「兩位趁熱喝了那人參湯吧！」

青蘿剛說完，外面傳來鄧勇高聲的通報：

「靖威王賓寄南到！少將軍袁皓禎到！」

太子看著青蘿一笑，說道：

「再加兩碗人參湯，送到書房裡去吧！又有兩個心驚膽戰的兄弟來關心了！」

太子跨進書房，寄南就迎上前去，嗟呼的嚷著：

「皇上是不是腦子長蟲了？看到那份名單，非但不感動欣賞，反而要廢太子？」

皓禎努力維持沉穩，臉色也難看無比。

「寄南，你吼什麼？太子已經岌岌可危，你的腦袋也不想要了？什麼腦子長蟲了！你的腦子才長蟲！」

「哎哎！你們看，那天我們在竹寒山，還在討論未來會怎樣，現在幾日之間，變化就來了！」太子一嘆，心裡的痛楚依舊翻騰著。

「皇上正邪不分，善惡不分，輕重不分，是非不分……是要逼得我們走投無路嗎？」寄南火大。

敲門聲傳來，鄧勇去打開房門。只見青蘿捧著三碗人參湯的托盤，笑吟吟進門。

「青蘿見過靖威王！青蘿見過少將軍！」

皓禎、寄南住口，看著青蘿把人參湯分別獻上。太子喊道：

「青蘿別走！」看寄南和皓禎，說道：「關於廢太子這事，青蘿有一番見解！」就對青蘿說：「把妳剛剛那篇分析，說給少將軍和靖威王聽聽！」

這事離奇，居然青蘿有見解？還能得到太子的賞識？兩人趕緊看著青蘿，青蘿就從容不迫的，把剛剛在大廳裡的分析，再說了一遍。兩人聽得十分動容，寄南說道：

「哇！青蘿分析得雖然頭頭是道，只怕皇上那面子下不來！」

皓禎卻一個勁兒點頭，思前想後，說道：

「有道理！有道理！」在太子肩頭一拍：「先聽青蘿的，你就住在這太子府，少安勿躁！暫時別進宮，更別認錯，因為你沒錯！看看皇上會不會想明白？萬一皇上為了寵愛盧皇后，包庇伍震榮，連親生兒子都不在乎，這太子當起來也沒味道！」

「皓禎最瞭解我！」太子說道：「就是這樣！」

「但是……」皓禎看著太子：「就算太子當起來沒味道，如果可以扳倒朝廷上那些惡棍，宮裡那些蠢蠢欲動的叛賊，你也得忍辱負重！為了天元通寶，為了本朝百姓，為了社稷江山，你也得忍辱負重，就像我必須為了這些，忍辱負重娶公主一樣！」

「就算我願意忍辱負重，恐怕也沒這機會了！」太子灰心的說。

「那不一定！」皓禎笑看青蘿：「連青蘿都分析得出來，皇上嚷嚷廢太子容易，實行就難了！所以，你就按兵不動，靜觀其變吧！」

寄南忽然想到什麼，大叫：

「皇上就是不想讓我們三個有好日子過，先賜給皓禎一個蘭馨，又在宮裡大喊大叫要廢太子，還要把我送進那右宰相府去受罪！我也沒辦法拖延了，明天必須住進宰相府！這簡直是我們『三人蒙難記』！還不知道那右宰相預備怎樣折騰我和裘兒！」

皓禎和太子同情的看著寄南，雖然和廢太子比起來，入住宰相府，應該算是小事一樁。但是，宰相方世廷是伍震榮的至交，兩人狼狽為奸，這宰相府是寄南能夠入住的地方嗎？何況，寄南的「三人蒙難記」一語中的，三人不禁心有戚戚焉的互視起來。

❖

終於，寄南帶著靈兒，到了宰相府。世廷還在宮裡忙著，沒有回府。采文就領著寄南和靈兒，進入為他們準備的廂房，漢陽跟在後面，幫忙接待這位王爺和他的小廝。

采文看著寄南和靈兒，對靈兒好奇的多看了兩眼，但見靈兒眼神明亮，神采奕奕，長得俊眉朗目，唇紅齒白。她心裡暗暗的喝彩，這樣的「小廝」，也難怪靖威王動心！說他是小廝，看起來卻有幾分姑娘樣！說他像姑娘，他又是一副男兒氣概！這種小廝，也是奇了！采文客氣的對寄南和靈兒說道：

「世廷還在宮裡忙著公務，你們就先在這屋裡熟悉一下環境吧！這廂房也夠大的了，有大廳，旁邊那兒是書房，書房後面就是臥室了，這樣應該夠你們住的了。」

靈兒檢視四周，跑到臥房，看到只有一張床榻。靈兒心裡憂心著，只有一床，難道要和竇寄南共處一室？她走近采文，用很男性的聲音，擔憂的說：

「這裡面只有一間臥房，一張床呀！有沒有兩間臥房的？」

采文詫異看著靈兒，他還挑房間呢！宰相府畢竟不是客棧呀！她就直率的說：

「難道你們想分開住？」終於忍耐不住，誠實的說：「我也覺得你們是應該要分開！你們這樣，本來不該我管，但是皇上把你們交給了世廷，我不管也不成，我就直問你們吧！」直視著寄南，很真摯的問道：「你們分得開嗎？分開會要你們的命嗎？」

寄南一愣，實在沒想到這位宰相夫人，有此一問！旋即打著哈哈說：

「哈哈！這個……我沒試過，要命大概不至於，分開也沒必要！宰相夫人，妳就見怪不怪吧！這間廂房真好……」故意用胳臂搭著靈兒的肩說：「我們夠用了，本王爺就要這一間！」

靈兒氣得去踩寄南的腳，笑著對采文說：

「夫人，小的有一個壞毛病，睡覺打呼嚕的聲音特別大，我怕吵得我們家王爺睡不好，所以，我這個小廝還是去住小廝的房間比較好！」

漢陽立刻大方的接口：

「你想住在小廝的房間也可以，我們府裡上上下下的僕人、小廝還真不少，如果寶王爺不介意的話，我現在就帶你過去！」

「這樣最好！小廝就該住在小廝房，現在就去看看吧！」靈兒趕緊說道。

「那……請跟我走！」

靈兒跟著漢陽就走。寄南好奇的說：

「本王也去瞧瞧宰相府的小廝房，長得什麼樣子？」

於是，漢陽和采文，帶著寄南和靈兒，來到宰相府的「小廝房」。到了那個偌大的房間門外，向門內一看，寄南和靈兒就傻了！只見小廝房很大，十多個小廝僕人，或躺或坐的在簡陋的通鋪上聊天或睡覺。有的小廝衣衫不整，有的小廝光著上身，有的小廝正在換褲子。

漢陽、采文帶著寄南、靈兒，踏入小廝房。漢陽介紹：

「就是這間了，我們的小廝都住在這兒！」

眾小廝看到漢陽和采文到來，趕緊起身，有的抓衣服遮蔽身體，有的拉褲子。一個身材粗壯、光著上半身的小廝喊道：

「夫人，公子！怎麼突然來小的房裡啊！我們……正在午休，個個服裝不整啊！」

靈兒瞪著大眼，看著這麼多衣衫不整的小廝，擠在一間房裡，頓時呆住。寄南看到這種小廝房，也大吃一驚。采文對眾小廝介紹靈兒：

「這是賓王爺府上的小廝，叫裘兒，以後就跟你們大夥兒住在這兒了！」

小廝們看向靈兒，見到靈兒俊俏，個個興奮著，七嘴八舌嚷：

「哦！又有小兄弟進咱們宰相府了，好呀，好呀！歡迎歡迎！」

身材粗壯的小廝就走近靈兒，歡喜說道：

「這位小兄弟長得還挺俊的，挺討人喜歡的，哈哈！來來來！」拉著靈兒往裡走：「你就睡我旁邊吧！我旁邊靠窗，晚上涼快！」

寄南一看情況不對，伸手就拉住靈兒的後方衣領，掩飾的嘻笑著對靈兒說：

「嘿嘿！妳還是在我旁邊打呼嚕吧！要不然，他們十個人打起呼嚕來，妳還能睡嗎？」

靈兒見寄南介意自己，故意裝傻說道：

「沒關係！沒關係！擠擠才熱鬧！」

寄南咬牙切齒，手一鬆，故作輕鬆的說道：

「那麼，妳就和大家擠擠，去熱鬧吧！」加強語氣：「我看這些弟兄們一定會好好照顧妳的，哈哈哈！本王就去獨享那間大廂房，哈哈哈！真好！真好！」

靈兒愣了，瞪了寄南一眼，心裡有氣，嘴裡偏偏笑著說：

「王爺這麼說，本小廝就遵命囉！」對那身材粗壯的小廝說道：「你睡在哪兒？我來挑我的靠窗位子！」

「那麼，裘兒就留在這兒跟大夥熟悉熟悉。」漢陽交待完，轉身就走。

「是！」靈兒應著，就往窗前走去。

寄南手一伸，又拉住了靈兒的後衣領，氣得眼中冒火，苦笑說：

「嘿嘿！妳在我身邊慣了，只怕沒妳我睡不著，妳還是跟我住大廂房吧！」

采文見寄南說話露骨，瞠目結舌，這實在超過采文的道德標準，也超過她能接受的範圍。她一向是個溫文儒雅的賢妻良母，斷袖之癖在她看來，就是離經叛道的事，要她面對是很痛苦的。她回頭對漢陽說道：

「漢陽……這兒就交給你了！我看明白了，要治他們的病，可不是一件容易的事，這一定是皇上給你爹的懲罰，不知道你爹做錯了什麼？」采文說完，立刻轉身離去。

漢陽滿臉不以為然的糾正寄南：

「在我們宰相府，你們的行為還是要規矩一點，尤其在我娘面前，不可以這麼肆無忌憚！我娘身體不好，不要到時候，你們沒事，我娘病了！」

漢陽說完追向采文而去。

寄南見漢陽離開，立刻拎著靈兒的衣領，一路拎回廂房，進房就把靈兒摔在地毯上。他關上房門，關好窗子，氣呼呼的說：

「妳糊塗了嗎？難道真要跟十幾個大男人住在一起？妳以為妳是真的小廝？」

「你還知道我是女兒身呀？」靈兒跳起身子，追著他打：「如果你知道，就該幫我要一間單人的住房，我這樣跟你住在一個房間裡，我女兒家名聲不是被你敗光了？」

「反正妳連那個蛤蟆王的大夫人都當過了！還談什麼女兒家的名聲！」

靈兒一聽，氣得跳腳，大吼：

「那是要幫吟霜報仇，不得已的！我這一生最倒楣的就是遇見你，害我現在不男不女，連個像樣的床都沒有！我真是倒了八輩子楣的委屈！」

「妳委屈？」寄南吼回去：「我沒有委屈嗎？我堂堂一個王爺，是被誰害得變成斷了袖子的人？連現在要去酒樓找我的老相好都不方便了，最委屈的是我！」

靈兒壓低聲音，氣極了：

「你還想找女人，老相好？你不怕別人笑話你男女通吃嗎？」

寄南拿起書桌上一卷書，打靈兒的頭：

「妳還知道要小聲的說話啊？現在可不比在我的王府，這兒處處有人會監視著我們，處處有奸細，妳說話還是當心點！」大方的比著床：「妳要那張床，讓給妳睡就是了！」

「誰稀罕那張床，我是小廝，我打地舖睡地毯！你是王爺，你睡床！哼！」

兩人賭氣互不相讓。靈兒就去收拾帶來的東西，寄南也收拾著自己的，兩人誰也不理誰。晚餐是僕人送進房來吃的，看樣子，要見右宰相還沒那麼容易。這豈不是坐監嗎？兩人在廂房裡繞來繞去，還是不說話。轉眼到了深夜，窗上照著月光。

靈兒真的把棉被鋪在地上，打著地舖。她穿著男裝，也不敢放下頭髮，棉被也沒蓋好，就那樣將就著睡在地舖上，居然睡得很沉很香很甜。

寄南睡在舒適的床榻上，卻輾轉難眠，翻身轉頭看著睡在地舖上的靈兒。見靈兒已經卸下臉上的男妝，沒有化妝的面容姣好素雅。明明看是個純真的姑娘，躺在那地舖上歪著腦袋，似乎睡得不太舒服，他心裡好生不忍，躺在床上嘟囔著：

「這個牛脾氣的傢伙，還真有骨氣，說睡地舖真睡地舖！這麼不舒服，她居然還睡得那麼香！哼！本王懶得理妳了！」轉過身去，決定不再看靈兒。

但才不到片刻，寄南便洩氣的起身下床，毛躁的看向靈兒：

「算了！不跟妳計較！」

寄南走近靈兒身邊，小心翼翼的幫靈兒拉好被子。盯著靈兒的睡容，充滿憐愛之心，猶疑片刻，還是決定把靈兒抱上床榻。靈兒真的睡得很香，被抱起來，也只在喉嚨裡咿唔了一下，完全沒醒。寄南把她放上床榻，再用錦被蓋好她。看著安穩躺在床榻上的靈兒，低聲的罵自己：

「今天算本王爺輸給妳了，妳個臭小廝，本王爺服了妳！」

寄南安心的躺上地舖，很快的睡著了。

「三人蒙難記」裡的竇寄南，進宰相府的第一天，就這樣過去了！

❖

第二天一早，靈兒就把自己化妝好，恢復男兒相貌，兩人雖然住進宰相府，卻是惴惴不安的。尤其寄南，看著他那調皮任性，完全不知厲害，還有點傻呼呼的小廝，心裡七上八下。在他們那廂房裡，他檢查了門窗，還用器具把門窗都弄得很緊密，帶著少有的嚴肅，正色叮囑她：

「裘兒，有件事，妳一定要非常非常注意！」

「什麼事情這麼嚴重？」靈兒瞪大眼。

「現在我們住在宰相府，那個榮王和宰相來往密切，我們一定會常常碰到面！榮王那兒，我們在國宴時已經試驗過了，妳的男裝和聲音，都瞞過了他們！漢陽和他爹也沒認出妳來，算妳運氣！」

「什麼運氣？是我的易容工夫好，本領好，反應好……」靈兒得意的說著。

「好好好！是妳厲害！」寄南打斷：「可是，有個人妳一定要提防！就是那個伍項魁！妳腦筋打結了，笨笨笨笨，笨到家了，才會去當了他十幾天的『大夫人』！如果妳跟他面對面遇上，一定要趕快避開，想讓他不認出來，恐怕不容易！」

「咦？」靈兒不服氣：「吟霜受傷那天，我還不是跟他交了手，他也沒認出我來！」

「那是因為我們在作戰，打得天翻地覆，他才沒有注意！」

「好了好了，竇寄南，你別大驚小怪好不好？」靈兒不耐煩了：「我裘靈兒是什麼人物？我會隨機應變啦！」忽然一愣，說：「如果我跟他面對面，我才不會逃，我要把他宰成大八塊，丟到宰相府的魚池裡去餵魚！」說著還比手畫腳，作宰人狀。

寄南上去就捏住靈兒的耳朵，咬牙說道：

「妳當了十幾天的『大夫人』，也沒宰掉他！現在還要說大話，我讓妳避開他，妳就避開他，知道了嗎？」

「哎喲哎喲，一天到晚捏我的耳朵……」一腳對寄南胯部踢去：「給你點教訓！」

寄南猝不及防，放開靈兒，抱著胯部亂跳。那「高蹺鞋」還真硬！喊著：

「老天！我是招誰惹誰了？弄來一個妳這樣的『小廝』？氣死我了，痛死我了！一點正經話，妳都聽不進去嗎？還敢踢我！本王爺……」喘氣不已：「從來沒被人踢到這個部位……」站直身子，就對靈兒追去：「我掐死妳！」

靈兒偷笑著，繞著房間逃，寄南繞著房間追。這番「苦中作樂」，也只有寄南和靈兒兩個活寶，才能做到。

❖

「三人蒙難記」裡的太子，這天也有最新進展。

皇家的馬場，是非常遼闊的，不止遼闊，四周景致如畫。平時，馬場只有皇家子弟，偶而過來騎馬練馬球，沒有人來時，這兒是非常安靜舒適的，像個與世無爭的世外桃源。這天，皇上騎著馬，正在馬場中緩慢的跑著馬步，等待著。幾個貼心衛士，遠遠的護衛著，知道皇上若有所待，都靜悄悄保持距離，不敢靠近。

只見曹安和太子，兩人騎著馬，飛馳而來。

皇上看到太子，就一勒馬韁，停住了。

太子見到皇上，趕緊滾鞍落馬，對皇上行大禮，說道：

「孩兒叩見父皇！」

皇上跳下馬，上前拉起太子，用充滿感性的聲音，親切的說道：

「這幾天，太子委屈了！」

太子委屈未消，也不知皇上意下如何，硬邦邦的說道：

「孩兒不敢委屈！」

「委屈就委屈了！還有什麼不敢委屈？」皇上看看四周，曹安已經策馬奔向衛士們，下馬和衛士們遙遙保護。皇上看到四下無人，才繼續說道：「離開皇宮，朕才有可以說真心話的地方！來吧！跟朕散散步！」

皇上就向前走去，太子跟隨在側，不敢接話。皇上邊走邊凝視太子：

「那天，你手裡握著那麼厚的冊頁，大搖大擺進宮。在朕的書房裡，你就公然把那麼重要的名單交給朕，希望朕馬上定奪！啟望，你知道嗎？那份名單會要了你的命！為了保護你，朕只好大發脾氣，先打耳光，再燒名單！你，實在太大意了！」

「為了保護我？」太子驚喊：「父皇！你相信那名單？你也相信賣官的事？」

「買官賣官，朕早有耳聞，但是沒有如此清楚！看到那名單，確實讓朕心驚肉跳！但是，名單中或者不全然是事實，這事還待刑部私自到各處去祕密訪查，才能知道真相！」

「但是，父皇確實相信名單有相當的可靠性？」太子驚喜的問。

「是！名單做得那麼仔細，當然有可靠性！啟望，你知道嗎？你打擊了朕！」皇上沉痛的說。

太子這才明白，皇上看到那名單，因為相信，所以痛定思痛！因為相信，所以對太子的安危大為擔心，這才迫不得已，演出那場火燒名單的戲！想當時，皇上內心的衝擊有多大，痛苦有多深，對太子的愛護又有多強烈！太子恍然大悟後，想到自己還發表了一篇「蛟龍不游」的大論，不禁痛喊道：

「父皇！兒臣知錯了！兒臣知罪了！」

皇上深深看太子，眼中，充滿了痛楚和無奈，說道：

「你知道嗎？如果照你的意思，把名單上的人，一個個逮捕起來審問，你是要朕大動干戈，引起兵變嗎？整頓必須不動聲色，慢慢的來！名單上那些買官的人，也要分批進行，才不會打草驚蛇！你拿著名單進宮，已經不妥，聲音又大，朕那書房隔牆有耳啊！朕真的被你嚇住了！」

「父皇英明！孩兒要學的事還太多了！」太子驚佩的說。

皇上痛苦的搖搖頭，誠摯坦白的說道：

「朕並不英明，這名單裡，也有你父皇動不了，或者不忍動的人！總之，名單雖然燒了，朕相信你已經調查了一次，不難再做一遍！」

太子心悅誠服的說道：

「父皇！兒臣遵旨！這次一定不再莽撞，慢慢的來！」

「朕心裡也有數了，會小心朕應該小心的人，啟望，你做得好！將來，你會比朕有魄力！不會像朕這樣，該斷不斷！」

「父皇！」太子深刻的說道：「是兒臣太粗心，父皇的該斷不斷，或者正是父皇最珍貴之處，多少皇帝，不該斷也斷，不該殺也殺！是兒臣沒有深入的為父皇去想！而父皇卻立刻想到，該如何保護我？無論反應智慧處理和感情，兒臣都遠遠不如父皇！」

「好吧！」皇上苦笑了一下：「啟望長大了，最起碼，知道如何安慰父皇的失意！朕就接受了你的好意，相信朕也有可貴之處吧！總之，這件賣官之事，讓咱們父子聯手，慢慢消滅，把傷害減到最低程度吧！」

「是！兒臣遵旨！」

皇上伸手，握住太子的肩，重重一握。父子二人，深深對視著，眼中都有無限的感動、瞭解和親情。皇上就一笑說道：

「啟望，陪朕好好的奔一趟馬！咱們父子倆一起奔回皇宮去，讓那些暗中期待『廢太子』的人嚇一跳，如何？」太子笑逐顏開了，大聲說道：

「是！父皇！啟望這就開始了！」跳上身邊的一匹馬，一拉馬韁：「駕！」

「呔！你作弊，朕的馬還沒到呢！」皇上喊。

曹安趕緊牽馬過來，皇上躍上馬背，只見太子早就回到皇上身邊。直到皇上也一拉馬韁，大喊：「駕！駕！駕！」時，太子才和皇上並駕齊驅，向前飛奔。

兩匹馬箭一般向皇宮奔去，曹安與眾衛士趕緊上馬，奔來護衛。

太子一面奔馬，一面想著：

「居然給青蘿說中了！而且比青蘿猜測的更加深刻！不知道在宰相府的寄南，和將軍府的皓禎在幹嘛？這樣的好消息，真想讓他們知道！」

皇上卻一面奔馬，一面想著：

「是該讓皇后有點警惕的時候了！」心裡隱隱作痛，不解的想著：「女人是怎麼回事？三千寵愛在一身，她為什麼還不滿足？」

❖

這晚，宮裡有點奇怪，皇上沒有等皇后自動上門，就派曹安去召她來寢宮。皇后雖然沒有目睹「太子和皇上嘻嘻哈哈，開心的一起策馬進宮」，但是，各種繪聲繪影的述說，都已聽了好多遍，想必不假！現在，皇上主動召見，她心裡也有點七上八下。進了寢宮，曹安退出房間，皇后才發現，室內只有皇上和她，顯然皇上已把太監宮女衛士都打發了。當然，皇后的貼身女官莫尚宮，也被關在門外。

皇后有點惴惴不安，小心的觀察著皇上。

皇上在室內踱著步子，若有所思。突然，他停在皇后面前，把她的腰一攬，看進她眼睛深處去，那眼神竟然有幾分凌厲，幾乎是陌生的。

「皇后，宮中什麼事都不能保密，朕和太子已經前嫌盡釋，相信皇后也已知道了！」他靜靜的說。

皇后立刻溫柔一笑，若無其事的說道：

「皇上和太子，何時有過『前嫌』？父子親情，斬都斬不斷的！」

「皇后知道就好！」皇上警告的說：「朕也有幾句話，必須對妳說！關於樂蓉和項麒賣官之事，不是空穴來風！皇后身為國母，更加不能捲入！」

「皇上聽了誰的造謠？難道是太子嗎？」皇后驚喊。

皇上伸手捏著皇后的下巴，用力捏緊，捏得皇后痛了起來。

「妳知道朕對妳寵愛備至，千萬不要貪得無厭，關於涉嫌賣官的事，妳最好給朕一份名單，朕會幫妳悄悄處理掉一些，該換下來的人，就立刻換掉！免得皇后一世英名，毀在這個案子裡，這就是朕對妳的恩賜！」

「皇上認為臣妾真的涉嫌賣官？皇上……」皇后又驚喊。

皇上的手，繼續捏著皇后下巴，加重了力道：

「這件事朕不想再談，鬧下去可大可小！妳自己斟酌著辦！朕相信妳的能力，等著妳的名單！」放下手，看著皇后，默默凝視。

皇后不再喊冤，也默默看著皇上，眼中逐漸湧上淚水，哽咽說道：

「臣妾遵命！請皇上念著舊情，不要和臣妾生分了！如果臣妾失去皇上的恩寵，即使貴為皇后，也等於零！在臣妾心裡，皇上一直是那個在邊疆受苦，卻堅毅不拔的皇子！多少苦難咱們一起走過，共患難容易，共榮華反而不易！因為皇上身邊的人多了，臣妾身邊的人也多了！人多必然口雜，臣妾保證，對皇上一片忠心不變，還有一片癡心不變！」說著，眼淚就滑下面頰。

皇后一番話，令皇上的心又軟了。許多準備好的話，在皇后的淚水中融化。不由自主，他用雙手環住皇后的腰，長嘆一聲說道：

「還有一件事，妳和榮王保持點距離。朕對妳雖然深信不疑，就是妳剛剛那句話，人多必然口雜，妳難道不怕『人言可畏』嗎？」

皇后一震，對皇上不得不有了幾分驚懼。臉上，卻依舊梨花帶雨，楚楚可憐，心裡卻在咬牙切齒的想道：

「那個太子，必須給他一點顏色瞧瞧！」

皇上牽著皇后的手，走到床榻前，帶點傷感的說道：

「該說的都說了！上床休息吧。是啊！咱倆什麼都一起經歷過，前幾年嫁了我倆的樂蓉，轉眼間，蘭馨也要成親了，那個霸氣的公主，朕一定會想她的！」

❖

「三人蒙難記」裡的皓禎，這晚不在將軍府，他在吟霜那鄉間小屋裡，是晚上了，他穿著寢衣，走到窗前，看看外面的月亮。距離和蘭馨的婚禮已經只有幾天，公主院都已收拾好。他的情緒紛亂，那公主院收拾得富麗堂皇，但是，他的心卻繫在這充滿書香藥香的小屋裡。

吟霜拿了一個綁著紅繩，下面垂著一個小瓷壺墜子的飾物過來。她的手臂，在皓禎那胡亂的縫合下，居然也痊癒了。當然，還是因為吟霜自我調理得好，白勝齡留下的藥膏好。吟霜走來，拿著墜子說道：

「上次你送了我狐毛玉佩，我在每件衣服裡都縫了一個暗袋，貼身帶著。現在我也要送你一件東西，這是我爹留給我的小瓷壺！玉佩是你給我的信物，這是我給你的信物！」

皓禎回頭，驚訝的拿起那瓷壺看了看：

「這是什麼？很精緻的小瓷壺！裡面裝了什麼嗎？可以打開蓋子嗎？」

「可以打開，但是不要打開！除非你要用它的時候！」

「什麼情形下要用？妳爹留給妳的？很名貴的東西嗎？」

「我爹說，我從小身體就不好，小時候，有次我病得快死了，我爹把一顆製造了很多年的神藥，餵給我吃，救了我一命。後來，我娘身體也不好，我爹又製造了一顆神藥，想要給我娘吃的！可惜沒有製好，我娘就去世了！」

「難道這小壺裡，是那顆製了一半的神藥？」

「不錯！一顆小小神藥，爹說還差幾味藥，就可以完成了！」

皓禎好奇的拿著那小壺問：

「所以這顆神藥有多少功能，沒有人知道？」

「是！沒有人知道！我爹的第一顆神藥，救了我的小命，這顆是怎樣，完全是個謎！我猜想，為了救我娘的命，這顆也包含了很多珍奇藥材和我爹的獨門妙方，我要你掛在脖子上。萬一你的生命有危險時，吃了它，可能會救你一命！」吟霜看著他說。

「哦！」皓禎珍惜的說：「應該掛在妳脖子上吧！我有武功，會保護自己！妳才危險！」想想：「咦，妳手臂受傷，怎麼不拿出來吃？」

「那點小傷，不是被你這個袁大夫治好了嗎？線也拆了，也不痛了！怎麼會需要用上我爹的神藥？這顆我想給你！我爹說，平常不要打開看，怕潮了就沒有效力了！」

「好吧！幫我戴上，妳給的信物，我會永遠戴著！沐浴時才拿下來！」皓禎說。

皓禎就把頭低下去，讓吟霜給他繫上那紅繩。吟霜又說道：

「或者這顆神藥一點用都沒有！但是，我爹的兩顆神藥，都為了愛而精心製造，一顆給我吃了，這顆即使沒有作用，卻有我爹對我娘那份心，所以我要把它給你！因為，我對你也是這樣！戴著它，等於戴著兩代的深情！」

皓禎這才明白吟霜的深意，握著她的手，心為之醉。

「有妳那樣的爹娘，才有這樣至情至性的妳！我相信，妳給我的不止是神藥，還是一顆愛的種子，會在我心裡，長成一棵大樹！梅花樹！」

吟霜甜甜的微笑著，這樣的笑容，讓皓禎更加醉了，兩人就癡癡的互看著。這樣的甜蜜，還能有幾天呢？大婚的日子，即將來臨了！

24

這天的長安大街，實在熱鬧非凡。所有的老百姓都出了家門，擠在街頭看將軍府迎娶公主。如此盛況，是許多人一生也碰不到的。街頭熙熙攘攘，萬頭攢動，爭先恐後的擁擠著，喧囂著，喜悅著。

皇家的吹鼓手一色紅衣，吹吹打打向前行。儀仗隊也一律紅衣，舉著各種皇家旗幟和傘蓋，簇擁著一身紅衣禮服，騎在馬背上的皓禎。儘管皓禎面無表情，但是，那身出色的服裝，那份前呼後擁的氣勢，在在顯出他的英挺俊朗，群眾們爭著看，爭著議論，爭著讚美著。

皓禎身後，是宮女和太監組成的隊伍，也是一律紅衣，簇擁著蘭馨那考究至極的花轎。花轎由二十個紅衣太監抬著，取「十全十美」之意！轎子垂著紅色繡著金鳳的圖案，美不勝收。轎子兩邊，還有六個宮中女官，扶著欄杆。當然，皇后的莫尚宮是一個，蘭馨的崔諭娘也是一個。轎子裡，蘭馨穿著華麗的新娘服，頭戴金冠，化過妝的臉龐，美麗無比。因為心情良好，眼睛明亮有神，雖然在吹吹打打中，她依舊不安分的拉開垂著的紅幔，向外好奇觀望，看到街頭擁擠熱鬧的情況，唇邊帶著滿意的微笑。

壯觀的隊伍，向前行進。

道路兩旁，羽林軍用紅色棍子，攔住看熱鬧的群眾。

群眾們擠來擠去，指指點點。在這些看熱鬧的群眾中，寄南帶著靈兒也在觀看。靈兒當然是男裝，看到如此壯大的場面，立刻不平起來，用男聲說道：

「真不公平！元配是那麼小小的婚禮，現在是這麼大大的婚禮！」

「裘兒！妳看看就好，少說兩句！」寄南警告著。

「你看皓禎，大概昨晚都沒睡，一點精神都沒有！」靈兒又說。

「唉！不知道吟霜現在心情如何？我們不應該在這兒，應該去陪吟霜的！」

「可是……我喜歡看熱鬧！這種公主結婚，一生也只能看這一次吧！」靈兒說，突然問：

「竇寄南，為什麼結婚，大家都要穿紅衣服呢？」

「其實，婚禮原來應該新郎穿紅衣，新娘穿綠衣的，所謂『紅男綠女』，典故就出在這兒。可是，紅色確實艷過了綠色，不知何時開始，就變成都穿紅衣了。」寄南解釋：「這就和昏禮變成婚禮一樣！」

他們兩個在談論著，皓禎卻像行屍走肉般，被動的騎在馬背上，讓人牽著走。他的眼光，無意的向人群中掃去，忽然大大一震。只看到人群中，吟霜穿著一身飄逸的白衣，帶著香綺，站在那兒癡癡的看著他。皓禎身子一挺，整個人的神經都繃緊了，無聲的呼喚著：

「吟霜！」

皓禎的眼光，就直直的看向吟霜。吟霜的眼光，也直直的看向皓禎。兩人的眼光接觸了，彼此就這樣遙遙相望，眼光遙遙癡纏著。隊伍繼續前進中，眼看兩人即將錯開。皓禎就用口型對吟霜說道：

「晚上——等我！」

吟霜大驚，用口型說道：

「不要——胡鬧！」

吟霜說完，眼淚一掉，轉身穿過人群奔走了。香綺趕快對皓禎揮揮手，轉頭追隨而去。皓禎整顆心都跟著吟霜而去了。

經過黃昏時節的婚禮，就是晚上了。將軍府大門張燈結綵，客人熱鬧穿梭。宴客廳裡熱鬧非凡，賓客滿席，大家喝酒說笑，一片歡樂。秦媽、袁忠、小樂、丫頭僕人等忙著上菜或是為客人倒酒。忽然袁忠高聲報告：

「太子駕到！」

眾賓客一陣騷動，趕緊去太子身邊行禮，柏凱雪如也迎上前去。

「臣參見太子殿下！」柏凱說道。

「大將軍別客氣，我從小和皓禎玩在一起，今日前來，不是太子，只是啟望！」太子說，就伸頭到處找著：「皓禎呢？」

雪如喊著：

「袁忠趕快帶太子去皓禎那桌！」

太子已看到皓禎、寄南，就擺脫眾賓客，到了皓禎這桌。柏凱帶著雪如到處敬酒，接受祝賀。翩翩、皓祥也在向其他賓客敬酒致謝。當柏凱來到方世廷身邊敬酒，方世廷禮貌相迎，說道：

「恭喜！恭喜大將軍，今日在宮裡已經接受了皇上的賜宴，今晚又受到大將軍的邀請，參加貴府的家宴，真是備感榮幸啊！哈哈哈！」

「宰相公，客氣客氣！」柏凱說道：「您能賞臉來到，也讓我們將軍府蓬蓽生輝，招待不周之處還請見諒！宰相公，喝酒喝酒！」

世廷和柏凱客氣的舉杯，互相一飲而盡。世廷接著說：

「今晚榮王因為白天在宮中喝了太多，酩酊大醉，現在已經回府，不克前來也請大將軍見諒……」斟酒再舉杯：「本官代榮王再敬大將軍和夫人一杯！」

雪如笑著舉杯回禮：

「您客氣了！也請代為轉告榮王，他本人雖然沒到，但是榮王府送給公主院的禮物，將軍府都收到了，謝謝榮王的周到！」

三人彼此客套的敬酒。雪如喝了酒，眼神卻忍不住的望向皓禎，只見皓禎坐在那兒，悶悶不樂，賭氣似的猛灌著酒，寄南和太子坐在皓禎兩旁，不時的阻止皓禎。雪如擔心著，心想，太子和寄南，還有那個小廝袞兒，應該可以安撫皓禎的情緒吧！

太子、寄南和靈兒三個，確實在努力控制皓禎。太子警告的對皓禎說道：

「皓禎！注意注意！今天好歹是你大喜的日子！千萬不能出任何差錯！你這樣愁眉苦臉，像個新郎嗎？當我的妹夫，沒有虧待你！」

皓禎灌了自己一杯酒，對太子說：

「兄弟！你這樣說，對得起咱們的竹寒山嗎？」

皓禎又給自己倒酒。寄南一把搶走皓禎的酒杯。

「你還喝！你是準備灌死自己嗎？」

靈兒用男聲，罵寄南：

「拜託了王爺，整天罵我不會說好話，你也差不多！」回頭對皓禎說：「少將軍，你趕快跟著你爹娘到處去敬酒！我看夫人一直在擔心你！」

皓禎已喝得微醺，又倒一杯酒往嘴裡灌，說道：

「敬什麼酒？這大喜之日，就是我的大悲之日，你們懂不懂呀！」

「哪有這麼嚴重？」太子皺眉說：「你聲音小一點行不行？」

「你巴不得全天下知道，你心不甘情不願當這個駙馬爺嗎？」寄南接口。

「全天下早就知道了！」皓禎醉言醉語：「就只有住在鳥籠裡的那隻金絲雀，腦子一點都不開竅，跟她說了都不相信，偏偏選一個最苦的果子吃……」

「皓禎！」太子命令的說：「振作起來，把苦果變成甜果是你的責任和義務！」

皓禎醉眼看太子，說道：

「太子對皓禎不滿意，儘管廢了我這駙馬……」

話沒說完，皓禎醉眼朦朧中，忽然看到坐在一旁，失神落魄也在喝悶酒的漢陽，就不理太子，拿著酒杯踉蹌的坐到漢陽身邊。他一手拿著酒杯，一手搭著漢陽的肩膀，醉言醉語的說道：

「漢陽，今天這個日子本來是你們宰相府的，不知道是不是月下老人打瞌睡了，居然弄到我們將軍府……」舉杯：「來，我敬你一杯！」

漢陽也已醉酒，失魂落魄的和皓禎碰杯，說：

「既然是月下老人搞糊塗了，你還要敬我什麼？」

皓禎一肚子氣往腦袋裡衝去，說道：

「我敬你……我敬你這個謙謙君子！我敬你……敬你這個一表人材！我敬你……辜負了自己……害我……辜負了……」

靈兒怕皓禎說出不該說的話，趕緊奔來摀住皓禎的嘴，著急的搶走皓禎的酒杯。

「少將軍，你喝多了，別喝了！要敬，裘兒來幫你！」

寄南一把搶走靈兒的酒杯，提醒著：

「妳這小廝憑什麼代表皓禎敬酒，我這王爺還差不多！」勸皓禎：「你行行好，別再胡言亂語了！」

漢陽大口的把酒一飲而盡，又大力的放下酒杯說：

「對！我不爭氣沒出息！我辜負了自己！」對皓禎，忿忿的說：「你以為今晚只有你一個人最悽慘嗎？你以為只有你一個人面對著大悲的日子嗎？」

靈兒和寄南大驚，不知平時溫順的漢陽怎麼突然發起脾氣。

太子也睜大眼睛，好奇的看著。

❖

此時此刻，蘭馨正穿著一身新娘衣冠，在公主院的洞房中，不安的東張西望，有點耐不住性子躁動著，頻問身邊宮女：

「皓禎什麼時候才會來啊？等得本公主不耐煩了！」

一排宮女列隊站著，沒人敢答話。

崔諭娘一身紅色新衣，悄悄的端了一碗食物來到蘭馨面前。

「公主，奴婢知道公主肯定餓壞了，先給公主送點吃的來。」

「對！」蘭馨吞著口水：「本公主真是餓得快不行了！規矩那麼多！」

蘭馨立刻接過食物，大口的吃起來，邊吃邊問：

「那個駙馬怎麼還不來？客人還沒走嗎？」

「是啊！客人今日可多了，駙馬爺忙著到處敬酒……」崔諭娘安撫的說：「公主您再等等，駙馬爺要是來了，奴婢在外面給您打暗號！」

蘭馨笑了，兩人開心的等待著。

❖

宴客廳依然熱鬧滾滾。寄南看著漢陽似乎心情惡劣，也坐到漢陽身邊來。寄南搭著漢陽肩膀，給漢陽斟酒：

「漢陽，看來你似乎也有滿肚子委屈！來來來，咱邊喝邊聊，有什麼不痛快，就像這一杯酒，一口吞下就沒事了！」說完便舉杯飲盡。

「我跟你竇寄南沒什麼好聊的，你照顧好你的小廝！」漢陽也已經微醺，瞪著皓禎：

「我有話對他說！」

皓禎帶著醉意，看著氣勢洶洶的漢陽，不滿的說：

「你今晚氣勢還真不小，怎麼在公主面前，你就那麼不爭氣，現在借酒裝瘋是不是太晚了？」

「借酒裝瘋的人是你！」漢陽大吼：「公主既然已經嫁到將軍府了，你就好好善待她，什麼金絲雀，又是悽慘又是大悲的，你措辭最好小心點！」

「哦！」皓禎驚愕：「你莫非是捨不得公主？在為公主抱不平？唉！看來你對競爭駙馬爺是挺認真的嘛！不過，很抱歉！我袁皓禎要怎麼對待公主，那是我的事！」

「你……敢對公主有一絲一毫的不敬，我不會饒你！」

喝醉了的漢陽突然起身，就壓倒了也喝醉了的皓禎，兩人居然在地上扭打起來。

太子拿著酒杯，看得稀奇，說道：

「漢陽這是怎麼了？辦案你還行，打架你不行！趕快起來，這樣太不成體統！本太子命令你起來！」

「太子哥！這事你管不了！他倆是宿敵！」寄南說。

皓禎對漢陽僅僅是以防守的方式和他糾纏著，並未真正出手。他壓著漢陽的身子，兩人在地上打滾。皓禎醉了，大笑著說：

「你這個文弱書生，我就陪你玩一玩吧！哈哈哈！我們這樣在地上滾，有個詞兒叫『懶驢打滾』！」

太子推著寄南，急道：

「你趕快拉開他們兩個！什麼『懶驢打滾』，簡直是天下奇觀！」

寄南和靈兒手忙腳亂，拚命想拉開兩人。靈兒喊著：

「別打了，兩位公子！怎麼聊著聊著就打起來了呢？」

「哎喲！漢陽，你平常彬彬有禮，今天怎麼沉不住氣了！快起來！」寄南拉著。

賓客們都被皓禎和漢陽給吸引了，全部圍觀過來，嘖嘖稱奇。雪如、柏凱、翩翩、皓祥、方世廷也緊急趕來一探究竟。方世廷一見從未失態的兒子漢陽，居然滾在地上打架，還是和新郎駙馬在打架，大驚失色，吼道：

「方漢陽，住手！」

漢陽一震，清醒停手，醉得搖搖晃晃無法起身。世廷感覺丟臉，命令道：

「寄南、裘兒，先把漢陽帶回宰相府！」

寄南和靈兒一人攙扶一邊，把漢陽帶離了宴會廳。靈兒一邊走，一邊嘆氣說：

「本小廝喜酒也沒喝到幾口，肚子也沒吃飽，新房也沒看到，婚禮也沒看完……居然要護送宰相府公子回府，真是流年不利！弄不清到底我是誰的小廝？」

「妳還埋怨？」寄南說：「我這王爺，現在也變成小廝了！住進宰相府，地位跟著矮一截，妳以為我就吃飽了嗎？」

漢陽、寄南和靈兒走了之後，小樂、袁忠趕緊扶起醉醺醺的皓禎。柏凱氣得想給皓禎一巴掌，卻被雪如緊緊抓住，壓抑了下去。柏凱對皓禎發怒：

「這是什麼日子？什麼場合？你這是成何體統！簡直想氣死我！何況太子在此，你有點規矩行不行？」

太子趕緊笑道：

「大將軍別生氣，皓禎這『懶驢打滾』，讓啟望開了眼界！婚禮上如此熱鬧，也是喜事！大家見怪不怪，就當是喜事隨著懶驢滾滾來！」

眾人聽太子如此說，全部笑開了。

❖

崔諭娘今晚可是忙壞了，將軍府和公主院兩邊跑，到處打探著最新狀況。此時，她搗著嘴忍著笑衝進洞房，直奔蘭馨身邊。

「崔諭娘，發生了什麼事情了？這麼慌張？」

「公主，奴婢真是哭笑不得！」崔諭娘憋著笑。「咱駙馬爺和宰相府的漢陽公子，兩個人在酒席上打起來了！」

「啊？打架？漢陽又不會武功，怎麼會打架呢？」蘭馨驚訝。

「聽說……聽說是為公主爭風吃醋，那個漢陽肯定是吃不到葡萄，對我們駙馬說了什麼不敬的話，所以兩人就打起來了。這都是剛剛聽那些將軍府的僕人說的。」

「那駙馬爺有沒有怎麼樣？」蘭馨關心的問。

「駙馬爺應該沒事。我們駙馬爺底子好，受傷的應該是那個方漢陽吧！」

「那就好，如果誰打傷了本公主的駙馬，本公主一定不饒他！」蘭馨說。

崔諭娘諂媚的輕喊：

「公主啊！您今日都成親了，那無緣的駙馬還來爭風吃醋，可見公主是多麼招人喜歡呀！最重要的是，駙馬爺在喜宴上還為公主打架，這就說明駙馬爺有多喜歡公主了！」

蘭馨甜蜜的想著，心裡勾畫著兩人爭風吃醋的打架場面，唇邊滿是笑意。

終於，喜酒結束了。皓禎必須進洞房，完成婚禮最後的環節。

蘭馨坐在床上，崔諭娘急忙奔進，整理整理蘭馨的服飾，小聲的說：

「駙馬來了！但他喝醉了，公主心裡要有數！今晚八成沒法洞房了！」

蘭馨趕緊正色坐好。崔諭娘就急忙出門去迎接皓禎。

皓禎醉醺醺，在小樂和另一個小廝扶持下，進了新房。

立刻，捧著葫蘆酒的兩個宮女上前。葫蘆都經過裝飾，外面包著紅色錦緞，還有金線刺繡著囍字，富麗堂皇。崔諭娘響亮的喊道：

「合巹之禮開始！請駙馬爺和公主飲『合巹酒』！」

皓禎被小樂按在公主右邊坐下，葫蘆酒遞了上來。皓禎看著葫蘆，想起和吟霜那樸實的葫蘆，醉意的嘰咕：

「宮裡排場大，連葫蘆也要穿衣服嗎？」

蘭馨不禁偷笑。合巹酒喝完，蘭馨換上華麗而單薄的寢衣，頭髮用極漂亮的紅纓繫著。

崔諭娘把蘭馨牽到矮榻上坐好，又高聲說道：

「請駙馬行『解纓結髮之禮』！」

小樂趕緊攙起已經昏昏欲睡的皓禎，低聲提醒：

「公子！解纓結髮之禮！解纓結髮之禮！」

皓禎搖搖晃晃站起身，眾宮女趕快去扶。皓禎不耐的想掙開：

「什麼解纓結髮之禮？今天這個禮，那個禮，還不夠嗎？」

「解纓結髮之禮，是婚禮最後一道禮儀……」崔諭娘急忙說道：「然後……」竊笑的說：

「駙馬就可以和公主行『洞房合歡之禮』了！」

皓禎便被眾人半拉半扶半拖的帶到蘭馨身後，站在那兒發呆。

崔諭娘急死了，指著蘭馨頭髮上的紅纓：

「駙馬爺！請親手解開這紅纓，然後把這紅纓繫在腰帶上，或者揣在懷裡，永遠留著，這解纓結髮之禮象徵永結同心！結髮就由奴婢代勞，解纓一定要駙馬親手來解！」

小樂就把皓禎的手抬起來，送到紅纓上去。宮女們催促的喊：

「解纓結髮之禮！解纓結髮之禮！解纓結髮之禮……」

皓禎醉得東倒西歪，不耐的說：

「怎麼如此囉嗦？」對宮女們一凶：「這頭髮上的紅帶子，妳們侍候的人不會解嗎？還要我來解？」被動的讓小樂扶著手，就是不去碰那帶子。

崔諭娘趕緊幫忙，動手解開了紅纓，歡聲的說：

「恭喜恭喜！解纓結髮之禮完成！」把紅纓塞在皓禎手中，急忙指揮眾宮女：「趕緊幫駙馬爺更衣！」

就有幾個宮女上前，要為皓禎解衣。皓禎一驚，手一揮，把幾個宮女摔得跌了出去。那紅纓也飄飄落地。皓禎大叫：

「本公子難道連換衣服都不會嗎？別碰我！」

宮女們倒了一地，急忙起身，崔諭娘就把蘭馨扶上床，在她耳邊低語：

「駙馬醉了，怎麼辦？」

蘭馨偷笑著，低語：

「不怎麼辦！妳們都退下，本公主見招拆招吧！」

崔諭娘急忙指揮宮女退出房間。再大聲喊道：

「現在，請新郎、新娘行『洞房合歡之禮』！」

小樂急忙把站在房中發愣的皓禎推向床前，說道：

「公子！洞房合歡之禮！洞房合歡之禮！小樂下去了！」

皓禎到了床前，定睛一看，忽然放聲大叫。

「不得了！不得了！」

蘭馨大驚，也顧不得害羞了，急忙抬頭看皓禎。皓禎氣呼呼喊著：

「那些宮女到哪兒去了？趕快進來，通通進來！」

崔諭娘帶著宮女們趕緊奔入。皓禎指著蘭馨，斥責著：

「公主的衣服怎麼穿那麼少？受涼了怎麼辦？趕快給公主加衣服！」

崔諭娘啼笑皆非，恭敬的說道：

「駙馬爺，公主正等著您行洞房合歡之禮呢！」

「不管什麼禮，總不能受涼呀！」怒瞪崔諭娘：「妳們會不會侍候公主？」

「是是是！奴婢該死！」崔諭娘俯向蘭馨，求救的問：「怎麼辦？」

「妳們都出去吧！」蘭馨低語。

崔諭娘就彎著身子倒退，揮手要眾宮女出房。大家才退了一半，就看到皓禎拿起床上的錦被，自言自語：

「這個禮那個禮就是折騰本公子！穿這麼少，累了一整天，還有什麼合歡之禮？用錦被包緊一點才是重要！那些宮女諭娘都是廢物！」

皓禎一面嘰咕，一面就飛快的用錦被把蘭馨包住，手腳俐落的幾下，已經把蘭馨包得像一顆三角形直立的粽子，頭露在錦被之外，錦被的一角豎在頭後面。

皓禎就對蘭馨說道：

「好好坐在這兒，妳像個粽子菩薩！很莊嚴很神聖的菩薩！別亂動壞了形象……妳那些沒用的宮女，什麼都要我做，害我手忙腳亂，現在頭昏腦脹，我必須去睡覺了！」

皓禎說完，就大步衝出新房去了。

剩下包成粽子般的蘭馨，在崔諭娘和眾宮女驚訝的注視下，哭笑不得。

❖

皓禎溜出公主院的洞房以後，就直奔將軍府的馬廄，牽出他那匹「追風」，他還穿著新房裡那身服裝，就想從後門溜出去。小樂尾隨而來，死命拉住皓禎的衣袖，輕聲喊：

「公子，你洞房合歡之禮還沒完成，這半夜三更，你要到哪兒去？」

「噓！」皓禎低語：「你別吵醒家裡的人，我要去找吟霜！」

「今晚是公子和公主的新婚之夜，你怎麼能去找吟霜姑娘呢？」小樂大驚。

「噓！」皓禎又噓著他，堅定的說：「你知道，現在就算有一千匹馬拉著我，有一萬把刀擱在我脖子上，我都要去找吟霜，沒人能阻擋我！你如果貼心，就去我房裡，把棉被包成一團放在床上，守在房間門口，不要讓人進去，有人來，就說我大醉特醉睡著了，知道嗎？」

「可是，現在外面烏漆抹黑的，你要騎馬走夜路，又喝了這麼多酒，萬一摔了怎麼辦？如果公主那邊，要找公子怎麼辦？」

正說著，魯超牽了另外一匹馬出來，對小樂說道：

「小樂！你聽公子的，去守在公子房門口！至於公子這趟夜行，就交給我吧！」

皓禎已經上馬，魯超也急忙上馬。

小樂只好悄悄溜回將軍府，把後門關好。

❖

雖然夜深了，吟霜還沒睡。她正在燈下，拿著皓禎送她的玉佩，心碎神傷的看著。如果說，她不曾因今天是皓禎大喜的日子而難過，她就是虛偽的！黃昏時，她目睹了那婚禮的場面，接觸了皓禎和她的四目相對。她以為自己是很堅強的，才會帶著香綺到長安大街上去觀看，畢竟，這是皓禎的婚禮！可是，和皓禎眼神接觸的剎那間，她就心碎了！回到鄉間小屋，她也沒吃晚膳。看著窗外月光，想著他！看著玉佩，想著他！看著燈火，想著他！看著自己手臂上的傷痕，想著他……此時此刻，他應該正和公主洞房吧！這是皓禎應盡的義務和責任，她早有準備，但是，她為何如此心痛呢？

「梅花在這兒，梅花樹呢？」她在自言自語。

忽然間，門外一陣馬蹄雜沓，皓禎那酒意未消的聲音，就大喊大叫的傳來：

「吟霜！吟霜！我來了！」

怎麼可能？吟霜的心怦怦跳著，立刻起身，奔向大門，一陣乒乒乓乓，房門打開，吟霜衝到房門口來。她的身後，跟著睡眼惺忪的香綺和常媽。常媽睜大了眼：

「公子，魯超？不是我老太婆眼睛花了吧？」

「公子！您怎麼來了？今天不是您大喜的日子嗎？」香綺驚喊。

吟霜不敢相信的看著皓禎，兩人的目光再度交纏。皓禎就翻身下馬。

「你真的來了？不顧一切的來了？」吟霜顫聲問。

「今天在大街上，我對某人說了今晚會來！我不能失信！」皓禎振振有詞。

吟霜身不由己的迎上前去，含淚驚喊：

「你一定發瘋了！你喝醉了嗎？大家怎麼會放你出來？」

魯超下馬，拉著皓禎的馬去馬廄，說道：

「公子說，就算有一千匹馬拉著他，有一萬把刀擱在他脖子上，他都要來找吟霜姑娘！現在小樂在家裡隨機應變，明天是什麼狀況，大概公子也不管了！」

吟霜眼圈漲紅，淚水盈眶，撐著歪歪倒倒的皓禎進房去。

兩人一進臥房，皓禎就熱情奔放的把吟霜摟在懷裡。吟霜掙扎了一下，就不由自主的依偎著他，把面孔埋在他那厚實的胸前。半晌，皓禎用手托起她的下巴，凝視著她。

「不許哭！」

「是！」吟霜順從的說著，慌忙用袖子擦眼淚。

皓禎就回頭對外胡亂的大喊：

「常媽！香綺！我要紅緞帶，紅絲帶，紅繩子，紅纓帶，紅綢帶……不管紅色的什麼帶子，都給我拿來！快快快！」

吟霜驚奇的看著他：

「你這時候要紅緞帶做什麼？你醉了！我去給你弄個醒酒的藥！你一定醉得糊塗了，才會跑到這兒來，想到你明天會面對的情況，我都幫你捏把冷汗！」說著就要走。

皓禎一把攥住她。

「別走！我好不容易來了，妳一刻也不能離開我！我們上次結婚太匆忙，忘了有個『解纓結髮之禮』，妳要把頭髮用紅纓繫著，我親手解開才行！」

吟霜簡直不知道該說什麼好，只是淚汪汪的看著他，半晌，才輕聲說：

「那天不是忘了，只是臨時來不及準備，我也覺得這些禮數都用不著，有心就夠了！那麼……」就小小聲的問：「你今晚幫……新娘『解纓』了？」

皓禎一瞪眼，氣呼呼說：

「沒幫妳做的事，怎會幫她做？這個『解纓結髮之禮』我也不懂，如果關係到『永結同心』，那一定要幫妳解！」就又亂喊一通：「香綺！妳們聽到了嗎？紅緞帶！紅絲帶！紅花！紅繩子，紅流蘇……」

吟霜急忙也對外喊：

「香綺！別理他！妳們都睡覺吧！他醉了！」再看向皓禎，請求的說道：「改天再行解纓結髮之禮行嗎？半夜三更，別吵她們吧！」

皓禎就醉醺醺的握著吟霜的手，重重說道：

「今天是我大喜的日子！我說過，我的新娘只有一個！不管什麼禮，應該都是屬於妳的禮！我，就是老天送給妳的禮！妳，也是老天送給我的禮！」

「是！是！」吟霜輕聲應著，看了他一會兒，就把頭偎在他的肩頭，臉頰靠著他的臉頰，抬眼看著窗外的夜空。她就對著夜空，低聲喊道：

「爹！娘！你們在天之靈保佑我，也見證我這一片心！風霜雨露我都不怕，名分地位也不在乎，我只要和皓禎相守，只要和他在一起！」

窗外的夜空中，許多星星閃爍著，似乎每顆星星，都在見證著這對人兒的愛意。

25

天濛濛亮，小樂坐在皓禎臥室門口的地上打瞌睡。皓禎已把他的新郎服換下，包著小包裹拎在手裡，他穿著一身不起眼的便服，在魯超掩護下，用輕功潛入將軍府，再人不知鬼不覺的悄悄出現在房門口，捏了捏小樂的耳朵。小樂驚跳起來，半睡半醒的喊：

「公子醉了，還在睡！還在睡！不能打擾！」

「公子回來啦！趕快讓我溜進門去！」皓禎急忙低聲道。

小樂這才拍著胸口，站起身，四面看看，讓開身子打開門，皓禎一閃入房。小樂跟進去，立刻關上房門。皓禎把包袱拋給小樂，吩咐著：

「這是那件新郎禮服，你收著，說不定進宮時還要用！」

小樂接過包袱，哭喪著臉，害怕的說道：

「公子！你準會害小樂一命歸天的！」

皓禎給了他腦袋上一巴掌。

「會不會說點好話？」再低聲問：「沒事嗎？有人找我嗎？公主那邊……」

「那邊安安靜靜的……」小樂也低聲回答：「嫁過來第一晚也不好意思說什麼吧！公子昨晚是過關了！」

「那就好，我要睡了！」皓禎解著衣扣，脫下便服。

「現在睡什麼睡？今天公子要陪同全家去見公主，然後有很多人要來賀喜！公子一定還沒用早膳，用完早膳還有一堆禮節呢！」

「吟霜強迫我喝了醒酒藥，酒醒了哪還睡得著！跟吟霜談了一夜都沒睡，現在真的睏了，必須休息一下！」說著，就倒上床。

「公子，以後還有很多很多天，日子長得很呢！」小樂擔憂的說：「公子的『洞房合歡之禮』是賴不掉的。今晚……」對皓禎拜道：「拜託公子別再出花樣，就跟公主馬馬虎虎合歡一下吧！」

皓禎又打了他腦袋一下。

「什麼馬馬虎虎合歡一下？你這小廝懂什麼？這是很嚴重的事，是不能馬馬虎虎的事！我不會跟公主合歡的，你別說了！」就拉開棉被，蒙頭大睡。

「啊？那公子每晚都要賴啊？那我小樂慘了！」

皓禎翻身向著床內，真的倦極入睡了。

大概只睡了一個時辰，他就被小樂拉起床，一疊連聲的催促著：

「公子，趕快梳洗！也不能用早膳了，大將軍和夫人都等著公子，要去向公主問安！公子沒在公主院過夜，大家都不知道，你假裝是從公主院出來，去接將軍、夫人、二夫人、二公子的，公子明白了嗎？」

「明白了明白了！」皓禎一面穿上吉服，一面打哈欠。

接著，皓禎就陪著不知情的柏凱、雪如、翩翩、皓祥，一起走進公主院大廳。

蘭馨盛裝，已在宮女們簇擁下等待著。

「公主，將軍府太簡陋了，委屈了公主，不知昨晚睡得可好？」柏凱問。

「大將軍別客氣！」蘭馨瀟灑的回答：「應該是我去你們那邊見公婆的吧？說真的，不管是民間禮儀還是宮中禮儀，本公主都弄不清楚！」

雪如誠摯的笑著說道：

「莫尚宮過來好幾次，告訴我們禮儀規矩。我們袁家，第一次有人當駙馬，也是什麼都不懂，有欠缺之處，還請公主包涵。」

「夫人不要跟蘭馨客套，本公主一向不會客套。」蘭馨大方的說：「既然嫁過來了，就是一家人了。」一個個的看著眾人：「皓祥我在宮裡見過的，」看翩翩：「這位是……」

翩翩急忙說道：

「我是皓祥的娘！大將軍的二夫人！公主缺什麼，有任何需要，就讓崔諭娘找我吧！在這家裡，我是大事小事，通通要管的那種人！」

「那妳就是一家總管囉！崔諭娘，記住了！」蘭馨吩咐。

「是！」崔諭娘應著。

皓禎聽著這些談話，感到百無聊賴，又沒睡夠，悄悄打了個哈欠。

蘭馨就看著皓禎，似笑非笑的說道：

「駙馬爺，昨晚本公主是『粽子菩薩』，今晚請駙馬清清醒醒來這兒，別再喝太多酒！蘭馨不會跟你打馬虎眼，有什麼說什麼。」看柏凱和雪如：「公公婆婆也監督他，別讓他喝醉，要管著他一點。」

柏凱有點糊塗的問：

「粽子菩薩是什麼？」

宮女們偷笑著。崔諭娘一臉尷尬，蘭馨眼裡閃著一絲絲警告的意味。雪如一驚，也不知昨晚怎樣，趕緊回答：

「公主！今晚客人鬧酒，一定不讓他多喝，昨晚都是那位大理寺丞方漢陽，拉著皓禎喝，一定喝多了！今晚不會不會！」

皓祥挑著眉毛，看好戲似的說道：

「那可不一定！除非寄南不來，如果寄南來，還是會喝的！」

皓禎聽得不耐煩了，心裡翻騰著對這個婚事的不滿，哪有這樣點不醒、一廂情願的公主，害他辜負了深愛的吟霜！看著蘭馨，他眉頭一皺說道：

「蘭馨！如果我想喝酒，那是我的事！喝醉了，也是我的事！妳嫁到將軍府，還是守將軍府的規矩吧！在我家，我爹最大，我娘第二，我輪第三！妳進了門，就算是公主，不要對我娘發號施令，更不可對我爹不敬，也別管我喝酒的事！」

蘭馨似笑非笑的看著皓禎問：

「駙馬這篇訓話，是給我下馬威嗎？」

「還沒呢！妳剛進門，先讓妳三天！」皓禎板著臉說。

柏凱、雪如等人驚愕的看著皓禎。崔諭娘瞪大眼睛，宮女們個個訝異。翩翩和皓祥彼此互看，不知道皓禎在做什麼。

蘭馨被皓禎的氣勢鎮住了，略略呆了呆，就忍不住噗哧一笑，對皓禎說道：

「你知道嗎？本公主就欣賞你這股霸氣！記得你跟寄南進宮來找我，把我摔了十幾個觔斗，本公主就栽在你的武功和霸氣下，這才選了你！」

皓禎怔住了，心裡懊惱，原來如此！他對自己生氣，決定再說清楚一點：

「還有，把妳那個開口閉口的『本公主』改一改，用蘭馨或者是『我』字就可以了！稱呼也改一改！」就一個個攤著手介紹：「這是爹，這是娘，這是二娘，這是皓祥，我的名字不叫駙馬，叫皓禎！知道了嗎？」

蘭馨一笑，心情良好的、清脆的回答：

「知道了！」就對柏凱雪如說道：「爹娘多指教！」

眾人全部一愣一愣了，就連皓禎也愣了。

❖

正當皓禎全力應付他那不情不願的駙馬身分時，宰相府裡的右宰相方世廷，也決定開始「管束」寄南和靈兒。

他把兩人叫進了書房。隔著一張書桌，世廷坐在坐榻裡，寄南和靈兒不情不願的站在書桌前。世廷看著他倆，滿眼矛盾為難之色。漢陽在一邊陪著。雙方對看了半晌，世廷才清清喉嚨，凝視寄南說道：

「皇上讓本官管束你，是對本官的信任，也是本官的榮幸，但是，你是不是能配合本官呢？」

寄南眼睛頓時一亮，擊掌說道：

「配合？宰相這配合兩個字就說對了！只要本王在貴府打擾幾天，宰相大人您就對皇上覆命，說我那個病被管束好了！我也配合著說，以後只愛美人，不再斷袖，您想皇上那麼忙，還會追究嗎？哈哈！這樣就兩全其美啦！」

「那麼，你是不是真的就不再斷袖了呢？」世廷眼睛一瞪問。

「宰相大人何必強人所難？」寄南笑著說：「如果本王捨得裘兒，就把他送給吐蕃王子了！」看了靈兒一眼：「就是捨不得嘛！宰相不是我和裘兒這種人，不知其中滋味！本王對裘兒，也是情深義重的！」突然瞪著世廷說：「對了，宰相不是寫過忠孝仁義論嗎？」臉色一正：「本王就是忠孝仁義的擁護者，拋下裘兒，就是不義！」

世廷臉色跟著寄南的歪理變化著，問道：

「這麼說，靖威王是要本宰相和你一起去欺騙皇上？你難道不知欺君大罪是要砍頭的嗎？」

「方宰相！皇上忠厚仁慈，他不會動不動就要砍人腦袋！」寄南正色說道：「那些被冤枉砍掉腦袋的人，都是被皇上身邊那些掌權的大臣給陷害的！這些掌權大臣，才犯了欺君之罪！至於本王的斷袖，何足掛齒？」

世廷臉色一變，聲音提高了：

「掌權大臣，也包括本宰相嗎？」

「怎敢怎敢？」寄南賠笑：「也不是個個掌權大臣，都陽奉陰違！但是，宰相您心裡大概也有數吧？誰是忠臣，誰是奸臣？」眼光突然銳利起來：「您身居右宰相，是皇上最信任的人，要睜大眼睛，幫皇上除害，那才是忠孝仁義！」

漢陽再也聽不下去，挺身而出：

「寄南！你不要太囂張，今天是我爹在管束你，不是你在這兒對我爹訓話！為了掩飾你自己的毛病，你居然扯出忠孝仁義、忠臣奸臣的，太過分了！如果你繼續指桑罵槐，侮辱我爹，我不會坐視不理的！」

寄南轉向漢陽：

「哎呀哎呀，我說漢陽，不要太認真，本王真的沒有不敬之意！有感而發的說了幾句真心話而已！」忽然深思的看著漢陽，語氣一變：「你聽過街頭的歌謠嗎？」就唸道：「兔子好欺負，帽子壓頭顱，左邊有豺狼，右邊有惡犬，言之鑿鑿誰在乎？」盯著漢陽：「聽過嗎？這是『冤獄』兩個字！你現在官拜大理寺丞，慎之慎之！」

漢陽啼笑皆非，瞪著寄南說：

「你教了我爹怎樣做宰相，現在輪到教我怎樣做大理寺丞嗎？這『左有豺狼，右有惡犬』，是指左右宰相嗎？」

世廷大怒，一拍桌子喊：

「放肆！大膽！」

寄南急忙接口：

「不是不是！怎麼你們父子總是想歪呢？這是街上的歌謠，就是拆字編字謎，做得也粗糙，沒什麼學問，聽聽就好了！你們整天上朝廷住宰相府，聽不到老百姓的聲音，我聽得多，唸給你們聽聽罷了！還有其他的……」

「算了！別唸！」漢陽趕緊阻止。

靈兒見氣氛不佳，也聽不懂寄南那些兔子帽子的，趕緊上來，笑著插嘴：

「大人別生氣，我家王爺的『斷袖病』，跟他講道理是沒用的啦！你們說的那些話根本救不了我們的病！因為感情這東西，說來就來誰也擋不了，就像我們家王爺喜歡吃瘦肉，五花肉絕對看不上眼，我現在就是他的瘦肉！」

寄南趕緊嘻笑著，和靈兒默契的一搭一唱：

「哈哈哈！這比喻太妙了！」胳臂搭著靈兒的肩膀，眼睛睨視著靈兒說：「妳就是我最愛吃的瘦肉！」

世廷被寄南刺激了，又看到兩人不可救藥狀，看向漢陽，大聲說道：

「漢陽，這兩個頭痛的人物就交給你了，那個病你去治！我出門去了，大理寺那邊，我會幫你打點！」瞪著寄南和靈兒，搖頭自語：「皇上啊皇上，這個『管束』，微臣恐怕要繳白卷了！」說完，憂心忡忡的離開書房。

漢陽責備的看著靈兒寄南說：

「你們就不能正經一點嗎？非要氣了我娘，再惹惱我爹嗎？還挾槍帶棒，把我也訓一頓？」

靈兒和寄南對視竊笑。兩人退出了書房，你看我，我看你。

「這管束還好！」靈兒說：「課上完了吧？我們現在是去皓禎那兒呢？還是去吟霜那兒呢？」

「唉！」寄南嘆氣：「皓禎那兒的熱鬧，我們湊不上，吟霜那兒的悲傷，我們幫不上……」忽然關心的想道：「太子那兒，不知道是否平靜？」

❖

太子那兒，是不可能平靜的。皓禎大婚第二天，伍震榮就帶著手下，直接到了太子府。太子正在書房看左右春坊呈上來的奏書，聽到伍震榮親自來到，就在書房內接見了他。太子心中有數，闔上奏書，抬頭看著他，開門見山的問：

「榮王來到太子府，難道是為了樂蓉公主和項麒駙馬的事情而來？」

伍震榮眼神凌厲帶著威脅直視著太子，說道：

「太子最近對朝廷百姓，真是處處關心！小小一些賣官傳聞，也能驚動太子親自查辦！既然太子這麼關心朝廷，那麼，不知太子敢不敢辦戶部太府寺的財政弊案？那才是動搖國本的大事，太子可知道？」

太子一驚起立，看著震榮，銳利的問：

「太府寺可是朝廷的大掌櫃，憑你左宰相在朝廷的勢力，怎麼會讓動搖國本的事情發生？這是不是說明，宰相你失職了？」

「是！這點老臣無可否認，責無旁貸，但力不從心的原因是一句話，為了皇室的安寧，多有顧忌，不敢行動。」伍震榮居然承認了。

太子匪夷所思，看著伍震榮。這老賊在玩什麼花樣？

「榮王，你今天真是太詭異了，平常八面威風的，居然還有你顧忌的事情？你說為了皇室安寧，莫非動搖國本的關鍵，就在我們皇宮裡？」

「太子天資聰穎，智慧過人，老臣就算說破了嘴，太子也未必會相信三分。或許唯有太子親自到太府寺查證，眼見為憑，才知道如何挽救我大天朝的國庫危機！」伍震榮注視著太子，眼光中充滿挑戰的意味。

太子思索著，心想：「這老奸巨猾的狐狸，從不讓我干涉太府寺的財政，今天居然要我去查帳？但不管他在搞什麼名堂，先入虎穴再說。」

「既然榮王如此憂國憂民，本太子就去太府寺一探究竟！」太子自信堅毅的說道，忽然想起什麼，一愣說：「太府寺的出納使不是義王和孝王嗎？」

「正是！」伍震榮看著太子，銳利的問：「怎麼？義王是太子的皇叔呢！太子有忌諱嗎？」

太子臉色一正，大聲說：

「忌諱？本太子什麼忌諱都沒有！」

伍震榮不懷好意的笑了。

❖

太子不敢耽誤，真的進了太府寺，甚至沒有跟寄南和皓禎商量。在太府寺大廳，伍震榮和方世廷帶著太府寺官員，都在大廳恭迎。方世廷望望大門，不滿的說：

「這都什麼時辰了，義王和孝王居然還沒出現？」

伍震榮掌控全局的對官員說話：

「從今往後，太府寺裡各科的監察都必須配合太子的視察。太子若有疑問，各員絕對要對太子知無不言，言無不盡，盡快幫助太子對財政方面入手。現在就請各監將最近五年的帳冊送到為太子準備的書房。」他對太子有禮的說：「本王帶路，太子有請！」

就在這時，義王和孝王匆匆趕到大廳。兩人立刻行禮：

「臣叩見太子，太子金安！」

「皇叔快起，免禮！」太子謙和的說。

「今天太子第一天到太府寺，臣等不克迎接，還請太子原諒！」義王說。

「太子這麼重要的事情，您二位怎麼能遲到了呢？」方世廷不解的問。

「請太子原諒！」孝王說：「因為聽說忠王突然病倒了，臣與義王就先去探望他，所以時辰耽誤了⋯⋯」

「忠王生病了？嚴不嚴重？有沒有派宮裡的太醫去診治呢？」太子關切。

「請太子放心，太醫看過了也開了藥，我們離開的時候，他老人家睡下了。現在太子正事要緊，我們快進去向太子稟報財政。」義王說。

伍震榮和方世廷彼此互視，頗為不屑。

孝王急忙對伍震榮和方世廷說道：

「兩位宰相辛苦了，太府寺由我和義王來侍候太子即可，二位要是忙的話，可以先去忙了。」

「不急、不忙！太子重要，我們可以多陪一會兒！」伍震榮和顏悅色說。

「我們先到書房去吧！」方世廷接口。

❖

寬闊的書房裡，一張長直形的大桌子擺在屋子中央，官員們將一卷卷的文卷和帳冊，一綑綑的放到大書桌上。太子立刻展開工作，在書房一隅的書桌前，檢視著帳目，義王和孝王分立兩側指導著太子。伍震榮和方世廷指揮官員進進出出，不停的搬運文卷進書房。伍震榮隨手翻翻一卷帳冊說：

「這帳目都是人做出來的，有人就必有假帳，這真真假假，還得明鑑秋毫才能看出端倪，太子，你可要細細核實呀！」

「若說明鑑秋毫，還有人比得上榮王嗎？」義王接口，看著那些不斷搬進來的帳冊吃驚著，難道伍震榮要太子累死嗎？這些帳冊如何核實起？就直率的說道：「如果從朝廷起草目開始就是爛帳一筆，那假帳也就變成真了。」

太子一怔，看向伍震榮：

「爛帳？莫非起草開始就是浮報了嗎？」

伍震榮臉色鐵青，怒視義王一眼，故作鎮定，嘴角淡淡的一抹邪笑。

「說朝廷起草爛帳可要有憑有據啊！」方世廷接口：「義王是皇上的胞弟，講話自然灑脫，但可不能誣衊了正直守法的官員。」

「數字可以假，貨物可假不了，貨物還得需要和數字相符！」孝王拿起帳冊說：「太子，先不論過去財務的進出情況，但你必須先知道，咱們國庫現在有多少存量。走！到庫房盤點，即可一探真假。」

於是，義王、孝王帶著太子伍震榮、方世廷又到各個庫房盤點，官員手拿著筆墨跟隨著太子記錄。他們先去了金庫，太子認真的核實著裡面堆滿各式寶物、金塊、元寶、銅幣……

等。一時之間，也核實不完，就被伍震榮和方世廷帶進了酒窖，義王、孝王倒著小杯酒給太子和伍震榮、方世廷品嘗。

孝王對太子解釋：

「這酒越醇越香，但和醬料一樣，壞掉的也有，所以偶而還是要檢查品質，壞了的東西要丟棄，帳目就必須出帳做報廢。」

太子品品酒，拿起筆認真的標記。

然後到了麵粉庫房，剛好遇到出貨，僕役進進出出搬運麵粉，好生熱鬧。太子一看，立即捲起衣袖，上前幫忙搬運麵粉上馬車。義王、孝王只好也出手跟著搬。方世廷見太子爬上馬車推貨，阻止喊著：

「太子，快下來，這事情不適合你出手，這樣太失禮統了！」

伍震榮威嚴的喊著僕役：

「不准讓太子動手！」抬頭向太子喊著：「太子請快下來！」

太子用衣袖擦汗，結果麵粉沾上了臉。他熱心的說：

「這些都是要運給宮裡用的，本太子出點力也應該！」就對伍震榮、方世廷命令道：

「你們別光是站著，也幫個忙呀！」

伍震榮和方世廷傻眼，不好抗拒，只好硬著頭皮也上前幫忙搬麵粉。

太子站在馬車上的高處，沒抓好有破洞的麵粉袋，突然麵粉四散從馬車上撒下，無巧不巧，全部灑在馬車下的伍震榮和方世廷身上。兩位宰相措手不及，已經滿頭、滿臉麵粉，又是噴嚏又是咳嗽，眼睛也睜不開了，狼狽不堪。太府寺的隨從官員，全部憋著笑。太子卻吃驚的喊：

「這麵粉袋居然有破洞！是不是老鼠咬過？老鼠會把疫病帶進宮，此事重大！記下來，記下來，立即檢查庫房有沒有老鼠？為何袋子有破洞？兩位宰相也得監督著，有時小事會闖大禍！」

「是是是！」孝王一疊連聲說，交待著官員：「仔細檢查！」

「太子教訓得是！」世廷只好抹去臉上麵粉說：「任何小事，都不能馬虎，是臣等失職了！」

伍震榮按捺下心中怒氣，拍掉身上的麵粉，正色說道：「現在，我們就跳掉其他庫房，直接去鑄金房吧！」

「這兒還有鑄金房？」太子詫異的問。

❖

走進鑄金房，讓太子大開眼界。只見房內忙忙碌碌，僕役官員鑄金監川流不息，房內熱氣撲面。一口陶製的大黑鍋傾斜著，裡面的熔液咕嘟咕嘟響，從鍋口中流下滾燙的液態黃金，流進下面的容器裡。這流動的液態黃金，像一條金色的瀑布，也像一條火龍。四周還有許多小金液飛濺，像是金色的焰火，甚是壯觀。無數僕役們半裸著，在高溫下汗流浹背，匆匆忙忙的鏟著煤，在大黑鍋下面的火爐裡添煤。太子從未見過這等場面，驚奇無比，喊道：

「原來金元寶金器是這樣鑄造出來的！」

鑄金監見太子等人進房，趕緊上來行禮。

「不知太子駕到，這兒工作忙碌，大家無法停工前來行禮，請太子見諒！」

「你們忙你們的！我見識見識，也長知識！千萬不要多禮！」太子說道。

伍震榮也急忙說道：

「鑄金不能停！讓本王幫太子解釋吧！這邊請！」

義王看著飛濺的金液，對鑄金監鄭重交待：

「注意那些濺開的金液，都要收集起來，流掉的更要小心……」

太子好奇的走到大黑鍋旁邊，察看究竟，說道：

「這口黑鍋也太厲害了，不知道這融化的金子有多燙？居然裡面能夠承受火熱的金液，底下還要承受烈火的燃燒！這金子，還真是『真金不怕火煉』啊！」

太子說著，已經很靠近黑鍋的鍋嘴，專注看著那流出的金液，如何正確的流進容器裡。那容器有一個掌控的僕役，扶著鍋柄，控制方向。這個工作一定須要很大的體力，太子心想。忽然間，鍋子一歪，鍋嘴竟然偏向太子，金液立刻飛向太子，火熱的流金四濺，都撲向太子而來。

義王、孝王、震榮、世廷和官員等都脫口驚呼：

「太子小心！」

事發倉卒，太子眼見金液與飛濺的液態金屑撲面而來，立馬一式「黑雄翻背」緊急跳躍後翻，撞倒了一排送煤燒火的僕役，僕役像骨牌般往後跌成一團，許多都被液態金子濺到，燙得哎喲哎喲亂叫。太子也被燙到，摔著手，卻見金液像一條河流，流向僕役，大驚嚷道：

「大家閃開！大家閃開！」

除了那條金色河流，還有很多液態的碎金，飛濺著往僕役身上灑去。

太子顧不得自己了，救這些僕役要緊！他隨手抓了一個陶盤，就奮力擋著金液，試圖把金液引向安全的方向。看到金液真的轉向了，他趕緊丟掉陶盤，飛躍過去，把那些僕役從地上拉起，一個個拋向安全地帶，自己手上都被燙傷，金液又流了過來，燃起了太子衣服下襬。孝王大喊：

「水！趕快拿水來！救太子呀！」

義王找來一盆水，就潑向太子的衣服下襬。

太子跳到安全地帶，身手靈活的就地一滾，撲滅了身上的火。抬頭一看，金液依舊歪斜的從鍋嘴中流出，眼看又要傷人，太子緊張喊道：

「快扶住那口黑鍋！」又一躍上了架子，推開掌控黑鍋的僕役，用力把黑鍋扶正，急呼：「快快快！義王！孝王！榮王……你們趕快檢查那些運煤的兄弟，看看有多少人受傷？這個鑄金房，也太危險了！」

被點名的伍震榮、義王、孝王都趕緊去檢查僕役。

義王心痛太子，喊道：

「太子！你的傷勢如何？」又急喊：「趕快傳太醫！傳太醫！」

太子忍著痛，仍然牢牢的扶著大黑鍋的柄。雖然是第一次操控這大黑鍋，卻正確的讓金液流向容器。他手裡忙著，嘴裡喊著：

「宣太醫也對！讓太醫趕快來，治療一下這些受傷的兄弟們！」

僕役們太感動了，被太子親手相救，還被太子稱為「兄弟們」，頓時感動得落淚，七嘴八舌喊道：

「先救太子！先救太子！」

「太子忙著救小的們，肯定受傷了！」

「小的們皮厚，經常被燙到，沒關係的，先救太子！」

然後，全部匯合成一句驚天動地的喊聲：

「先救太子！先救太子！先救太子……」

一片「先救太子」聲，驚動了整個太府寺，其他官員們也急忙來看太子。

鑄金房內亂成一片。

伍震榮和方世廷彼此交換著視線，兩人都有些驚怔。怎麼會弄成這樣？

26

方世廷急沖沖走進宰相府的花園，只見漢陽陪著寄南和靈兒，迎面而來。世廷滿臉著急，懊惱的說：

「這個太子也太粗心了！看到那口鑄金鍋，不躲得遠遠的，還跑過去察看究竟！現在被燙傷了！如果皇上追究起來，就算榮王和本宰相，都得進宮請罪！」

漢陽等三人大驚失色。寄南驚呼：

「什麼？太子被燙傷了？被什麼燙傷了？」

「鑄金鍋？難道太子去了太府寺？」漢陽疑惑的看著世廷問：「太子怎會去太府寺呢？」

「別管他怎麼去的，燙傷得嚴重嗎？」靈兒著急的喊：「哪兒燙傷了？千萬別燙傷臉，太子長得英俊，如果臉毀了，就糟大糕了！」

寄南打了靈兒的頭：

「妳這口沒遮攔的笨小廝，會不會說話？」

「太子是去太府寺調查什麼弊端嗎？」漢陽卻固執的問世廷。

世廷挺著背脊往屋內走去，邊走邊說：

「太子最近活動多得很，動作也很大！榮王說，太府寺遲早是下個目標，不如請太子先去視察！」

寄南衝口而出：

「這進去一視察，就被燙傷了？」

世廷收住步子，銳利的看寄南，板著臉問：

「你這話是什麼意思？燙傷是意外！難道你以為他被陷害了？當心『禍從口出』！」

「我才不怕禍從口出！」寄南氣急敗壞的說：「我只怕太子會被你們那個太府寺生吞活剝！陷進水深火熱裡！今天是火，明天可能就是水！」

漢陽看世廷臉色鐵青，急忙打斷寄南，說道：

「竇王爺！你和太子情如手足，這會兒還不趕快去太子府探視一下？」

寄南被提醒了，與其在這兒和方世廷吵架，不如直接去看太子！就十萬火急的喊：

「裘兒！趕快跟我去太子府！」說著，往門外就走。靈兒跟著向大門外跑。

漢陽看著兩人的背影，再看看父親走進屋內的背影，眉頭深鎖的深思著。在花園一隅的綠蔭深處，采文靜悄悄的站在那兒，目睹了這一幕。她哀嘆了一聲，轉身走進了她的避難所，她心靈的歸依處——方家祠堂。

❖

寄南帶著靈兒，騎著快馬，幾乎是用衝鋒陷陣的速度，趕到了太子府。在花園裡，就撞到正在徘徊深思的太子身上，寄南一見到他，就著急的喊：

「你居然在鑄金房被燙傷？太子，你要急死本王嗎？這個絕對有詐！一定有詐！以前拚死了也不讓太子過問太府寺的事情，現在八成是想報復你！而你居然中計！也不派鄧勇來找我，讓我這個有勇有謀的兄弟幫你拿個主意！」

太子雙手都包紮著，拚命對寄南使眼色，低語：

「別嚷嚷好不好？不過是一點點燙傷而已，不礙事！」

靈兒衝口而出：

「怎麼不礙事？我聽吟霜說，受傷最痛就是燙傷！太子大人，要不然你去給吟霜治療一下如何？你們那些太醫御醫可能都是些窩囊廢！」

「跟妳說過了，太子是殿下，不是大人！」寄南瞪視靈兒，再看太子：「到底傷得如何？兩隻手都傷了，你要怎麼使劍用劍？」

「你們不要小題大作！」太子看著寄南和靈兒，走到幽僻處，小聲說：「傷是傷了，我故意包紮得這麼大，讓他們不防我！那左右宰相誘我進鑄金房，說不定想把我鑄成金人，沒想到我逃得快……」

「萬一你不夠快，現在就是金太子了！」靈兒驚嚇的說：「哎呀，我說寶王爺，以後我和你一起當太子的小廝，去那個太府寺當太子的保鏢吧！」

寄南稀奇的看靈兒：

「妳有幾兩重的本事？還能當太子的保鏢？如果妳在那個鑄金房，恐怕已經是金小廝了！何況我們還是被管束的犯人！」

太子搖頭笑道：

「你們這兩個假斷袖，簡直是一對寶！」就對寄南正色說道：「明知有詐，我也得把握這次的機會，進入太府寺，才能查出更多有關國庫的弊端。」

「確實！這個機會真是難逢，太府寺疑案重重，國庫虧空屢見不鮮。伍震榮明明是最大虧空的嫌疑人，他居然要讓你去查他自己？」寄南問。

「依我判斷，他想利用我掩護罪狀，若本太子都查不到他的弊案，那麼也等於幫他洗清在朝廷貪污的嫌疑。」

「真是老謀深算一把手！太子呀！你可要當心，千萬不要中了他的圈套。需要幫手的時候，立刻通知我和皓禎，不能吃虧知道嗎？皇后虧空國庫的應該也不少！現在很多地方災荒水患都需要救濟，她和樂蓉公主還到處大興土木蓋行宮。太子既然鋌而走險，一定要想辦法阻止。」

「放心！」太子篤定的說：「我知道自己的責任，你的叮囑我都放這裡了！」比著胸口。「皓禎剛剛大婚，我也不好去打擾他！還真不知道，他這個駙馬當得如何？你別為我操心，我比你們年長，自有分寸！你還是多多操心一下皓禎吧！不知怎麼回事，我對他這個婚事，覺得隱憂重重呢！」

「皓禎應該會解決他的問題，我擔心的還是你！」寄南嘀咕。應付女人有什麼難？應付如狼似虎的左右宰相和皇后，才是用性命在賭博！

❖

但寄南確實該擔心皓禎。因為又到了深夜時分，那個洞房合歡之禮還沒解決。

蘭馨換了一件更加華麗的寢衣，挽著頭髮，端坐在床上等待著。崔諭娘和宮女們都在房裡列隊侍立。終於，門外，小樂和清醒的皓禎大步走來。

崔諭娘伸頭一看，急忙跑去對蘭馨說道：

「來了！來了！今晚好像沒喝酒！」

蘭馨微微一笑，趕緊正襟危坐。皓禎進房來，小樂在門口觀望著，悄悄的想退下。皓禎喊道：

「小樂！在門口等著！別跑走了讓我找不到人！」

「是是是！」小樂無奈的應著，拚命對皓禎遞眼色。

「還不上來幫駙馬爺更衣！」崔諭娘趕緊喊道。

這次皓禎也不抗拒了，伸著雙手，讓宮女們幫他換了內褂。蘭馨悄眼偷看，心中竊喜著。換好衣服，宮女們就把皓禎拉到床前，在崔諭娘示意下，一個個退到門外。皓禎看了蘭馨一眼，又大驚小怪的嚷道：

「怎麼還是穿這麼少？」一本正經的說：「妳知道男女授受不親，妳穿這樣成何體統？我到底是個男人！」

蘭馨抬眼看皓禎，顧不得害羞了，衝口而出：

「什麼男女授受不親？我是你的新娘，你現在該做什麼總知道吧？」

「我該做什麼？」皓禎裝傻：「睡覺吧？可是我會認床，習慣我臥房那張床，睡這兒我肯定睡不著！又怕擠到了妳！」

「那你先上床試試看！」蘭馨咬牙說。

皓禎就要上床，忽然間，搗著肚子彎腰大叫：

「哎喲哎喲，不好！我就說酒席太油了，我肚子痛！」大叫：「小樂，趕快扶我回去，我要如廁！快快快！」

小樂衝進房，就去扶著皓禎。崔諭娘帶著宮女也衝進房。崔諭娘不可思議的看著皓禎說：

「駙馬爺！要如廁就在公主這兒吧！我讓宮女趕緊準備！」

皓禎摀著肚子，怒道：

「胡說八道！我堂堂男子漢，怎能在公主面前如廁？哎喲哎喲，小樂，快走！再不走我就忍不住了！」

小樂扶著皓禎，就急急出房去了。

蘭馨和崔諭娘，面面相覷著。蘭馨困惑的低問：

「崔諭娘，這是怎麼回事？他不會……不會不懂吧？」

「聽說他從來不近女色，那皓祥公子，房裡已經有了兩個收房丫頭青兒翠兒，他一個也沒有！說不定……真不懂！」崔諭娘低語。

「啊？」蘭馨驚愕：「這事也不好聲張，再觀望兩天看看！」想想又說：「真不懂也是他的優點吧！」

優點？崔諭娘可不敢說，此事太可疑！看公主一廂情願的相信所有詭異的事，她這個身分是奴婢，名義是女官的小小諭娘，還是多觀察少說話為妙！

皓禎帶著小樂，回到將軍府自己的臥房，立刻直起身子，肚子也不痛了，如廁也免了，一切恢復正常。小樂看著他，呼出一口氣來說：

「公子！你這樣過一夜是一夜怎麼辦？你要如廁就去如廁，完事了就去合歡！」說完，摀著耳朵喊：「別扯我耳朵，會被公子扯掉的！」

「反正不能跟她合歡！絕對不能負了吟霜！」皓禎嘟囔著。

「吟霜姑娘不會怪你的！」

「可是，我過不了自己這一關！我沒辦法！」

「哎喲哎喲！上了床，女人都一樣，你就把公主當成吟霜姑娘……」

小樂話沒說完，皓禎追過來就打他，怒形於色喊：

「閉嘴！怎可這樣比喻？簡直侮辱了我對吟霜的感情！你不懂就少開口！不說話沒人會怪你！」

小樂不敢再說話了。

❖

第二天夜裡，紅燭依舊高燒，蘭馨依舊坐在床上等待著。皓禎換了內褂，卻拿著一本佛經，坐在桌前唸經：

「觀自在……照見五蘊皆空，度一切苦厄……

「色不異空，空不異色，色即是空，空即是色……

「諸法空相，不生不滅，不垢不淨，不增不減……

「無色、聲、香、味、觸、法……無無明，亦無無明盡……

「無苦、集、滅、道……」

蘭馨的耐力快磨光了，氣惱的喊：

「皓禎，你過來！」

「不要！」皓禎說：「妳每次穿這麼少的衣服，我看著很不舒服！除非妳把衣服穿整齊，我們聊天聊到天亮都成！」

「我哪有那麼多話跟你說！」蘭馨生氣了。

「那麼，妳穿好衣服，我們到院子裡練武去！要不然，我就在這兒唸經……」又埋頭在佛經裡：「色不異空，空不異色，色即是空，空即是色……」

蘭馨氣得牙癢癢，卻無可奈何，這種事，總不能由公主來強制執行吧？

再一晚，小樂扶著大醉的皓禎進房。皓禎站都站不穩，東倒西歪。

蘭馨依舊在床上等待著。小樂喊：

「崔諭娘！崔諭娘！公子大醉，站著就睡著了！怎麼辦？是睡在這兒呢？還是我扶他回房呢？」

正說著，皓禎作嘔，顯然要嘔吐，小樂急不得了，又喊：

「公子要吐了！是吐在這兒好呢？還是帶出去吐……」自己作主：「還是先帶出去吧！」扶著皓禎急忙出門去。

再一晚，皓禎還沒換衣服，站在公主房裡苦思對策。蘭馨也不再坐在床上等待，逕自走到皓禎面前來。她緊緊盯著他，有氣的說：

「我不管你是裝傻呢還是真傻，今晚你別想逃！本公主不耐煩了！」

皓禎倒退了一步，戒備的看著她問：

「妳想做什麼？」

「做我們早就該完成的事！這樣吧！你就站著別動，我來侍候你！」

蘭馨就伸手幫皓禎解領子上的扣子。皓禎急叫：

「我的脖子不能碰！我怕癢，絕對不能碰！」

「怕癢也沒辦法，我已經碰了！」蘭馨說。

皓禎開始笑，一笑就咯咯不停，邊笑邊說：

「不能碰不能碰，哎呀，我的肩膀也不能碰！我警告妳喲，我的胸口也不能碰，妳再碰再碰……」

蘭馨一面解開他的衣服，一面伸手輕觸他的胸口。

「你別害羞，我們已經是夫妻了，夫妻該做的事，一定要完成……」

皓禎大叫：

「我說不能碰，不能碰！妳怎麼不聽？哎喲……」

皓禎崩咚一聲，竟然暈倒在地。蘭馨大驚，小樂、崔諭娘、宮女們都奔進房。小樂趕緊去看皓禎，說道：

「公主！他太緊張，暈過去了！」

蘭馨納悶、懊惱、又狐疑的問：

「怎麼會暈過去呢？」

「公主對他做了什麼？公子怕癢，渾身都不能碰！」小樂硬著頭皮說。

「前兩晚宮女們幫他換衣服，他也沒有怕癢，沒有暈倒呀！」蘭馨瞪眼。

「他只對尊貴的人怕癢……」小樂胡謅：「我們這些下人沒關係！公主是公主，就不一樣了！」

說著說著，皓禎悠悠醒轉，小樂趕緊扶起他。皓禎急促的說道：

「快扶我回房！趕快把我的藥熬給我，我不能呼吸了！」

小樂就急忙扶著皓禎出房去。

蘭馨一急，想上前阻止，崔諭娘悄悄拉住了她，低聲說：

「公主別急，這洞房中事，別鬧得人仰馬翻的，實在不好看！奴婢再想辦法，弄明白是怎麼回事？」

蘭馨只得按捺著，眼睜睜看著小樂扶著皓禎出門去。

❖

皓禎雖然沒跟蘭馨合歡，可是，也不便溜出將軍府。這樣一夜一夜的挨過去，每個晚上都是煎熬。最痛苦的，是見不到吟霜。應付蘭馨是苦，見不到吟霜是更苦。真是：「有美人兮，見之不忘，一日不見兮，思之如狂」。

這天，皓禎終於找了個機會，一個人都沒帶，快馬來到吟霜這兒。他奔到花圃，不見吟霜，奔進大廳，不見吟霜。奔到臥室，才看到吟霜正在那兒整理藥草。被他的聲音驚動，她從桌前站起身子，驚喜的、兩眼發光的看著他。他一步上前，就把她緊緊擁在懷裡，感覺到她身子更纖瘦了，就心痛起來，一句話都不用問，也知道這些日子她是如何捱過去的！他的頭貼著她的，就在她耳邊深情的低語：

「我沒跟她圓房，我還是完完整整屬於妳的！」

吟霜驚訝的把他推開，睜大眼睛看著他，不敢相信的問：

「什麼？都這麼多天了，你一直沒有跟公主圓房？」

皓禎點點頭，握住吟霜的手。

「每天都想溜來看妳，實在沒辦法，家裡賀客不斷，我一面應付賀客，一面想妳！晚上又要想盡辦法逃避圓房，真是各種辦法都用盡了！實在太煎熬，這種日子根本不是人過的！」

吟霜怔怔的看著他，一語不發。

「怎麼不說話？怪我太多天沒來？我知道我知道，上次我五天沒來，妳就派猛兒來找我，現在妳也不敢讓猛兒出現在我家，只能在這兒等我，妳的煎熬也不會比我少！我都明白的。」

吟霜依舊看著他不說話。

「不要這樣！難得見一次面，別不理我。」皓禎把她拉進懷裡。

吟霜又推開他一些，深深看進他的眼裡。她的眼神嚴重而緊張，開口了：

「皓禎，你對我的心，我都瞭解！可是這件事你做得大錯特錯！你如果對我好，就不要讓我著急擔心！」

「什麼事大錯特錯？」皓禎聽不懂。

「你怎能每晚裝瘋賣傻呢？你要裝到什麼時候？你把公主當成傻瓜嗎？還有公主身邊的諭娘、宮女都是傻瓜嗎？這事如果傳回宮裡，你以為皇后和皇上能夠放過你嗎？你太幼稚了，這樣逃避怎麼是辦法呢？你明明就是要急死我、嚇死我！」

「我答應過妳，我要信守承諾！」皓禎大聲宣告。

「沒有人要你答應我，也沒有人要你信守承諾！你已經娶了她，就要好好待她！那才是一個君子的作法！」吟霜急得快哭了。

皓禎以為，只要告訴吟霜，他沒跟蘭馨圓房，吟霜就不會那麼傷心，就會感動，會安慰，會更加愛他！沒想到吟霜的反應是這樣！他每夜逃避圓房，已經心力交瘁，見不到吟霜，已經度日如年。結果見到了，她居然責怪他不和蘭馨圓房，就「不是君子」！他這一怒非同小可。甩開了她，他恨恨的說：

「如果連妳都不瞭解我為什麼這樣做，那我真是白費心機，自找苦吃！我不想跟妳解釋我的心態，我走就是了！」

皓禎說著，往門口就走。吟霜死命拉住了他，喊著：

「你氣沖沖的回去，不知道又要出什麼事？好不容易來一趟，我才不放你走！」

皓禎站住，回頭看她，沉痛的說：

「我們之中，如果會有任何爭端，都是同樣一個原因！妳太寬大，可以和公主共享一個我！我卻做不到，共享兩個女人！對妳是不忠，對她是不義！忠孝仁義，一直是我做人做事的根本！」

「不不不！」吟霜搖頭：「你這樣對她才是不義！婚姻裡，行房是義務！皓禎，不是我寬大，我也會嫉妒，我也會吃醋！可是，我更怕你遭遇不幸，這樣下去，我知道一定會出問題！」就哀求的看著他說：「皓禎，為了我的擔心著急，勉為其難吧！」

皓禎凝視她，悲哀的說：

「妳認為我做得到？當我滿心都是妳的時候，我還可以對她有那種舉動？當我看到她穿著薄薄的衣服，坐在那兒等我，我想到的是妳，是妳用哀怨的眼神看我，我對她，就一點慾望都沒有了！妳懂嗎？」

「我懂！」吟霜祈求的說：「那你就把她當成我吧！」

皓禎摔開她，往門外就走，怒沖沖說道：

「妳的話跟小樂一樣，簡直氣死我！」

吟霜呆呆的站著，皓禎衝到門口又站住了，瞬間掉頭，把她再度擁進懷裡，柔聲的說：

「用了好多工夫，連小樂都不敢帶，才能溜出來看妳！我不是來跟妳吵架的，妳說的我都明白！我只是管不住我自己，說來說去，都是妳害的！只要我能不想到妳，我大概就可以做到！只要妳不從我心裡冒出來，我大概可以做到！多少男人都能做到，而且多多益善，我為什麼做不到？都怪那朵石玉壘！都怪護送祝大人重逢，都怪東市為妳打架，都怪那陣颶風，都怪……妳是梅花我是梅花樹！」

吟霜眼淚掉了下來，心裡翻騰著，痛楚著，感動、擔心、害怕揉合著最深刻的愛，像扭麻花一樣，把她的心絞扭成一團。

27

在皓禎溜去見吟霜的時候，秦媽聽到了一些閒話，困惑的對雪如悄悄說：

「那個公主院的崔諭娘也真奇怪，有什麼事情應該來找夫人您商量，結果她居然跟二夫人說了一些奇奇怪怪的話。」

雪如心裡一震，嚴肅的問：

「崔諭娘和二夫人說些什麼？」

「她告訴二夫人，大公子皓禎……到現在都沒有和蘭馨公主圓房，每天晚上都有各種狀況，各種理由拒絕同床，幾乎天天都不在公主房裡睡覺。」

雪如大驚，怎會這樣？頓時又氣又急，說道：

「皓禎這個孩子，居然這麼對待公主，這……要是傳到皇上那兒去，咱們將軍府不就大難臨頭了嗎？」越想越氣：「妳快去把小樂找過來！皓禎幹什麼事，小樂最清楚，快去把他叫過來！」

秦媽還沒動，皓祥的聲音，就大聲的傳來：

「不必了！小樂我給大娘帶過來了！」

小樂砰的一聲，被皓祥摔到雪如面前。翩翩也跟著踏進門，對小樂吼著：

「還不跪下！你自己告訴夫人，皓禎為什麼冷落公主？」

小樂跪著，嚇得兩眼發直，驚恐的說：

「二夫人，小樂真的不知道大公子的事情，小樂什麼都不知道！」

皓祥上前，對著小樂就惡狠狠的踢了一腳：

「你還裝蒜！你是他的心腹小廝，你還敢說你不知道？」

雪如控制著脾氣，威嚴的喊道：

「小樂，你好好的老實交代，你要是包庇皓禎，等於害了我們袁家一大家子的人。皓禎每天晚上不在公主院，到底都到哪裡去了？快從實招來！」

「就在他原來的房裡睡覺，沒有出門！」小樂只得說了。

「已經成親了，怎麼還在自己房裡睡覺？」雪如著急：「為什麼不在公主房？你還不說？難道要等大將軍回府，讓大將軍親自來審你嗎？快說！」

小樂腦子不夠用了，不能出賣公子，不能說出真相，就想把問題推給比自己聰明的人，也沒細想，就說道：

「好好！夫人，我說我說……大公子他沒跟公主圓房，大概……大概竇王爺比較瞭解！」

「什麼？竇寄南？」雪如驚訝。

「竇寄南不是因為行為不檢，有斷袖之癖，被送到宰相府去管束了嗎？」翩翩疑惑不解。

皓祥一想，恍然大悟，這下可找到皓禎的罩門了！就挑著眉毛喊：

「哦！這下我可明白了，」看著雪如和翩翩：「原來皓禎一直不和公主圓房，因為他和竇寄南是同一路的人！也有那個毛病！」

雪如一聽，臉色慘白，立刻心慌意亂，滿腹狐疑。

翩翩逮到機會，怎能不大作文章，拚命點頭說道：

「我就說嘛，皓禎跟寄南也走得太近了！簡直是如膠似漆，形影不離！原來是這回事啊！大姊，皓禎從小就不近女色，妳就該留意了！現在怎麼辦？」

小樂著急，搖著手解釋：

「不是的！不是的！大公子不是那種人，不是大家想的那樣，大公子和竇王爺只是好兄弟！」

「是啊！好兄弟！恐怕好得太過分了！」皓祥嘲諷的說。

雪如怒極了，對翩翩和皓祥厲聲一喊：

「閉嘴！皓禎的事情，還輪不到你們母子說三道四，你們再胡說八道，我可不饒你們！」怒瞪小樂，大聲的說：「去把竇寄南給我找來！」

❖

寄南和靈兒忽然被魯超叫到將軍府，魯超也不知道原因。到了將軍府，就被帶進一間偏廳，雪如、皓祥、翩翩都面色凝重的坐著，小樂卻眼淚汪汪的跪在旁邊。兩人感受著屋裡一股肅殺的氣氛，糊糊塗塗的彼此對看。靈兒悄悄的踢踢寄南：

「怎麼回事啊？叫咱們過來將軍府幹嘛？皓禎去哪了？」

「妳問我，我問誰去？」寄南踢回去，不解的望向跪在旁邊的小樂：「發生啥事啊？」

小樂跪在那兒，不敢吭聲，默默的用嘴型對寄南說話，寄南卻看不懂。

雪如深吸了一口氣，打破沉默，嚴重的問道：

「寄南，我今天就跟你打開天窗說亮話。你和皓禎之間，是怎樣的感情？你坦白告訴我吧！」

寄南莫名其妙的回答：

「就是兄弟一樣的感情，還能有什麼其他的感情？」

皓祥在一邊插嘴：

「我代我家大娘問你吧！因為大娘說不出口！我哥和你，是不是也和你跟裘兒一樣？你們三個都玩在一起嗎？」

靈兒腦筋沒繞過來，看小樂一直求救使眼色，急忙回答：

「是啊！我們三個常常玩在一起！沒錯！」

雪如聞言倒進坐榻裡，如遭雷擊，臉色大變，呻吟著說：

「完了！這下完了！皓禎怎會這樣呢？」

寄南瞬間明白了，張大眼睛。

「哦……你們是說……我和皓禎，也是『那個』？」

「難道不是嗎？」翩翩咄咄逼人的說：「把公主那樣的新娘子冷落著，碰都不碰！原來是因為你！」輕藐的看看靈兒：「你身邊已經有一位了，難道還不放過我們皓禎？你的胃口可真大呀！」

靈兒憋著氣，忍笑，沒忍住，發出「噗！」的一聲，又繼續憋著笑。

寄南滿臉委屈，怒瞪靈兒，心想：

「妳還笑！我簡直跳進黃河都洗不清了！」心裡暗暗叫苦：「皓禎啊皓禎，我真會被你害死了，一個靈兒不夠又要搭上你！」

雪如還抱著一線希望，嚴肅哀懇的看著寄南，問道：

「寄南，你一直不說話，難道是默認了嗎？你真的和皓禎有不正常的關係嗎？」催促著：

「你說話呀！」

寄南一副苦瓜臉，迅速的衡量著目前的局面。萬一吟霜曝光，皓禎不但犯了欺君大罪，整個將軍府都不保！吟霜是祕密，是和「天元通寶」同樣重要的祕密，如果雪如知道了真相，將軍府和皇室都容不下吟霜！他心裡默唸著：

「皓禎，為了保護吟霜，我這好兄弟就做到底了！你也別怨我呀！」想著，就怯怯的對著雪如說道：「伯母，就算我說不是，你們也不會相信，那我只好順應民意，我和皓禎就是你們想的那樣！」

翩翩和皓祥勝利的譁然起來，小樂呆住大喊不是，秦媽叫著天，靈兒又在那兒「噗噗噗」忍笑，寄南瞪大眼不知如何是好……在這各種反應中，雪如接受不了，咕咚一聲，倒地昏倒了。

滿屋子人全部撲向雪如，又喊又叫。秦媽扶著雪如喊：

「夫人，夫人，您醒醒啊！夫人！」向外喊：「袁忠，快找大夫呀！」

小樂急忙跪倒雪如身旁，哭著說：

「夫人，夫人，不是這樣的，不是這樣的！您醒醒啊！」

靈兒不「噗」了，慌亂的問：

「怎麼辦？這承認也不是，不承認也不是，這下會不會鬧出人命啊！」

「伯母！伯母！」寄南嘆氣：「有這麼嚴重嗎？早知道這麼嚴重，我就打死不承認了！」

大家喊的喊，叫的叫，急的急。皓祥和翩翩母子站在一旁幸災樂禍。

靈兒在眾人的慌亂中，一拉寄南的袖子，在他耳邊低語：

「趁亂逃走吧！趕快去找皓禎商量要緊！」

❖

於是，在吟霜那鄉間小屋前，寄南和靈兒找到了皓禎，把經過都說了。皓禎一聽，這還得了？上來就是一招「流星趕月」，一個「上步右撐掌」，追著寄南打，寄南也不敢還手，只是沒命的逃。吟霜面色慘淡，有如大難臨頭。靈兒看到皓禎打寄南，不知道興奮什麼？還在一旁搧風點火，只有幾匹馬兒，悠閒的在旁邊吃草。

皓禎氣急敗壞，追著寄南大罵：

「你什麼不好說，偏偏說這個，什麼斷袖之癖，你讓我這少將軍還要怎麼見人啊！你氣死我！」

「皓禎，你用力打，順便幫我教訓他，老是欺負我這個小廝！」靈兒喊。

寄南對靈兒喊著：

「喂！我床榻都讓妳了，哪裡欺負妳？」一面閃躲皓禎的拳頭，一面對皓禎嚷著：「你也怪我？我不都為了保護你和吟霜嗎？我硬著頭皮承擔一切，我好受嗎？你們想過我的委屈沒有！」

「那你應該抗辯到底，說不是那種關係，何必說我們是那種關係！現在我娘昏倒了，你說到底要怎麼收拾？」

皓禎說完，又一拳一腳的對付寄南。寄南不敢反擊，只是又跳又閃的躲避著。吟霜內疚的看著他們，傷心的說：

「你們有話好好說，別打了，別打了，我知道，所有的錯，都是因為我，你們不要再打了！」

皓禎和寄南聽到吟霜自責，兩人立刻停手。靈兒趕緊安撫著吟霜：

「這事情，跟妳有什麼關係，妳不要自己瞎說啦！反正我們一定會保護妳，不會讓妳被發現的！」

「不讓我被發現？」吟霜悽然說：「對，我是應該躲得遠遠的，我不該讓皓禎陷入這樣兩難的局面，我甚至害皓禎的娘昏倒了！現在問題這麼多，我不如遠走高飛算了！」

皓禎大驚，趕緊抓住吟霜的雙臂搖著：

「什麼遠走高飛！這念頭想都不能想！」

寄南敲了靈兒一記：

「妳看，妳又說錯話！妳呀！少開金口！」

靈兒懊惱，猛敲自己腦袋瓜。

皓禎握著吟霜的胳臂，繼續對吟霜挖心挖肝的說道：

「我現在千頭萬緒，焦頭爛額。唯一的安慰，就是和妳之間的這份感情。只要想到妳，即使我在困境裡，也能越戰越勇！妳不支持我，也不要說什麼遠走高飛來嚇我行不行？」

吟霜看皓禎說得如此懇切，忙不迭的點頭，懊悔的說：

「剛剛是我急了，衝口而出說了那句話，有了你，我也捨不得遠走高飛呀！可是你和公主的問題，越是不解決，你的麻煩就會越大，我不想再看到你過著蠟燭兩頭燒的日子！」

「反正都已經燒了，就讓它繼續燒吧！我袁皓禎不是一個輕易放棄和退縮的人。我和公主的事情，妳也不要逼我，我有我的原則，我會想辦法應付她。」想想，不禁嘆氣：「只是……沒想到這節骨眼，我娘……昏倒了！」

寄南趕緊調和氣氛：

「其實，伯母昏倒是我害的，和吟霜一點關係都沒有，我等下再去探望她，順便跟她講清楚，一切就沒事啦！」

靈兒看著身邊的馬兒，樂觀的說道：

「船到橋頭自然直！哈哈哈！咱們四個難得在一起，我們再去騎馬狂奔，讓這些不愉快的事情，暫時都拋到九霄雲外吧！」

「我沒辦法跟你們騎馬狂奔！」皓禎說：「我現在必須趕回去看我娘！寄南，靈兒，你們就在這兒陪陪吟霜吧！」

皓禎說完，雙手緊握了吟霜的手一下，就跳上「追風」，飛騎而去。吟霜趕緊喊道：

「寄南、靈兒，你們也去將軍府，跟皓禎一起面對，解鈴還須繫鈴人，他一個人怎麼說得清楚呢？」

「唉！說的也是，我會被你們累死！」寄南喊：「靈兒，上馬！剛剛從將軍府飛騎到這兒來，現在，再飛騎到將軍府去解釋吧！」

寄南和靈兒也上了馬，跟著皓禎飛騎而去了，吟霜站在那兒焦慮的目送著。

❖

皓禎寄南他們，誰都沒有想到，就在他們四人又打又吵，商量對策的時候，將軍府裡面卻出現戲劇性的轉折。

雪如醒來了，半坐半躺在床榻上，身子後面墊著枕頭，拿著手帕，不住的拭著眼淚。秦媽在一邊侍候著。小樂在門外伸頭張望，充滿了犯罪感。雪如邊哭邊說：

「秦媽，妳說這可怎麼好？幸好將軍出遠門，不知道這回事，如果給將軍知道了，他一定會氣死！但是，皓祥和翩翩都知道了，等到將軍一回來，他們肯定去告狀，不知道會說得多難聽！」

「夫人，別哭了，您已經哭了好久。公子可能只是好玩，不是認真的！」

雪如更是淚不可止：

「別安慰我了，連公主都不肯碰，這麼多天都不圓房，肯定就是這麼一回事！當初聽到賜婚就不樂意，原來也是因為這個，現在我才明白了！哦……還有公主那兒，怎麼辦啊？皓禎……那孩子，怎麼會有斷袖之癖呢？」

在門口的小樂，看到闖了這麼大的禍，再也承受不了，衝進門去，就在雪如床前跪下了，流淚說道：

「夫人！不是的！不是的！公子沒有那樣，都是我沒轍了，搬出竇王爺來，我以為他比我聰明會說話，誰知道弄成這樣！公子沒有那個斷袖之癖啊！」

「你怎麼知道他沒有？他明明就是有！」雪如依舊哭著。

「沒有沒有！真的沒有！」小樂一急，衝口而出：「公子不和公主圓房，是因為吟霜姑娘啊……」一說出口，立刻張口結舌：「糟了！我說出來了！夫人啊！」大哭起來，喊著：「您可要保護吟霜姑娘，保護公子！保護我小樂啊！」就咚咚咚的磕下頭去。

雪如身子一挺，臉色一變，精神全部集中了，喊道：

「吟霜姑娘？」

所以，就在皓禎他們趕回將軍府之後沒多久，一輛豪華馬車停在了吟霜屋外。

小樂跳下駕駛座，大難臨頭般，顫聲喊著：

「吟霜姑娘！吟霜姑娘！我家夫人來了！」一面喊，一面和秦媽，扶著雪如下車。雪如站在那兒，看看花圃，看看馬廄，看看周遭環境，看看鄉間小屋。挺直著背脊，現在她不哭了，她莊重而嚴肅，集中所有精神，要保護她深愛的獨子——皓禎。現在她是一個準備作戰的母親！

吟霜、常媽、香綺全部奔出房。吟霜大驚失色的問：

「夫人？」

小樂哭喪著臉上前說道：

「吟霜姑娘，這是我家夫人，皓禎公子的親娘，小樂該死，沒辦法保密，一不小心說出來了！」

雪如就走向吟霜，凝視吟霜。吟霜被動的站在那兒，迎視著雪如。

兩人眼光一接觸，雪如心中怦然一跳，心想：「這姑娘怎麼如此面熟？怎會讓我心頭發熱、血脈加快？」

吟霜看到莊重高貴，典雅威嚴的雪如，知道大難已至，上前一步，立即跪下了，帶著微微的顫抖，說道：

「吟霜叩見將軍夫人！」就在花圃前，磕下頭去。

常媽和香綺也跪下了。兩人戰戰兢兢的說道：

「常媽、香綺叩見將軍夫人！」

雪如這才一震，回過神來。心想，這姑娘如此飄飄若仙，如此脫俗而雅致，難怪皓禎著迷。自己一定要堅定，不能被她那楚楚可憐的眼神打動，不能為她心頭發熱，更不能有任何憐憫的情緒！就武裝了起來，對吟霜鄭重的說：

「吟霜是吧？我有話跟妳單獨說，我們進房去！除了秦媽，其他的人，都留在屋外，不要進去打擾我們！」

吟霜抬頭看著雪如，眼神真切而悽楚，雪如竟被吟霜這樣的眼光，再次震撼了。她用手壓住心口，壓住那顆狂跳的心，不能同情！不能妥協！不能軟弱！她要快刀斬亂麻，為皓禎和將軍府，除去這個白吟霜！

所有的人都留在外面，雪如走進大廳，坐進坐榻中，秦媽站在雪如身邊。

吟霜顫巍巍的捧出一杯茶，放在雪如面前的矮桌上。

雪如努力讓自己維持尊嚴，不被吟霜哀哀欲訴的眼神影響，說道：

「吟霜，我今天才知道妳的存在！我不跟妳客套，直接表明我的立場……」秦媽就上前，把一箱裝著金塊的紅木箱，放在桌上，雪如打開箱子，讓吟霜看到裡面的金子，再把箱子關上。「這些金子，足夠妳到任何地方去過一輩子，我以皓禎親娘的身分，請求妳放過皓禎，離開他，去找妳自己的幸福！」

吟霜臉色慘變，撲通一聲跪落地，跪在雪如面前了。她抬頭看著雪如，堅定的、請求的、哀懇的說道：

「夫人！請不要拆散我和皓禎，我們彼此情深義重，實在無法分開！如果夫人一定要拆散我們，只怕會釀成大禍！」

雪如身子一挺，色厲內荏的喊：

「什麼釀成大禍？妳在威脅我嗎？」

吟霜趕緊磕頭，心碎心亂，失魂落魄，不知所云了：

「夫人不要誤會，我怎敢威脅您？我和皓禎已經……已經……我沒有回頭路，我跟定他了！我不怕夫人笑話，離開他我寧願不活，我不要名分，不要地位，不要進府，就讓我在這兒默默的生活。他偶而來一次，我也就心滿意足！我不會構成威脅的……」

雪如為自己居然有不忍之心而生氣，大聲喝道：

「胡說！妳已經構成威脅了！妳知道他現在已經是駙馬爺了嗎？妳知道為了妳，他居然不肯和公主圓房嗎？我想妳對皇室規矩是不瞭解的，妳威脅到的，不止是皓禎一個人，還有我們全家！如果皓禎這樣執迷不悟，皇上皇后會放過他嗎？我們將軍府全家上下的生命，等於都握在妳手裡！」

吟霜一震，點頭，急切的說道：

「我會跟皓禎好好談的，我去跟他說，他會聽我的！我已經在這麼做了，現在他還接受不了，等我繼續跟他分析厲害，他會明白的……」

雪如打斷了她：

「我想妳還沒弄清楚我的意思！妳以後不會再見到皓禎了，他也不需要妳跟他分析厲害！只要妳跟他一刀兩斷，只要妳從他生命裡消失！我有把握他會回到我們身邊，變成我原來那個好兒子皓禎！」

雪如這幾句話，徹底把吟霜打敗了。吟霜噙著氣，看著雪如，眼神絕望而慘淡，悲切而堅定。雪如也看著吟霜，同樣被吟霜這樣的眼神打敗了，怎有這樣姑娘？那眼神會勾出雪如內心最深的脆弱，她盡量武裝著自己，不能心軟！不能心軟！她不斷提醒著自己，卻無法把眼光從她臉上移開！兩人的眼神糾纏了好一會兒。兩人心裡，也波濤起伏般翻滾了好一會兒。半晌，吟霜才顫聲的問：

「夫人，您有把握，只要我消失，皓禎就會變回原來的皓禎嗎？」

「是！」雪如堅定的說：「妳口口聲聲說妳是愛皓禎的，如果妳真心愛他，妳不會願意他家破人亡吧？他現在為妳昏了頭，完全沒有理智，做事和行為，都變得荒唐無比！我是他的娘，我知道，只要妳不存在，他會回到正常的生活，他會變成原來的皓禎，回到我們的身邊來！那個皓禎，是我們全家和皇室，都引以為傲的！」

吟霜深深凝視雪如，認真的問：

「那個皓禎，才是真正的皓禎？」

「是的！而且，那個皓禎是快樂的，是積極的，是每個人都尊重的！妳如果真心喜歡他，就不要毀了他！」雪如說著，不知怎的，武裝撐不住了，淚水衝進了眼眶，哀聲的說道：「吟霜，把他還給我們吧！如果我說服不了妳，就只能以一個娘的立場，來祈求妳！」

吟霜喃喃的重複雪如的句子：

「原來的他是快樂的，是積極的，是每個人都尊重的！」再看雪如問：「您確定確定只要我消失，原來的他就會回來？」

雪如心一橫，一疊連聲說道：

「是的是的是的！我確定確定確定！」

吟霜點點頭，從地上站起來了，深深的看著雪如，說道：

「好！我相信一位親娘的信心！如果我的親娘活著，一定也會對我有這種信心！原來我的存在，只是皓禎的災難，我明白了！」就直直看著雪如說：「請您告訴他，無論我在何方，我對他的心不變！」

吟霜說完，掉頭就對門外疾衝出去。雪如一驚起立，喊道：

「妳要去哪裡？」

吟霜衝出房，小樂、香綺、常媽全部驚動了。小樂喊：

「吟霜姑娘！妳要去哪裡？」

只見吟霜跳上一匹馬，就對著曠野疾馳而去。馬廄裡已經沒有馬了，除了雪如來時的那輛馬車，所有的馬兒，都被皓禎等人騎走了。眾人趕緊追著跑，各喊各的：

「吟霜姑娘！吟霜姑娘！吟霜姑娘……」

雪如和秦媽也奔出房外。雪如不解的問：

「她要跑到哪兒去？」

常媽看著吟霜的背影，喊道：

「那方向，是三仙崖啊！」不祥的預感，立刻讓常媽大急，落淚喊道：「夫人，您跟她說了什麼？那三仙崖……三仙崖……」急得舌頭打結。

「三仙崖？公子說過！小樂追她去！」小樂大急要跑。

常媽穩住情緒，急忙喊道：

「用馬車追吧！總不能用腳追，三仙崖那麼高，上馬車！我帶路！」

雪如驚怔了一下，讓大家緊急上了自己來時的馬車。小樂駕著馬車飛馳。

❖

在雪如和吟霜談判的時候，皓禎、寄南、靈兒三人快馬奔到將軍府門口，就看見魯超牽著馬，和袁忠在慌亂的討論著。魯超說道：

「那我就不要耽誤了！我趕快去吟霜姑娘那兒，看看情況如何？」

「你去沒有用啊！要找到公子才行吧！」袁忠說。

皓禎急忙催馬上前，問：

「什麼事？你們在門口談什麼？我聽到吟霜姑娘幾個字！怎麼了？」

「公子！小樂招了！」袁忠急喊。

「小樂招了什麼？」靈兒不解的問。

「小樂招出吟霜姑娘了，現在夫人帶著小樂和秦嬤，已經去了吟霜姑娘那兒！」魯超急急的說。

寄南大叫：

「皓禎，我們趕緊再『飛騎狂奔』到吟霜那兒吧！你娘不知道會跟吟霜說什麼？」

皓禎臉色大變，掉轉馬頭，已經飛騎而去。靈兒、寄南、魯超趕緊跟去。大家誰都沒說話，在曠野中瘋狂的疾馳，騎著騎著，皓禎抬頭，忽見猛兒在天空中盤旋哀鳴。皓禎大震，大叫：

「不好！猛兒……那是三仙崖！」

皓禎一夾馬腹，超前狂奔。寄南駕著馬，緊追著問：

「三仙崖？那是什麼地方？」

「就是皓禎和吟霜定情的地方！」靈兒喊著：「吟霜怎麼不在家裡？跑到三仙崖去幹嘛？」

皓禎、寄南、靈兒、魯超用盡全力，隨著猛兒盤旋的方向奔騎前進。

❖

不錯，吟霜騎著馬，來到當初與皓禎一吻定情的三仙崖。她跳下馬背，站在高聳危險的懸崖邊上。滿面淚痕，抬頭向天，她心碎的向峽谷曠野大喊：

「爹！娘！這人間容不了我，為了皓禎我應該走！我不該牽絆住他！爹娘帶我走吧……帶我走吧……」

猛兒在天空狂叫。吟霜抬頭看著猛兒，悽然說道：

「猛兒，請你幫我保護皓禎……對不起，爹娘走了，我也要走了！留下你一個，對不起！我要皓禎好，他的親娘說了，沒有我他就會好……」

遠處皓禎已策馬來到三仙崖，赫然看到吟霜站在崖邊上。皓禎驚慌的悽厲大喊：

「吟霜！妳要幹什麼？妳站在那兒別動！我來了……」

皓禎催馬，急速的奔向吟霜。到了崖下，皓禎跳下馬背，不顧一切的施展輕功，衝向山崖。遠處寄南、靈兒、魯超也看到吟霜危險的站在崖邊，驚呆了，紛紛奔來。

吟霜滿臉淚痕，聽到皓禎的聲音，就轉身對著追來的皓禎，悽喊著：

「皓禎，原諒我！沒有我，你才能幸福！來世再讓我報答你！」

皓禎一邊狂奔飛竄，一邊大喊：

「什麼沒有妳？妳別做傻事，沒有妳還有我嗎？吟霜，我不該離開妳跑回將軍府！妳別動……妳為我堅強一點……求妳求妳求妳……」奔上了懸崖，就向吟霜竄去。

「不要過來！」吟霜對皓禎說道：「過來我就跳下去！」

皓禎緊急站住，停在她身邊不到五尺的地方，也在懸崖的邊緣。

「吟霜！」皓禎語無倫次的喊著：「妳說過，妳是為我而存在的！妳必須為我活著，為我堅強！是我太多事對不起妳，我都聽妳，妳過來妳過來……」

吟霜悽絕的看著皓禎，喃喃的唸了幾句話：

「不恨世事，
不怨蒼天，
魂魄總相依，
不復來相見！

此心煎，
此夢斷，
此情絕，
願三生石上，
再續來生緣！」

「吟霜，妳在唸什麼？」聽不清楚的皓禎急促哀聲的問：「什麼再續來生緣？妳不要動，妳等我……我不要來生……我只要此生……」

就在這時，雪如的馬車疾馳而來，小樂和常媽在駕駛座上大喊：

「吟霜姑娘和公子都在懸崖邊上！」緊急勒馬。

「老天爺啊！救苦救難的菩薩啊！」常媽看到那麼高聳的懸崖，脫口驚呼。

雪如、秦媽、香綺都跳下馬車。雪如看到懸崖上的兩人，大震，急喊：

「吟霜，不要……千萬不要……」

吟霜再回頭，看到雪如，悽然說道：

「夫人，我把原來那個皓禎還給您！」

吟霜說完，轉頭便毫不考慮的縱身一躍，跳入深谷。皓禎衝向崖邊，伸手一拉，連吟霜的衣角都沒拉到。皓禎悽厲狂喊：

「吟霜！妳回來！回來……」

皓禎探頭一看，只見吟霜墜落懸崖，身子翻滾飄浮，白衣飄飄，像一隻飛去的大鳥。皓禎想也沒想，立刻跟著縱身一躍，也躍下了懸崖。他伸著手，想抓住那隻大鳥，卻搆不著。然後砰的一聲，吟霜落水，身子迅速的被捲入激流，不見身影了。皓禎用力向下飛躍，跟著砰然落水，激流立刻將他也一起捲走。

寄南、靈兒、魯超緊急奔竄到崖邊，眼見著皓禎吟霜雙雙跳下，三人驚恐萬分，往崖下看去，只見萬丈懸崖下，激流洶湧中，兩人在水中已不知去向。

雪如等人在馬車邊，目睹了這一幕。雪如身子搖搖欲墜，秦媽香綺扶著，眾人震撼已極。雪如此時，才感到椎心刺骨的痛，哭著痛喊：

「秦媽！我殺了他們兩個！」

魯超看看懸崖下面的激流，急喊：

「大家去下游，上馬！趕快追著這條河去下游！或者還有救！」

❖

吟霜在水裡，很快的順水而下，她完全不諳水性，一任激流將她的身子，沖向巨石，捲向瀑布，快速下降，再捲入漩渦……原來死亡就是這樣的，強烈、刺激、奔放、淹沒……她失去了知覺。

皓禎躍進水裡，就飛快的游向吟霜，同樣撞到巨石，衝向瀑布，快速下降，再捲入漩渦。皓禎心裡在吶喊：

「吟霜！不許死！以前在颶風裡，我沒放手！今天在這漩渦裡，我也不會放手！我來了！」他心急如焚，一招「金樽撈月」，右手暴伸，奮力一抓，抓到吟霜的衣襬，他用盡此生所有的功夫，把她的身子，和自己的身子，隨著捲動的水，逆向往外衝去。居然，他衝出了水面，把她也拉出了漩渦，正要游過去抱住她，嗤啦一聲，衣襬裂開，吟霜再度脫手而去，載沉載浮的衝向下游。皓禎再奮力追去，與湍急的河水博鬥。

終於，吟霜、皓禎兩人被激流沖到下游，水勢因地勢而減緩。

吟霜已經失去知覺，任憑河水漂流。皓禎在洶湧的急流中，艱難的、拚命的游向前方的吟霜，一面在心中向吟霜慘烈的大喊：

「吟霜！吟霜……不要拋棄我！為了我挺住！」

漂流在河面上的吟霜，毫無動靜，任憑河水沖刷旋轉。

馬車趕到，雪如等人面色如死的伸頭看著。

魯超策馬過來，一看，就大喊著縱身下水。

「公子還活著！公子公子，卑職趕到了！我們一起救吟霜姑娘！」

皓禎拚命游向吟霜。魯超下水，也拚命游向吟霜。

雪如、小樂、香綺、常媽、秦媽，看到水中危急的情況，都驚呆了。

靈兒推著寄南喊：

「你趕快跳下去幫忙魯超！」

「可是，我不識水性啊！」寄南扼腕的說。

雪如臉色慘白，震撼已極，嘴裡喃喃說道：

「這樣跳下懸崖，能沒事嗎？秦媽，他們……他們……」

「公子和魯超都在救人，還有救……還有救……」秦媽顫聲的說。

水中，魯超和皓禎終於千辛萬苦的游向毫無知覺的吟霜。皓禎喊著：

「吟霜！吟霜……我來了，我來救妳了！求求妳，也救救我！」

「公子！卑職抓到她的衣服了！」魯超從水裡冒出頭，喊著。

皓禎奮力游去，抓住了吟霜一隻手臂，趕緊游到她身子下面，用手托起吟霜的頭，讓她的臉孔露出水面。他掙扎著從水中冒出頭，吐了一口水，哀聲喊道：

「吟霜，呼吸！呼吸！求求妳呼吸！」

「公子！」魯超趕緊說：「你抬吟霜姑娘的頭，卑職抬她的腳！救她上岸去！」

皓禎和魯超，就小心翼翼的，兩人合力救起了吟霜，將吟霜放在草地上。大家都奔過去看。只見吟霜雙眼緊閉，臉色慘白，一動也不動。

皓禎渾身滴著水，拍著她的面頰，心魂俱裂的喊道：

「吟霜！不要嚇我！醒來看著我！吟霜，求求妳趕快醒來！」

小樂、香綺都連滾帶爬的撲向吟霜。魯超熟練的壓著吟霜的胃部，想把水壓出來，卻毫無效果。寄南急忙去試吟霜的呼吸，靈兒抓住吟霜的手腕測脈搏。

皓禎不斷拍著吟霜的面頰，哀懇悽絕的喊道：

「吟霜！醒來醒來，我再也不離開妳，我再也不讓妳面對任何問題，妳醒來給我機會！醒來原諒我！求妳求妳了……」

「皓禎！」寄南慘切的說：「吟霜已經去了！」

「她沒有呼吸了！」靈兒哭著，俯身聽著：「也沒有心跳了！」

小樂伏地放聲痛哭，左右開弓打著自己的耳光，香綺也哭倒在小樂身邊。

皓禎兀自拍著吟霜的面頰，搓著她的手，千呼萬喚喊叫著她的名字。

雪如看著這一切，只覺得自己整顆心都被撕裂了，說不出來有多痛！她看著地上吟霜那張毫無血色的臉孔，悲痛、不忍和震撼讓她已經沒有思想的能力。只希望，自己不曾來過那鄉間小屋，不曾說過那些話！

儘管大家都宣布吟霜死了，皓禎依舊堅持著，喊著：

「不會的！吟霜不會離開我，她一定不會死……」慌亂的想著：「一定有什麼辦法救回她！一定有的……」忽然想到了：「神藥！她給我的神藥！」

皓禎就手忙腳亂的從脖子上，拉出吟霜給自己的瓷壺墜子，手發著抖，竟然打不開瓶蓋。寄南上前說道：

「我來幫你！這小瓷壺裡有什麼？」他搶過瓷壺。

「有一顆救命神藥！」看著吟霜說：「吟霜！等我，神藥來了，妳爹的神藥，它會讓妳活過來！等我等我……」雙手重疊，放在吟霜的心臟上，語無倫次的喊：「吟霜……我不管我的氣功有用沒有，我把我的生命力都貫注給妳……」就雙手運功，壓著吟霜的胸口，一面壓著，一面痛喊著：「我們不是說好生生世世當共度，妳是梅花我是梅花樹嗎？」

好像是回應皓禎的呼喚，吟霜忽然大大的咳了一聲，吐出幾口水，睫毛閃動著。靈兒驚喜的、小聲的說：

「她醒了，她醒了！她沒有死，她活了！用不著神藥了！」

「是嗎？是嗎？」皓禎顫聲問，看著睫毛閃動的吟霜。

寄南趕緊把小瓷壺戴回皓禎脖子上。

皓禎停止運功，看到她有了呼吸，趕緊拉起她的手，驚喜喊道：

「她的手熱了！她沒有死！」急喊道：「吟霜！吟霜！」

吟霜睜開眼睛，看到了皓禎。吟霜就衰弱的，顫抖著，做夢般的說道：

「皓禎，原來那個你，是快樂的，積極的，每個人都尊重的……我走了，原來那個你……才會……才會回來……」

皓禎立刻瞭解發生什麼事了，心中大痛。他就坐在地上，把吟霜上半身拉了起來，擁入懷中，緊緊抱著搖著，淚水奪眶而出，痛哭說道：

「吟霜！妳明知道妳上天下地，我都會追隨著妳，妳怎麼會做離我而去的事？我要怎樣才能讓妳相信我？怎樣才能證明我對妳的心？我知道，我為妳做的一切都不夠，最不該就是娶公主，才會逼得妳跳下懸崖，我要怎樣做才夠？怎樣做才夠啊……」

所有人都哭了。

雪如後悔已極，早就淚流滿面了。

28

濕淋淋的皓禎抱著濕淋淋的吟霜，從門外一直穿過大廳，往臥室奔去。後面，寄南、靈兒、香綺、雪如、常媽、秦媽、小樂、魯超都慌張跟隨著。

皓禎看著臂彎裡在發抖的吟霜，急說：

「到家了，我馬上會讓妳暖和起來！妳撐著，千萬別再昏倒！」

雪如滿臉的不忍和著急，跟在後面緊張的看著吟霜，忍不住喊道：

「秦媽！趕快讓他們多砍一點柴火燒熱水，她最好泡在熱水裡，讓身子暖了再穿上乾衣服！」震撼而心痛的說：「怎麼性子那麼烈，居然會跑去跳崖呢？」

「我去砍柴！」魯超喊著，匆匆奔去了。

「那我去井邊提水！」小樂喊著，也匆匆奔去了。

皓禎已經喉嚨都啞了，緊張的交待：

「常媽，趕快煮薑湯！要煮一大鍋！香綺，來幫忙給小姐梳頭，這頭髮濕成這樣要怎麼辦？還要把所有治傷的神藥都拿來，她一定遍體鱗傷！」

「我來我來！小姐的頭髮我會弄！藥箱在這兒，來了來了！」香綺奔走著。

「薑湯！薑湯！我去煮薑湯！」常媽嚇傻了，聽到吩咐，才匆匆奔去。

一團忙亂中，皓禎把吟霜放上床。吟霜顫抖著，牙齒和牙齒都在打架，面無人色。

秦媽急忙上前想幫忙：

「這濕衣服要趕快脫掉？哪兒有乾帕子？越多越好！」

「我也來幫她換衣服……」靈兒眼眶紅紅的上前。

寄南趕緊一手拉下靈兒，提醒的喊：

「妳這小廝不能幫忙換衣服，到底男女有別！我們還是出去幫忙燒熱水吧！這房裡人已經太多了！」

靈兒這才想起雪如在場，自己還是男裝，急忙跟著寄南退出房間。

雪如看著顫抖的、衰弱的吟霜，覺得心如刀絞。站在吟霜床前，她伸手想去摸吟霜的臉，嘴裡喃喃說道：

「吟霜！妳要振作一點，我……」

雪如話沒說完，皓禎緊張的一攔，隔開了雪如和吟霜，聲音嚴峻的喊：

「秦媽！把娘扶到外廳去休息，這兒的人夠了，不用妳們幫忙！」

雪如聽出皓禎語氣裡的憤怒，頓時怔住了。從小到大，皓禎還沒用過這樣的語氣跟她說話。她的心抽搐著，眼中充淚了。秦媽看了皓禎一眼，不敢反抗，扶著雪如去外廳。雪如一面退出去，一面不由自主的回頭張望著。

緊接著，整個小屋都陷在一片瘋狂忙碌中。

柴房外，魯超還穿著濕衣服，卻拚命的砍著柴。井邊，小樂拚命從井裡提水出來。寄南急忙拎著水，送到廚房去。廚房裡，靈兒不住地往灶裡送柴火，自己弄了滿臉黑。一鍋熱水在冒煙，另一個灶上煮著薑湯，寄南來來回回的提水進廚房，看到靈兒依舊惶惶不安的樣子，放下水桶，拿出帕子幫她擦去臉上的髒污。

「放心，人已經清醒了！就不會再有事了！」寄南安慰著靈兒。

「可是我很害怕，看她那麼蒼白，又一直在發抖！吟霜居然敢從那麼高的山崖跳下去，那想死的決心是有多大呀！皓禎也不要命的跟著跳！他們真的嚇壞我了！」

「我知道！」寄南心有餘悸的說：「不是妳一個人嚇壞了，大家都嚇壞了！我還很擔心皓禎，跳下那麼高的懸崖，拚命救吟霜，下面都是大岩石，不知道他自己有沒有受傷？現在，他只顧著救吟霜，完全不管自己！」

「是怎樣深的感情，才會讓他們這麼不怕死？」靈兒喃喃著。

大家川流不息的從臥室出出入入，個個緊張忙碌。只有坐在外廳的雪如和秦媽無事可做，看著忙碌的人群，雪如不禁落淚。秦媽輕輕拍撫著雪如的手背，無言的安撫著。因為她也嚇住了，這種情意，她一生也沒見過，她真擔心，萬一這姑娘還有個三長兩短，皓禎公子怎麼辦？

臥室裡，皓禎把一個大木盆注滿了水。香綺和常媽脫去了吟霜的衣服，只見吟霜遍身都青青紫紫，手肘腳踝腿上還有很多傷口在流血，皓禎這一看，簡直快要暈倒了。香綺把勝齡留下的治傷藥都抱了過來，常媽急忙說：

「先泡熱水，她的身子冷冰冰，身子熱了，洗乾淨了才能擦藥！」

「可是這麼多傷口，泡熱水不是會痛死嗎？」皓禎問。但他看到吟霜嘴唇都變成紫色了，也顧不得她傷口的問題，抱著她，輕輕放進浴盆裡。

吟霜進了浴盆，熱水一浸，頓時呻吟起來。皓禎恨不得以身相替，香綺拿著帕子，不住擦著她的身子，寄南從門外喊：

「皓禎！檢查她的頭！懸崖下那麼多大岩石，不知道有沒有撞到頭？」

一句話提醒了皓禎，急忙把吟霜交給常媽和香綺，自己去放下吟霜的頭髮，細細檢查著髮根，看到頭部沒有傷口，這才大大鬆了口氣。

接著，香綺又來梳洗著吟霜的頭髮，一盆熱水轉眼就涼了，新的熱水提進來，換掉涼的，香綺、皓禎、常媽不斷用熱帕子，搓揉著吟霜的手腳。這番忙碌，簡直無法形容。終於，吟霜弄乾淨了，手腳也熱了。皓禎把她抱上床，再仔細用治傷藥幫她擦藥，換上乾淨的衣服，用棉被緊緊的蓋著。在整個過程中，吟霜始終沒開過口。

「公子！」常媽提醒著：「現在輪到您梳洗換衣服了！」

「是！」香綺說：「您身上一定也有很多傷口，不要吟霜姑娘好了，您又病了！」

「讓魯超把熱水提到浴室去，治傷藥給我，我去馬馬虎虎弄一下就好！」

皓禎就深深的看著床上的吟霜，握了握她的手，說道：

「妳睡一下，我馬上就來！」

皓禎確實用最快的速度，把自己弄乾淨了，也換了乾衣服，隨便梳洗的頭髮，濕濕的隨便束著，就趕回吟霜的床邊，這才在吟霜的床沿坐下。

皓禎凝視著她，眼裡傳遞著嘴裡說不出的千言萬語。用雙手握著她的手。吟霜迎視著他的眼光，依舊默默無語。皓禎忽然害怕起來，說道：

「妳是神醫，妳是大夫，妳會縫傷口，妳有治病氣功……妳一定知道自己的身體怎樣？告訴我，妳有沒有內傷？有沒有我忽略的地方？不能瞞我！」

吟霜這才用手回握著他的手，眼淚滾落下來。

「和你在一起，我注定會有內傷……」她這才衰弱的說：「現在最大的內傷是，我該把你如何是好？」

「那是我的內傷……」皓禎啞聲說，反問：「我該把妳如何是好？」

兩人互視，喉頭都哽著硬塊，死裡逃生，兩人震撼之餘，想說的話都無法出口。然後，吟霜開始咳嗽，這又嚇到皓禎。不管怎樣，他知道她元氣大傷，身體的、內心的，恐怕他怎樣都治不好！在他揪心擔心中，她忽然想起什麼，驚惶起來，無力的喊道：

「我要……我要……」

「妳要什麼？」皓禎急問。

「玉佩，玉佩……我怕弄丟了，你給我的玉佩！」

香綺急忙拿著玉佩過來說：

「小姐，玉佩在這兒，剛剛從妳衣服內袋裡拿出來，都清理乾淨了，那些狐毛不怕水，淹了水馬上就乾了！」

皓禎接過玉佩，趕緊交給吟霜，吟霜就緊緊攥著。皓禎柔聲說：

「把它放在枕頭下面吧！一定不會掉的，現在不能塞到口袋裡，睡覺時會弄痛妳！何況妳身上都是傷！」

皓禎說著，從她手裡取走了玉佩，塞到枕頭下面。

吟霜順從的躺在枕頭上，安心了。皓禎看她如此，輕輕一嘆，盯著她說：

「那玉佩不重要，我才重要！知道嗎？我知道妳現在衰弱到連說話的力氣都沒有！跳崖落水昏迷再醒來，妳就什麼話都別說，我現在必須去廳裡跟我娘說幾句話，馬上就回來！等會兒薑湯來了，一定要喝完！」

皓禎就從床邊起身，吟霜握住他手不放。

「妳不要我走？那我就坐在這兒陪著妳！」

吟霜搖搖頭，眼睛看進他的眼睛深處，費力卻清晰的說道：

「不要跟你娘生氣！她是個很愛很愛你的娘！」

皓禎一愣，閉了閉眼睛，用額頭抵在她額頭上，說道：

「能把我看得這麼透，只有一個妳！」抬頭看她：「是！我在生氣，生很大很大的氣！想到我差點失去妳，我不止生氣，我心驚膽顫！請妳以後也別這樣，跟我站在同一條陣線上好嗎？別讓我這樣擔心害怕好嗎？」

吟霜拚命點頭，眼淚盈眶，輕聲說：

「以後，再也不會了！我要你生，不要你死！」

「將心比心，我也要妳生，不要妳死！」皓禎鄭重的說。

兩人再互視片刻，皓禎吻了吻她的額頭，又吻了吻她的唇，才從她身邊起身，出房去面對雪如。

❖

驍勇少將軍袁皓禎，曾經上過戰場，曾經為了護國大業，出生入死。曾經和寄南太子，大戰朝廷裡的大鱷魚……這些，都不是什麼難題。直到今天，他才碰到了生命中最大的難題。一邊是生死相許的吟霜，一邊是生我育我的慈母，他要弄清楚雪如對吟霜說了什麼？居然把她逼上懸崖！經過搶救吟霜的種種過程，他知道，他絕對不能沒有吟霜！他欠吟霜太多，也沒有力量再承受一次今天這樣的事！他能為吟霜做的，就是坦白告訴雪如，吟霜才是他今生注定的人！才是他無法失去的人！到了大廳，他在雪如面前，端然跪坐，沉痛的說：

「娘！妳對她說了什麼？妳把她逼到絕路上去了，妳知道嗎？她是堅強的，能夠面對任何困境的女子，但是，今天她選擇了一條不歸路！妳怎麼忍心這樣對待她？怎麼忍心要逼死她？」

「我沒想到那麼嚴重，我只是想讓她離開你，並沒有想逼死她！怎麼知道她會去跳崖呢？」雪如惶然後悔的說。

皓禎一眼看到桌上那裝著金子的木箱，抬頭不可思議的看著雪如。

「妳帶了金子來？妳想用金子打發她？妳以為她是誰？我在風月場合中弄來的女人嗎？妳用金錢就可以解決的女人嗎？妳就那麼小看吟霜？妳侮辱她也侮辱了我！」

雪如看皓禎那麼沉痛，又歷經兩人墜崖落水的驚嚇，聲音怯了：

「我能怎麼辦？突然知道你在外面有女人，又不肯跟公主圓房。我只想快刀斬亂麻，解決問題！」

「吟霜不是我『外面的女人』！」皓禎有力的說：「她是我拜過堂的正式妻子！」

「什麼？」雪如大驚。

「娘！讓我坦白的告訴妳，吟霜是我這一生唯一的女人！除了她，我生命裡再也不會有第二個妻子！公主和我那個被迫的婚姻，我根本就不承認！」

「什麼叫你不承認？」雪如驚喊：「皇上御旨賜婚，怎能不承認？你說你和吟霜拜過堂，這是怎麼回事？」

在門外偷聽的靈兒、寄南、小樂、魯超都忍不住了，一擁而入。

寄南急忙說道：

「伯母！我們都是那個婚禮的見證！在四月十五日那天，他們拜堂成親了！比公主的婚禮，早了好多天呢！」

「那天吟霜也是紅色大禮服，少將軍也是紅色大禮服，鄭家鄰居都來奏樂道賀，只有『吉祥豬』被吟霜取消了！」靈兒接口。

「沒有媒妁之言，沒有父母之命，這算什麼婚禮？」雪如抗拒的問。

「雖然沒有世俗的那些東西，我們有天地為證，日月為憑！還有我們最親信的人，為我們祝福！在我們心裡，那就是最最隆重，最最完美的婚禮！」皓禎堅強有力的說。

雪如心裡浮起了怒意，壓抑著，瞪著皓禎說：

「你們最親信的人裡，居然沒有爹娘嗎？皓禎，你要娘承認這樁婚姻嗎？」

皓禎還沒回答，魯超對著雪如崩咚一聲跪下了，熱切的說道：

「夫人！魯超知道這兒沒有小的說話的餘地，但是，請夫人接受吟霜姑娘！因為她是個神一樣的姑娘！她對所有的人都充滿了慈愛，她是位神醫，治病，扎針，縫傷口樣樣精通！這樣的姑娘，一定是上天派下來救助蒼生的！請夫人接受她！」

魯超說完，就磕下頭去。

小樂見魯超如此，也跪下了，跟著磕頭，落淚喊道：

「夫人！都是小樂不小心，說出了吟霜姑娘！今天，如果吟霜姑娘死了，我小樂一定跳到那河裡跟她一起死！」

香綺和常媽也奔來跪下了，一起磕頭。

「我也是！我也是！如果小姐死了，我也不要活！」香綺落淚說。

「夫人啊！」常媽也淚流不止：「少將軍有了吟霜姑娘，是他最大的福氣！老太婆我看過多少姑娘，沒有一個比吟霜更好！她的醫術那麼好，還救活了難產的鄭家母子！她那麼勇敢，血也不怕，苦也不怕，痛也不怕！為了公子，還受過傷！」

雪如太驚愕了，看著跪了一地的人。

這時，一聲門響，臥室門開了，吟霜披了一件外衣，搖搖晃晃的走了過來。

皓禎跳起身子喊：

「吟霜！妳怎麼從床上爬起來了？」衝上前去扶住她。

吟霜來到雪如面前，恭恭敬敬的跪下了。抬眼誠誠懇懇的看著雪如，說道：

「夫人！我爹娘都去世了，每次我去給我爹上香，都會跪在那兒祈求，祈求爹娘保佑我，除了皓禎，我在這世上，什麼都可以不要！請夫人成全我們吧！」就顫巍巍的行大禮：「我想我是為皓禎來到這世間的，沒有皓禎，我活不下去呀！」

皓禎見吟霜如此，就在吟霜身邊跪下了，同時用手扶起仆伏於地的吟霜，撐著她搖搖欲墜的身子。他的聲音，從憤怒不平轉為肺腑之言：

「娘！吟霜跪了，我也跪了！現在娘已經知道真相，如果成全我們，就幫我把吟霜弄回府裡去！這樣我也不會天天往外跑！如果不成全我們，我只好去向公主坦白一切！要砍頭就砍頭，要送命就送命！」

靈兒熱情迸發，也衝過去跪下了：

「小的袞兒也請夫人高抬貴手，接受吟霜吧！」

寄南手足無措的喊道：

「這……這……本王是不是也要跪一跪才算夠義氣呢？」就看著雪如說道：「伯母，您還不點頭嗎？」

秦媽早就在擦淚，這時喊道：

「夫人，不管怎樣，接受吟霜姑娘，還是好過眼看他們跳崖好！他們是大難不死，一定有後福！」

雪如一聲長嘆，眼淚落下來，沉吟說道：

「好了好了！你們都起來吧！要進府，也得讓我安排一下！沒有那麼容易，總不能在大婚幾天之後，再變出一個妻子來吧！吟霜如果入府，只能算是我的丫頭！」

皓禎抗拒，喊道：

「什麼？丫頭……」

「當丫頭，吟霜已經心滿意足！」吟霜急忙磕頭謝恩。

「那我也要進府，我侍候小姐已經習慣了！我也要進府！」香綺喊著。

「丫頭還要帶丫頭嗎？」雪如心亂如麻。

「夫人！」秦媽提醒：「這事要做就要快！趁大將軍沒回來以前，把她們兩個弄進府吧！府裡多了兩個丫頭，誰也不會注意的！」

雪如就臉色一正的看著皓禎，說：

「皓禎！娘同意把吟霜和香綺接回家當丫頭，但是有個條件，你一定要和公主圓房，你同意嗎？」

「啊？」皓禎一驚，還想說什麼，看到吟霜跪久了，臉色更白，身子搖搖晃晃。想到她膝蓋上還有傷，連說話都沒力氣，是硬撐著下床出來的。他心裡一急一痛，什麼都顧不得了，急忙把吟霜拉起來，橫抱著她，匆匆的說：「她支持不住了！就知道她元氣大傷！」對雪如：「妳怎麼說就怎麼辦！只要趕快把吟霜弄進府！她在這兒太不安全，我會被她嚇死！這四、五天，我都不能回府了，我要在這兒陪著吟霜！公主那兒，隨便娘跟她怎麼說！」

皓禎說著，抱著吟霜就進房去了。

雪如一臉驚怔，心裡想道：

「還要我去跟公主說？我該怎麼說？」

❖

事實上，吟霜這兒天翻地覆的時候，公主院裡的蘭馨和崔諭娘，也陷在震驚的情緒裡，因為她們從翩翩那兒得到了驚人的消息。

「斷袖之癖？這怎麼可能？」蘭馨瞪著翩翩，無法置信的問。

「公主啊！」翩翩奉承的裝著歉意：「我……我這個二夫人還真沒臉來見您，但是夫人都因為這件事情氣得昏倒了，現在又出門去……大概去觀音廟為皓禎燒香去了！大將軍又不在家，我也只能暫時當個家，來向您通報！」

「是是！」崔諭娘心慌意亂的說道：「進了將軍府就只有二夫人最照顧公主，這種事情當然不能瞞著我們公主啊！」看著蘭馨，著急的說：「公主，咱駙馬選來選去，是不是真的選錯了？」

蘭馨回憶著皓禎種種，在屋裡繞著圈子，並沒有被翩翩這個消息嚇倒，說道：

「我不相信，皓禎絕對不是這種人，他霸道、他正義、有思想，他是一個頂天立地的大男人，絕對不會和寄南亂來！」

皓祥在一邊插嘴：

「可是寄南他自己都承認了，他的小廝裘兒也承認了！」

蘭馨想通了，突然笑了起來：

「寄南那張嘴，我最清楚，一定是他不正經在胡說八道！他和他的小廝怎麼回事，本公主不管，但是和皓禎一定是清清白白的！」說著，就對著翩翩和皓祥，臉一板，氣勢洶洶的喊：「你們不准再到處說皓禎的閒話，要不然本公主割了你們的舌頭！」

翩翩和皓祥一驚，自討沒趣的委屈著。兩人氣呼呼的，趕緊離開公主院。

「這公主也太不識抬舉！」翩翩氣得臉色發青：「咱好心給她通風報信，還要挨她的罵！真是好心沒好報！」

「公主八成被皓禎迷得團團轉，什麼話聽不進去就算了，還威脅我們！」皓祥越想越生氣：「這事情等爹回來，我一定要抖出來，讓爹認清皓禎的真面目！」

翩翩看著皓祥，想著皓禎與寄南的怪事，忽然對皓祥警告：

「你呀！也小心點，離寄南遠一點！」懷疑的說：「這斷袖之癖，難道會傳染？皓禎那個從小就上戰場，被皇上封為『驍勇少將軍』的袁皓禎，怎麼會斷袖呢？」

❖

蘭馨在公主院裡，雖然嘴上對皓祥翩翩說得漂亮，心裡卻是七上八下，暗中下了決心，今晚，就算用強迫的，也要把圓房的事完成。她派崔諭娘穿梭於公主院和將軍府，等著皓禎回來，等來等去，沒等到皓禎，卻等到了雪如。

雪如從吟霜那鄉間小屋回來，不知該跟公主怎麼說，也得硬著頭皮去說。看吟霜那樣子，確實幾天都不可能復元。回到將軍府，雪如就帶著秦嬤，直接去了公主院。見到蘭馨，她也不兜圈子，乾脆的說道：

「公主！這幾天皓禎出門去，不會回家，所以晚上請公主不必等他！」

蘭馨一怔，疑心頓起，眼神銳利的看向雪如：

「皓禎去哪兒了？是不是和寄南在一起？」

雪如硬著頭皮撒謊：

「不是的！是大將軍派人來把他叫去了！」

「那……大將軍去哪兒了？」蘭馨問。

「這個我也不清楚！男人在外，總有很多男人的聚會！總有很多大事要討論，我們女人知道得越少越好！平時我都待在家裡，偶而出門上香，對大將軍和皓禎的行蹤，是不太過問的！」雪如一板一眼的說道。

「哦？」蘭馨一挑眉毛：「婆婆是在教訓蘭馨，少管丈夫的行蹤，是嗎？他出門也不需要向我報備，是嗎？」

「教訓不敢！」雪如不亢不卑的回答：「咱們將軍府的規矩，一向就是這樣！公主想，那男人有自己的腿，愛去哪兒就去哪兒，要管也管不了呀！」就喊道：「秦媽！我們走吧！別打擾公主！」

「是！」秦媽應著，趕緊扶著雪如出門去了。

蘭馨目送雪如離去，眼光頓時銳利起來。回頭在床邊找到自己的鞭子，一鞭子抽在桌子上，把桌上的茶杯都抽到地上去了，一陣杯子破碎聲，令宮女們全部嚇了一跳。

「公主！少安勿躁！」崔諭娘喊道。

「什麼少安勿躁？我現在可躁得很！」蘭馨恨恨的說：「每晚在房裡，什麼狀況都有，現在更好，乾脆不回家！崔諭娘，妳說這中間沒問題，我是死也不相信的！」咬牙切齒的咒罵：「袁皓禎，你磨光我的耐性了！我等著你呢！有種，就一輩子別回來！」

29

太子燙傷的手已經好得差不多了，這些日子，他可沒有閒著，在太府寺，他認真的核對著每本帳冊，檢查著每個漏洞，真是一絲不苟！伍震榮和方世廷冷眼旁觀，由著他去調查。孝王、義王陪著他，被他弄得團團轉，兩人也心甘情願陪在旁邊，就怕再發生鑄金房的事。至於太府寺那些僕役，對於太子，個個恭順佩服，看到太子，全部行大禮，就像看到皇上一樣，至於送茶送水送點心，更是發自內心的殷勤。伍震榮不禁有點徬徨，把太子誘進太府寺，會不會又助長了太子的威望？一切只得靜觀其變！

這天，太子來到伍項麒的駙馬府，在大廳內，拿著攤開的帳冊，對樂蓉說道：

「樂蓉，雖然妳是我姊姊，我也得公事公辦！在太府寺發現這帳冊，妳欠下的五百兩銀子，請馬上歸還吧！」

樂蓉聞言，怒上眉梢，喊著說：

「什麼！要本公主歸還五百銀兩？你開什麼天大的玩笑？辦不到！」

伍項麒趕緊上前，恭敬的說道：

「公主先別生氣，咱們先聽聽太子的說法，相信太子一定會秉公處理的。」

「這些帳目和金額都記得清清楚楚！」太子說：「太府寺奉令撥款給駙馬府的款項，每一次都是樂蓉拿著令條，親自蓋印簽字領取的。但是，三月十日這一天的五百銀兩，是樂蓉說先取款，後補令條，至今已經時過多日，也沒把令條拿來。這還只是近期的一筆，還有數筆以前的也交代不清……」

樂蓉傲慢的說：

「你這是打算清算駙馬爺嗎？是誰給你權力讓你上府來抄家的？」

「抄家可是言重了！」太子淡定的說：「本太子也是看在家人一場，尚未訴諸朝上，只是代表太府寺拿回公主借用的錢銀罷了！」

「是父皇賜給本公主的錢銀，是父皇忘了下敕令給太府寺，難道還是我的錯？本公主沒有借用的，一概不認帳！」樂蓉開始耍賴。

「妳取錢都有蓋印簽字，怎麼樣也賴不掉！」太子威嚴的說。

「我就不還，你能拿我如何？」樂蓉怒吼。

「敬酒不吃，就別怪本太子不客氣！」太子大喊：「來人！把樂蓉公主和駙馬爺帶到大理寺調查！罪嫌是詐騙和貪瀆！」

鄧勇立刻帶著許多衛士衝入大廳，抓住了公主和伍項麒。鄧勇說道：

「太子殿下！卑職這就押著公主駙馬去大理寺！」

「大理寺哪兒管得了本公主？」樂蓉大喊。

太子義正詞嚴的說：

「大理寺管不了，還有刑部呢！難道要我直接送刑部？」

「太子！」伍項麒鎮定的說：「有話好好說，我們怎麼會是詐騙貪瀆了呢？大家都是一家人，怎麼可以把我們帶到大理寺？」與鄧勇、衛士掙扎著：「放手！」又沉穩的一嚷：

「太子，公主不認帳，我認就是了，不就是五百銀兩的事！」

「不可以認帳！」樂蓉大吼：「你若認了，你爹也不會原諒你！」

說時遲那時快，伍震榮已聞訊趕來，一腳衝入大廳，威嚴的喊道：

「通通住手！借債還錢是天經地義！」一眼見到太子行禮：「臣叩見太子，一聽說太子突然造訪駙馬府，老臣就盡速趕來，就怕小犬怠慢了太子！」

「榮王宮裡宮外真是消息靈通啊！本想是家務事一樁，找公主解決便了，並不想驚動榮王的，結果還是又讓你辛苦了！」太子說著，心裡有點狐疑，怎麼伍震榮立刻趕到？

「太子客氣了！剛剛說是駙馬府應還太府寺五百銀兩，我們即刻就還！」伍震榮喊著：

「項麒！」向伍項麒使眼色：「快進去連本帶息拿出六百銀兩。」

太子從容的、氣勢不凡的說：

「利息就不用了！咱們太府寺也不是放高利貸的地方！」看著項麒：「借五百兩就還五百兩！」又命令鄧勇：「先放開公主和駙馬！」

鄧勇和衛士就放手站立一旁。

伍項麒見風轉舵，識時務的拉著氣壞的樂蓉進屋：

「是是是！下官立刻去拿錢，太子請坐稍候！」大喊：「來人！好好侍候太子！」

「果然老臣沒有看錯，太子真是賢能呀！不出幾天就查出不符帳目的事情，不過公主只是沒把銀子交代清楚，還請太子對今日之事網開一面！」他狡詐的注視著太子說：「千萬別鬧到皇上面前去！」

太子看著伍震榮，心想：「這個老狸到底葫蘆裡賣的是什麼藥？怎麼突然如此謙卑？我就跟著他走，看看他想做什麼？」說道：

「多虧榮王明事理，及時趕到化解糾紛，本太子也不願家醜外揚！」

「太子說得極好！就是這個道理，家醜不外揚，哈哈！太子請用茶！」

太子小心應付著伍震榮，眼神犀利的注視著他。兩人互視，眼神中似乎有什麼火光正在交戰。

樂蓉回到臥室，從櫃子裡拿出裝滿五百銀兩的寶盒，笑著對伍項麒說道：

「真虧你給爹獻了這一策，看來太子真的上鉤了，一步步照著我們的計畫走。」

伍項麒從容的笑著：

「今天他拿回去的，早晚我們還是會要回來的！只有太子，會斤斤計較這五百兩！妳今天表演的可真精彩！」

「我是真的生氣了！」樂蓉說：「你和公公鋪了那麼多條線，太子居然先對我下手，果然不是同一個娘生出來的，一點感情都沒有，日後我也不會對他仁慈！」

「這世上妳只能相信我，別指望別人了！連父母兄弟都不一定信得過，這點妳清楚就好！」伍項麒說，指著寶盒：「去吧！給太子嚐點甜頭，讓他越陷越深！」

樂蓉點點頭，開心笑著。

❖

於是，太子「成功」的要回了樂蓉虧空的五百兩銀，回到太府寺繼續查帳。他心情良好的伸了個懶腰，看著面前的帳冊，給自己打氣：「來！再接再勵！」查過帳冊，又去金庫房，仔細清點一箱箱的銀兩、元寶。

一盒盒鑄造出的金塊，被官員盤點裝箱，貼上寫有重量的官印封條。太子清點剛鑄好的金塊，發現實際數字和敕令詔書上核准鑄造量不同，喊道：

「鄧勇！趕快去把鑄金監傳到書房來！本太子有話要問！」

官員們立刻七嘴八舌喊道：

「太子傳鑄金監！太子傳鑄金監！」

鑄金監來到，恭恭敬敬站在太子面前，行禮說道：

「微臣鑄金監劉成叩見太子，太子金安！上次太子貴體受傷，不知好些了沒有？」

「那點小傷，不礙事！」太子指著敕令詔書：「問你一件事，這上面核准鑄造一千兩，為何你鑄造了一千兩百兩？」

鑄金監劉成一聽，甚為惶恐，趕緊翻出身上的鑄造工條，一看說道：

「不對啊！太子！我拿到的鑄造工條是一千兩百兩沒有錯啊！」湊近將工條交給太子：「請太子過目。」

太子一看，工條上書寫得很清楚，是鑄造一千兩百兩。太子疑惑的問：

「這工條是誰發給你的？」

「一直以來，工條都是由出納使義王和孝王簽發給鑄造房的，上面有他們兩位出納使的大印才能開爐。」鑄金監說道。

太子看著工條上義王和孝王的清楚印鑑，心裡大驚，想著：

「義王和孝王？不應該啊！皇叔義王和孝王都是清廉之人，怎會出此差錯？」立刻喊道：「鄧勇！備車！」

事情牽涉到義王和孝王，就事關重大。太子不敢耽誤，驅車到了義王府，才知道義王和孝王結伴去探視忠王了，太子立即趕到了忠王府。幸好忠王只是小恙，已經痊癒，忠孝仁義四王，都在大廳裡說笑笑。太子心急，也不客套，立刻問到重點：

「本想只是找義王和孝王問點事情，沒想到大家都來探望忠王，那麼就長話短說。」拿出敕令和工條給義王看：「皇叔，你下的工條怎麼會和敕令不相符呢？相差兩百兩？」

義王仔細端詳看著工條，說：

「這確實是微臣下的工條，是前日拿到的敕令，我清楚記得敕令寫著一千兩百兩沒錯呀！怎麼太子手上的敕令變成一千兩呢？」

孝王也認真看著敕令日期：

「微臣是和義王一起接到敕令的，我們兩個人四隻眼睛，絕對沒有看錯！太子這份敕令哪來的……」疑惑著：「不可能同一天會有兩份鑄金的敕令。」

「以往照慣例，七天鑄造一爐，皇上只會下一道敕令。」義王說。

「這麼說來，有一份敕令是假的？」太子思索，明白一笑：「原來有人刻意考驗本太子。」

忠王憤怒的接口：

「應該說，有人故意讓太子來質疑我們四王的操守，朝廷上下都知道，四王是一體的，誰出錯了，就有理由可以把我們幾個，羅織罪名一網打盡！」

「就算太子拿到了假的敕令，可是庫房終歸是沒少金塊呀！對方的目的是什麼呢？」仁王不解的問。

太子在廳內踱步想著，這又是一步什麼棋？目標確定但又聲東擊西？他對義王說道：

「皇叔，在太府寺，你們還有什麼把柄在他人手上？孝王，你也想想啊！」

義王一怔，變得心虛猶豫，和孝王面面相覷，說：

「這……這個……」

「吞吞吐吐，難道你們真有問題？」太子一凜，嚴重的問。

忠王大力拍桌，豁出去了！大聲說道：

「義王、孝王！咱們也不是龜孫子，太子我信得過，你們老實告訴太子吧！咱們問心無愧！」

突然間義王、孝王匍匐跪下。義王惶恐說道：

「稟告太子，微臣每次在鑄造金塊的時候，皆會收集殘餘的金液，再打成金葉子，集成一定數量之後，轉賣黑市換取糧食。」

太子大驚，震怒說：

「什麼？你們好大的膽子，這是盜取公物貪瀆呀！你們怎敢如此膽大妄為？」激動起來：「你們怎麼對得起皇上的信任？難道連那幾位鑄金監都是你們同夥？整個太府寺在包庇你們？還是說……你們控制了太府寺？」

「太子！」孝王說道：「請你聽我們解釋，金葉子換回的糧食不是我們自己拿去享用，是全部拿去賑災了！」

仁王也跟著下跪訴說：

「漳州水患、平陽乾旱、柊嶺山崩皆害死了不少村民，百姓沒有了家，到處流離失所，挨餓受凍，民間百姓各種疾苦，真是慘不忍睹呀！」

忠王也從櫃子裡拿出許多卷軸，散落在桌子上，說道：

「這些都是各地的災情報告，上面也標注了我們賑災出去的金錢數目，太子親眼看看吧！每一條都經得起調查，我以自己的項上人頭保證！」

太子又驚又急的看著一卷卷的文卷，震撼的說：

「民間居然發生了這麼多苦難？為何都沒有朝臣稟報？」

「當然是有人刻意隱瞞，讓皇上過著歌舞昇平的日子，才能控制更大的權力。何況就算有人稟報了，最後賑災的糧食和金錢，也是落入貪官的手裡。」義王無奈的說。

孝王悲從中來，說道：

「我們一點一滴收集鑄造房殘留的金液，根本換取不了龐大的賑災物資，我們四王每月的俸祿幾乎都全部捐出去了，但還是餵不飽飢餓的災民。」

太子趕緊扶起跪著的王爺們。

「各位王爺快起身，剛才是我失禮了，沒想到四王為朝廷和百姓做了那麼多事情，真是錯怪你們了！現在我終於明白，伍震榮會讓我進太府寺，就是想藉由本太子的手，揭發金葉子的事，以貪污偷盜名義，除掉四王！」

四王面面相覷義憤填膺。太子繼續踱步深思，這事，要不要和皓禎寄南討論一下？

❖

但寄南管不了太子，他全心都在吟霜和皓禎身上。這天，他和靈兒終於從吟霜那兒，回到了宰相府，兩人滿懷心事的走在庭院裡。靈兒憂心的問寄南：

「你說，我們現在回宰相府，吟霜安全了嗎？我們是不是應該在吟霜那兒多陪她幾天？」

「吟霜現在需要的不是妳也不是我，是皓禎！皓禎陪在那兒，比誰都強！何況魯超守著，我們還是安安分分回宰相府比較好。」寄南說。

「吟霜住進將軍府這事情，可靠嗎？」靈兒又擔心的問：「我怎麼感覺很不安呢？那公主就住在隔壁的公主院，能不被發現嗎？」

「總比把她一個人放在鄉間小屋裡好呀！」寄南直率的說：「萬一她又胡思亂想，又想消失了，那下回我們恐怕怎樣都救不回吟霜了！」

「唉！」靈兒煩惱的說：「我應該進去將軍府當小廝才對呀！這樣我才能就近照顧吟霜！」扯寄南的衣服：「你這個臭屁的王爺，快想辦法讓我去將軍府吧！這個宰相府真的快憋死我了！」

「妳以為我喜歡待在這兒，憑我竇王爺，哪是一道聖旨就可以擺布我的？」寄南看看四下無人，低聲的說：「咱們進宰相府是『將計就計』，妳懂嗎？」

「什麼『將計就計』？你快說啊！」

寄南更加謹慎，看著四周，確定無人之後，悄聲的說：

「咱們進宰相府有三個任務：第一，監視漢陽在大理寺的行動！第二，策動漢陽，加入我們的『天元通寶』。第三，探聽宰相和伍震榮的動靜和密謀。」

靈兒恍然大悟說：

「啊？有這麼多原因呀？你還想吸收漢陽加入我們？他會願意嗎？這右宰相和左宰相就像你和皓禎一樣，是分割不開的兄弟。」

「所以要見機行事啊！他們在監視我們，我們也要監視他們！」

兩人說著說著，在花園中一個轉彎，差點撞到帶著女僕的采文，寄南趕緊拉住不安分的靈兒。采文莊重的對寄南說：

「你們上哪兒去？到處找不到人。」看向靈兒：「裘兒，不管你和竇王爺的關係如何，你的身分畢竟是一個小廝，不可以在人前人後和竇王爺勾肩搭背的，太不像話！」

靈兒委屈的搔頭搔腦，低頭低語：

「是！夫人！」

寄南見靈兒委屈，就直言不諱的說：

「夫人，您也別生氣，我的小廝，還是讓我自己調教。」

采文一臉莊重，決定要幫世廷調教一下二人，就不苟言笑的說道：

「我們宰相府是奉旨辦事，要管束你們兩個，裘兒既然在我們宰相府，就要守宰相府的規矩，現在開始……」看著靈兒命令：「你和那些小廝僕人一樣，該打掃庭院的就去打掃，該清馬槽就去清馬槽，不要整天黏著你們家王爺。」

「啊！還要打掃？還要去清馬槽？」靈兒詫異，轉眼偷瞪寄南，低聲嘰咕：「我真命苦……」

「夫人，反正本王閒著也是閒著，我也去打掃和清馬槽吧。」寄南嘻皮笑臉說。

「不必了，你是王爺之尊，還是在房裡多看一些聖賢書，多檢討自己的行為吧。」采文一本正經的說。

三人正在說著，庭院一角，漢陽和世廷帶著伍震榮走進屋裡。漢陽禮貌的說著：

「榮王，那麼到我書房裡去密談吧。」

寄南、靈兒、采文同時望向漢陽他們遠去的背影。采文匆匆說道：

「我有客人來了，裘兒，快去幹活去。」

靈兒機靈的拿起牆角的掃把，爽快明朗的回答：

「是的，夫人，小的立刻掃地去！」

見采文離開，靈兒挨近寄南，悄聲對寄南說：

「這個伍震榮不知為啥突然來宰相府？我去打探打探如何？」

寄南敲敲靈兒腦袋，欣喜的笑道：

「聰明！不過妳要小心行事，雖然妳現在是男裝，但千萬不要被伍震榮認出來！」

靈兒點頭，一溜煙的跑向漢陽的書房方向。

❖

書房裡，漢陽正無法相信的看著伍震榮說：

「榮王說，太子發現了四王在太府寺偷金子，卻把案子壓下來了？沒跟皇上備案，也沒通知大理寺查辦！這消息可靠嗎？」

「難道本王還會誣陷太子不成？」伍震榮看漢陽，威脅的說：「你這個大理寺丞，倒是給本王一句話，這案子你接手還是不接手？」

漢陽挺直背脊，嚴肅的回答：

「太府寺又不歸大理寺管！這事應該上呈到刑部才對！除非皇上有令，讓漢陽接手，否則漢陽有何資格接手查辦？畢竟牽連到四王和太子，層級太高，這是會天翻地覆的大事！」

門外，靈兒一面掃著地，耳朵幾乎已經貼到門上。聽到一些零零碎碎的話，已經十分震驚，暗中想著：「四王和太子？偷金子？天翻地覆的大事……」更加靠近門。

門內，世廷看著震榮，打著哈哈，嘴角帶笑的說：

「榮王！顯然這次太子進太府寺，掌握了很多不為人知的祕密吧？」

「可不是！」震榮難掩得意：「太子連太子府都不回，整天埋在太府寺找弊端，累了就在書房打盹，這樣下去，只怕皇室很多機密，都會落到太子手裡！」

漢陽憂心的說：

「太子身分不同，親自去太府寺查案，實在不妥！何況查到的都是皇室的機密，他這樣查下去，不是得罪皇后，就是得罪公主，聽說樂蓉公主對他已經很生氣！再查下去，太子會面臨四面楚歌的境地。不知是誰把太子帶進太府寺裡去的？」

「漢陽！你不要死腦筋！」伍震榮得意的說：「每次讓你辦事，就拉扯出一大堆律法！那太子進太府寺的這步棋，可是你爹右宰相出的主意！」

漢陽大驚，看世廷，著急問：

「什麼？爹！你為什麼要蹚這渾水？幹嘛讓太子去得罪皇上皇后呢？」

「你多長點腦筋，少做點書呆子的事！」世廷瞪著漢陽：「你爹自然有道理。那太子是個閒不住的人，讓他多瞭解點世事，也是好的！」

漢陽一呆，忽然有力的說道：

「榮王！只要你給漢陽一個命令，漢陽就去接辦四王偷金子的事。」

「那可好！但是，你不會偏袒太子吧？」伍震榮一愣，問。

「公事公辦，天子犯罪也和庶民同罪！」漢陽硬邦邦的回答：「如果太子果真和四王有勾結，漢陽一定查辦到底！」

「好！不過目前還不急，等太子繼續調查下去再說。」伍震榮拍著漢陽的肩，看世廷，若有所思的笑著：「若是太子繼續包庇四王貪贓枉法，那廢太子也就近了。」

門外的靈兒耳朵貼著門，憤憤不平想著：「貪贓枉法？還想廢太子？這混蛋！」

門內伍震榮拿出一個紙卷遞給漢陽，說道：

「現在本王就向漢陽你這位大理寺丞舉報，仁王貪贓枉法，販賣私鹽的證據就在這兒，有了這個鐵證，你立刻可以將他打入大牢，滿門抄斬！」

「仁王？」漢陽一震：「四王已經牽涉到太府寺的案子，怎麼還會販賣私鹽？」

伍震榮眼神凶惡，說道：

「朝廷那四王，就是朝廷裡的亂源，漢陽是聰明人，本王相信你知道該怎麼辦！話不必挑得更明白，你就按證據辦事吧！本王知道，你辦案一向講究證據，為了讓你師出有名，證據也到你手上了，就先辦私鹽案吧！」

「榮王，這事情就交給本官吧。」世廷篤定的說：「小犬會懂得怎麼辦事的，請您安心！」

「世廷啊，咱就像親兄弟一樣為朝廷盡忠，這一切就看你的了。」伍震榮笑，突然感覺門外有人，立刻打開門，大喊：「什麼人？」

依著門口偷聽的靈兒聽得太專心，來不及反應，便撲倒在伍震榮的懷裡。伍震榮沒看清靈兒，抓住靈兒的手腕，開罵：

「你是誰？竟敢在門外鬼鬼祟祟！」

靈兒即使男兒裝扮，也怕被認出，死命低著頭，立即跪地求饒，用男聲說道：

「大人，對不起，對不起，小的在掃地，沒有鬼鬼祟祟，沒有！沒有！小的忙著掃地呢！」

「你分明是躲在門外偷聽！」伍震榮凶惡的抓起靈兒，想看清靈兒的臉：「說！你這渾小子聽到了些什麼？」

伍震榮看清了靈兒，立刻認出是寄南的小廝裘兒。漢陽和世廷也一驚，漢陽喊：

「裘兒？」

「原來是你？竇寄南身邊的小廝？」伍震榮瞪著大眼，大怒：「好啊！好大膽的小廝，來人啊！把這個小賊給我抓回去榮王府！」

剎那間，書房四周被大批衛士包圍，兩名衛士進房準備抓走靈兒。靈兒掙扎求饒：

「大人！大人！我又沒有犯錯，你要把我抓走幹嘛？不要不要！」大喊：「甯王爺！甯王爺！快救命啊！甯王爺！」

寄南聞聲衝進書房，但是一進門就被衛士攔阻。他對著伍震榮大喊：

「喂！榮王，你快放了我的人，他只是本王身邊的小廝，聽從夫人的命令在宰相府打掃，你抓他要做什麼？」

「本王要抓這個小賊回去問話，看他是不是想圖謀不軌！」伍震榮凶悍的說。

寄南立刻發難，一招「強渡關山」使出「左右開弓」，拳腳齊出，連踢帶打，衝破衛士的攔阻，衝到伍震榮面前，怒目而視，氣勢洶洶的說：

「你想帶走我的人，先把我撂倒再說！」

「寄南，你快退下去！小小一名僕人，還值得你對榮王吹鬍子瞪眼睛嗎？」世廷威嚴嚇阻，對衛士喊：「快把裘兒帶走！」

寄南捍衛靈兒，擺開架式，用「鷂子鑽天」起手式，把靈兒上下左右護定，說道：

「今天是你們逼我在宰相府出手，別怪我不客氣了！」

寄南話才說完，又出手和衛士打鬥搶人，「鷂子鑽天」施展開來，拳快如風、腿如閃電、拳拳到位、腳腳倒人。幾名衛士被寄南打得東倒西歪，書房亂成一團。漢陽見場面大亂忍無可忍，威嚴的大吼：

「通通住手！誰都不可以在宰相府裡動手！」

寄南收兵，衛士們也停手觀望。漢陽恭敬的對伍震榮說道：

「榮王，縱使裘兒有錯，也是在宰相府裡犯的錯，不如將裘兒交給下官審理，畢竟下官身為大理寺丞，辦案調查也是本官的職責所在。」不等伍震榮回應，便向門外大喊：「來人啊！把裘兒帶下去關起來，待本官親自審問！」

宰相府的衛士又衝進來，壓制著靈兒，強迫她跟著漢陽走出書房。寄南、靈兒彼此慌亂的互視一眼。寄南急追著漢陽喊：

「方漢陽，你要把裘兒帶到哪裡？我警告你，不可以對他用刑！」

漢陽對門外眾多衛士使眼色，大批衛士向前一衝，架住了寄南。寄南動彈不得，只能在漢陽身後大吼：

「方漢陽，你要把裘兒帶到哪裡？你要是傷害了他，我跟你沒完沒了！」

靈兒求救的回頭望著寄南，無奈的被架著帶走，嘴裡大叫著：

「王爺！快救你的裘兒呀！王爺……王爺……」

寄南被大批衛士阻攔著，只得眼睜睜看著靈兒被帶走。

❖

靈兒被衛士架著，大力的甩進一間房間裡，原來是宰相府的柴房。靈兒腳步沒站穩，踉蹌的倒在柴堆裡。漢陽對靈兒說道：

「今天這場風波是你自己引起的，你沒事到我書房幹什麼？你就先在這柴房裡好好思過吧！」

靈兒不服氣的起身喊：

「思什麼過呀？小的只是去清窗戶、掃地，小的哪裡錯了？」

「宰相府那麼大，你偏偏在那個時候去清窗戶掃地？你以為本官是個糊塗蟲，可以讓你糊弄的嗎？你安安靜靜的在這裡待著！本官晚一點再來審你！」

漢陽說完便轉身離去，門外的衛士們把柴房門上鎖。漢陽在門口對衛士說：

「沒有我的命令，誰都不許靠近柴房、不許打開柴房的門！」

衛士大聲應著：

「是，遵命！」

靈兒敲著門大喊：

「大人，那你要把小的關多久啊？小的想要上茅房啊！大人！大人！」

靈兒見門外無聲無息，來回踱步想對策，焦躁的自言自語：

「怎麼辦？怎麼轉眼就被關起來了？今天是什麼日子啊！怎麼這麼倒楣！對，只要碰到姓伍那一家子的人，我就倒楣鬼上身！氣死我了！」踢門大吼：「氣死我了！」

靈兒繼續敲門、踢門，吵鬧著喊：

「放我出去！放我出去！」

❖

漢陽回到書房，僕人正在打掃擦桌，整理著剛剛一場大亂的殘跡。他忙著收拾自己的書卷，寄南突然怒氣沖沖的衝進書房裡，對著漢陽吼道：

「你到底把裘兒帶到哪裡去了？為什麼我找遍了宰相府，就是找不到他的人？」

漢陽冷靜的繼續收拾東西，說道：

「他是一個待罪之人，自然在一個他應該待罪的地方。」

「這麼說，你們宰相府還設有祕密監牢？」寄南越想越糟：「你要對裘兒嚴刑逼供嗎？」

「如果有必要的話。」

「什麼？你還來真的？」寄南怒沖沖喊：「想不到你方漢陽居然也是那種對老百姓屈打成招的狗官！」

漢陽用力的放下書卷，生氣的說道：

「什麼狗官？講話客氣一點！今天犯錯的是你的人，你管教下人不周，還罵起本官，真是無恥！」

寄南覺得情勢不利，不管怎樣，非得把靈兒救出來不可！忽然瞪著漢陽說道：

「我真是不明白，我們家袠兒到底犯了哪條罪？你倒是給我說說啊！是你無恥，還是我無恥，我們來講清楚啊！」

漢陽書呆子毛病又犯了，板著臉說：

「《論語》讀過沒有？『子曰非禮勿視，非禮勿聽，非禮勿言，非禮勿動。』袠兒就是犯了這四個非禮！他鬼鬼祟祟在門外偷聽、偷看，這就是罪！」

寄南不以為然大笑起來：

「哈哈哈！方漢陽，你以為袠兒是千里眼、順風耳？就站在門外掃掃地，什麼都能聽到了？你這個分明就是栽贓，根本無憑無據！」走近漢陽身邊，吊兒郎當的竊笑，說道：「漢陽你記不記得，蘭馨公主問過你一個問題，偷什麼東西不犯法？」

漢陽神色一緊，想起來就慚愧，不情不願的說：

「偷笑不犯法！」

寄南用力一拍漢陽的肩，大聲說道：

「是嘛！偷笑既然不犯法，那偷聽、偷看算犯什麼法呢？頂多就是比較不禮貌，失禮而已。咱們大事化小，小事化無吧！今天你沒把袠兒交給榮王，算本王爺欠你一個人情，你就放了袠兒，行嗎？」

「可是……可是……」漢陽想想不對勁。

寄南推著漢陽往門外走，一面說：

「不用可是了，走！快走！快放了裘兒就對了！要不然，我明天就到長安城的大街上，把公主考你偷笑的事，傳遍整個長安城！」

漢陽睜大眼，著急尷尬，面紅耳赤的說：

「你……你這人真可惡！我怎麼感覺……好像又被你算計了！」

「哈哈哈！」寄南再大笑，拉漢陽：「快走快走！放人要緊！」

漢陽無可奈何，只得帶著寄南向柴房走去。

靈兒仍在柴房吵鬧，把一段段砍好的木材，拿來對著牆上門上亂丟，大吼大叫：

「快放我出去！憑什麼關著我呀！你們當官了不起，隨便就可以欺負小老百姓嗎？」拚命的拿木頭砸門：「放我出去！放我出去！我要見大人！」

就在靈兒拿起一段木頭，用力砸向門口之時，柴房門居然打開了。靈兒砸出的木頭，不偏不倚的就砸在站在門口的寄南腦門上。寄南措手不及，挨砸大叫：

「哎喲！裘兒啊！妳搞什麼鬼，我是妳主子呀！」

寄南叫完，眼前一陣天昏地暗，應聲倒地，額頭立即出血。

靈兒見房門大開，卻砸傷了寄南，立即衝出，著急蹲下檢視寄南：

「王爺！王爺！你怎麼那麼傻，就站在那兒被我砸呢！王爺，你醒醒啊！」

漢陽看向柴房裡，見到木柴全部丟得亂七八糟，搖頭嘆氣：

「唉！裘兒，怎麼只要你走過的地方，就天下大亂，一片狼藉呢？」對衛士喊：「快把寶王爺扶到他房裡療傷。」

❖

晚上，寄南從昏迷中甦醒，半坐半躺在床榻上，大夫幫他的額頭診治過後，包紮了一圈療傷布條。僕人把一些沾有血漬的布條和藥品收拾好，離開了房間。靈兒見屋裡沒人了，就關心的上前問道：

「怎麼樣？頭還疼嗎？」

「本王爺活到今天最窩囊，好心去救人，還被人打成這樣，妳沒良心！」

「好啦！別罵我了，我今天也倒楣透了！」她收起笑臉，正經的看著寄南：「我們談正事要緊！」

靈兒在屋裡檢視門窗，察看屋外有沒有人監視。確定安全後，她回到寄南床邊，附耳在寄南耳邊報告，寄南越聽越沉重，越聽越驚：

「什麼？伍震榮要借太子的手除掉四王？什麼偷金子？四王是多麼清高的人，怎麼可能偷金子？妳有沒有聽錯？」

「聽得模模糊糊的，也不知道有沒有聽錯？還說有證據顯示仁王在販賣私鹽！還說什麼朝廷那四王就是朝廷裡的亂源！」她疑惑的問：「什麼是『四王』呀？」

寄南一邊頭痛，一邊解釋：

「四王就是幫助皇上登基的四大功臣，當年皇上有感他們的功績卓越，就分別以『忠、孝、仁、義』四個字將他們封王。他們是朝廷和民間，擁護李氏江山非常強大的一股力量。仁王一向清廉，絕對不可能販賣私鹽！這分明就是左右宰相聯手，想利用太子，借刀殺人，怪不得讓太子進太府寺去查帳！」擊掌大嘆：「我就說有詐！太子還是中計了！」

「這麼說，他們想除掉四王？」靈兒義憤填膺。

「沒錯，就是這樣！看來伍震榮又要展開大屠殺，塗炭生靈！」急切起來：「這件事情，要趕緊通知皓禎才行！」

「皓禎現在為了吟霜和公主的事情已經忙得昏頭昏腦，他還能應付得了這些事情嗎？」

靈兒憂心的說。

「不能找皓禎的話，咱們也要想辦法如何拯救這四大功臣。這四大功臣實際上和我們『天元通寶』，也是息息相關的。還得趕緊通知太子，退出太府寺！」

「聽說太子都不回太子府，留在太府寺，你能進太府寺嗎？」

「還真不行！我這小小靖威王，有什麼屁用？」寄南洩氣的說。

「要不然，我們一不作二不休，先做掉伍震榮再說！」靈兒異想天開。

「妳以為自己是誰呀？『天元通寶』那麼多兄弟，『木鳶』那麼能幹，都做不掉伍震榮！妳我怎麼做得到？」

「這個不行，那個不行，到底要怎麼辦呢？」靈兒突然一想：「如果我們把伍震榮給漢陽的證據偷走，那漢陽就沒有理由、沒有證據可以捉拿仁王了不是嗎？救一個是一個！先偷走證據，至於四王偷金子的事，再想辦法！」

「妳說得有道理，漢陽這個人特別死腦筋，辦案一定講求證據，妳果然聰明！」寄南點頭思索：「但是要如何偷走證據呢？」盯著靈兒說：「妳今天才大鬧宰相府，咱們不能亂來……」皺眉用手撫著頭上受傷的地方：「我頭痛，最好再想想……」

「還想什麼？人命關天呀！」

「要偷東西也要有高明的偷法呀！唉，我現在頭疼的厲害，無法思考，或許睡一覺起來，就有好辦法對付伍震榮了。」寄南躺上床：「我先睡會兒。」

靈兒無奈的幫寄南蓋被，嘴裡嘰咕：

「唉！只好這樣了，今天也夠折騰了，你快睡吧。」

❖

寂靜的夜晚，寄南熟睡了。

靈兒穿著一身黑衣，又悄悄摸黑來到漢陽的書房門口。她躡手躡腳的，看向四周，見四面無人，嘴裡嘀咕著：

「偷東西就偷東西，還要等什麼高明的偷法，等你賨寄南想到法子，那仁王都升天了！我一定要馬上偷出來不可！」

靈兒順利的潛入漢陽的書房。靠著窗外的月色，小心翼翼的東張西望，到處找紙卷。窗外，仍包紮著頭部的寄南也一身黑衣，悄悄來到書房外，從窗戶的縫隙裡看到了屋裡的靈兒。寄南埋怨：

「這丫頭還真不死心，一個人又自作主張的行動，也不先問過我這個主子，真是讓人操心的傢伙！」

寄南身手矯捷，輕輕打開窗子，一翻身就翻進了書房。房裡，寄南翻窗的動作，驚嚇了靈兒，靈兒快速的躲藏到書桌下面。兩人彼此反方向的摸黑著，不小心頭撞了頭，靈兒驚嚇的摀著自己的嘴，差點尖叫出來。寄南額上的傷口一痛，低聲喊疼，小聲的說：

「裘兒！我的頭是和妳有仇嗎？」摀著頭：「疼死我了！」

靈兒發現是寄南，鬆了一口氣說：

「你怎麼也來了？我明明看你睡得跟豬一樣！」

「廢話少說，既然來了，咱們趕緊行動！」

靈兒、寄南就繼續翻箱倒櫃尋找那份「證據」紙卷。靈兒忽然看到一堆堆成卷的公文紙卷，傻眼說：

「這麼多卷，都長得一樣，不知道哪一個才是？」突然翻到一個紙卷，驚喜的拍打著寄南：「你看看是不是這一個？」

寄南透著窗下月光，打開一看。

「果然是！居然給『仁王』安了那麼多罪狀，太可惡了！」

靈兒一高興搶回證據想看一眼，結果被矮凳絆倒，眼睜睜看著那證據紙卷掉落在地上，滾到了門口。寄南想幫忙撿回紙卷，突然門外一串聲音傳來，寄南和靈兒一慌，手忙腳亂，趕緊抱起散落在桌面上好多紙卷及卷軸，躲藏於書櫃後。

方世廷、漢陽帶著油燈，走到書房門口。就在漢陽一個腳步要踏入書房，將會踩到掉落的那個紙卷時，千鈞一髮之間，寄南長手一伸，撿了回去，把「證據」紙卷放在靈兒手上捧著的一堆相同的紙卷裡，繼續躲藏著。

世廷檢視四周，疑惑的說道：

「剛剛好像是書房裡傳出什麼聲音？漢陽，你聽見了嗎？」

「找一找，說不定是老鼠！」漢陽說。

漢陽和方世廷就分頭在書房裡檢視，漢陽快要發現靈兒之時，寄南趕緊摀著靈兒的嘴，拉著她悄然無聲的爬到一個矮櫃後面。當方世廷走近寄南和靈兒躲藏的矮櫃之時，兩人又驚險的爬向門口。當漢陽轉身看向門口，寄南和靈兒眼見快要曝光，便迅速的抱著一堆紙卷奪門而出。

漢陽眼角看見黑影，大喊：

「什麼人？站住！」對外面喊著：「來人啊，有竊賊！」

突然宰相府的衛士通通趕到書房門口。衛士們慌亂喊著：

「竊賊在哪？」

漢陽快速指揮：

「跑向水池了，快追！」回頭對世廷喊：「爹，我去抓賊，你檢查書房有沒有丟了什麼？」

一切發生太快，方世廷來不及反應，一下子愣著。漢陽說完便和衛士奔向水池。

黑夜裡的庭院，因為有月光，並不是很黑暗。靈兒手抱著一堆紙卷，和寄南在庭院飛奔著。漢陽帶著一隊衛士，追向寄南和靈兒。他指著前方的黑影，喊著：

「小賊！站住，不要跑！竟敢亂闖宰相府！」

寄南和靈兒，遠遠的聽到漢陽追來的聲音。靈兒邊跑邊說：

「這次千萬不能被逮到，否則咱倆就要再進去柴房啦！」

寄南跑著，有氣的說：

「妳還知道不能被逮到？都是妳，叫妳等我想到高明的辦法，妳不聽，這下我們要往哪兒跑呀！」

靈兒喘息著，四面張望：

「我們好像跑錯方向，這不是回咱們廂房的路呀！」看向前方：「前面樹叢多，我們先去那裡躲一躲！」

寄南和靈兒眼見追兵趕到，趕緊躲於池塘邊的樹叢裡，背後就是池塘，再也無法後退。

漢陽喘息的追到樹叢前，喊著：

「絕對不能放過任何地方，快把小賊抓出來！」

衛士們拿著長槍對樹叢亂打亂刺，靈兒寄南有驚無險的閃躲長槍。

一支長槍突然對著靈兒的胸口刺來，靈兒一個大弧度的後仰彎腰，手裡所有的紙卷全部拋向了池塘裡。由於動作太大，她腳步不穩，眼看就要摔進池塘，寄南眼明手快，一招「小擒打」，快速伸手一拉一抱，便將靈兒抱進懷裡。他毫不遲疑，抱著靈兒連翻帶跳，便飛也似的逃離了水池。

漢陽眼見池塘裡散落著他的公文卷，氣急敗壞，大喊：

「完了完了！快救我的文卷！來人啊，跳進池塘，快救我的文卷啊！唉呀！多少案子在裡面，快救我的文卷！」

「大人，是先抓小賊？還是先救文卷呢？」衛士們糊塗著。

漢陽也急糊塗了：

「這……這……」看向池塘：「先救文卷要緊啊！唉！」

30

莫尚宮走進闕樓，皇后正獨坐沉思著。莫尚宮恭敬的說道：

「殿下，崔諭娘傳回消息了，蘭馨公主在將軍府一切安好，目前，沒有傳出什麼不好的消息。」

皇后望著闕樓下那重重疊疊的宮廷和屋瓦發呆，自言自語的說道：

「那個壞脾氣的丫頭，就這麼離開皇宮嫁出去了，突然沒有人三天兩頭和本宮鬥嘴，還挺不習慣的！」

「殿下是想念蘭馨公主了，畢竟她是殿下的親生女兒。」莫尚宮笑著說。

突然伍震榮走進闕樓，莫尚宮識相的對伍震榮施禮，就退出了闕樓。

「不是跟你說了嗎？除非有大事，暫時不要到這兒來。皇上最近怪怪的，賣官的事，本宮也只好交出了十幾個名字，盡量找不會動到項麒的！現在風頭很緊，我們還是小心一點好！」皇后警告的說。

「下官怎麼忍得住不來？妳那皇帝現在怪怪的，等到我把太子的棋布好了，看他還怪不怪？」

「太子還在魚鉤上嗎？」皇后小心問。

「那當然！世廷給我的這條計策實在太好！項麒的魚餌也用得不錯！不過……」臉色一變：「也有不好的消息！最近民間忽然傳出兩句歌謠，完全針對咱們而來！」

「針對咱們？什麼意思？怎麼說的？」

「歌詞中有兩句話是『五枝蘆葦壓莊稼，萬把鐮刀除掉它』。這『五枝』是指『伍家』，『蘆葦』是指盧皇后妳哪！這明明是有叛亂份子，在發動暗殺我們伍家和盧家的行動！妳要讓盧侍郎、盧御史他們都小心一點！」

盧皇后大驚：

「那還得了？居然這樣公開傳唱嗎？」著急的說：「你還不趕快去把散播這些歌謠的人通通抓起來！誰敢唱就宰了誰！」

「已經傳到民間了，事情就不好辦！」伍震榮憤恨的說：「那幫人不止想對付我，實際上是要剷除殿下苦心經營的勢力。上回項魁失手，不就是遭遇了什麼武功高強的農民兵團嗎？我猜就是袁柏凱和太子幫搞的鬼，跟他們親近的人，全體有嫌疑！」

「先看看太府寺的進展如何再說吧！」盧皇后陰沉的說，又看向伍震榮：「你還是早點離開這兒比較好！不過，現在皓禎是蘭馨的駙馬了，你動誰本宮都不管，千萬別動皓禎！」

盧皇后不想動皓禎，當然還有她的想法。既然將軍府沒有傳出小倆口不合的消息，這個皓禎說不定會被蘭馨收服，萬一哪天蘭馨想明白了，親娘總之是親娘，那麼，這個皓禎會不會見風轉舵，成為她的助力呢？上次伍震榮也提過，現在看來，確實有點道理，且走且瞧吧。

❖

皇后對皓禎的如意算盤，跟實際差了十萬八千里！

這天，皓禎興沖沖、甜蜜蜜，他終於如願了！吟霜順利的進了將軍府。雪如和秦媽，小心翼翼的帶著皓禎、吟霜，到了將軍府正房後面一個僻靜的角落，那兒有一進小小的院子，看起來殘破而荒涼，名字叫「小小齋」。院子裡有幾叢竹子，幾棵芭蕉，圍牆上雜亂的爬著使君子和爬牆虎。使君子正開著粉紅色的小花，爬牆虎卻囂張的欺壓著使君子，兩種植物長得亂七八糟。魯超、小樂、香綺拎著簡單的行李跟著入內。

院子裡面的房間是簡單的，一間小廳，放著桌子坐榻，還有兩間臥房。雪如說：

「這偏院最安靜，就在我房間的後面，一共三間，夠妳們主僕兩人住的。不過當然不能跟妳們鄉間那棟房子比，那兒是仙境，這兒是人間！」

皓禎一看，高興的情緒都冷了，非常不滿的說道：

「娘！不能讓她們住我書房後面的『畫梅軒』嗎？」

「你想呢？」雪如問：「畫梅軒像丫頭房嗎？既然入府當丫頭，就該有丫頭的樣子！這三間已經太考究了！無論如何，我們不能驚動公主，不能讓全家冒險！」

吟霜趕緊說道：

「謝謝夫人安排！能有這樣三間房，吟霜已經感激不盡！」就對皓禎使眼色。

「好吧！」皓禎無奈而心痛的說：「魯超、香綺，你們幫吟霜姑娘整理一下，看缺了什麼，趕快出去買！」

「是！」香綺應著：「我去臥室看看，先把小姐的藥瓶整理出來。」

吟霜就催促的對皓禎說：

「你快離開這兒吧！免得被別人看見，會有閒言閒語的！」

「什麼閒言閒語，以後這三間房，就是我的仙境了！」皓禎說。

雪如瞪了皓禎一眼，正色說道：

「吟霜說得對，你快出去吧，最好到公主那兒轉一下。」

皓禎像是沒聽見，逕自走進房裡去，在兩間臥室門口看了看，立刻皺著眉頭說：

「魯超！駕馬車去常媽那兒，把吟霜所有的棉被枕頭日常用品通通搬來吧！這樣簡單，讓她怎麼睡？」

「是！我這就去！」魯超轉身而去。

「皓禎，你……」吟霜想阻止。

「吟霜，妳一定要改一改稱呼！妳是丫頭，要叫皓禎公子，記住了！還有香綺魯超小樂這些知情的人，只能喊吟霜名字，再別帶姑娘小姐這種稱呼！」

吟霜趕緊對小樂求救的說道：

「小樂，請帶公子回他自己的房間吧！」

「是！」小樂拉著皓禎就走：「公子！快走吧！」

皓禎無奈，對吟霜說道：

「妳整理整理東西，我有空就過來。」

吟霜點點頭，皓禎就被小樂拉出房間去了。

吟霜情不自禁，跟到小院來，目送他離去。

皓禎一腳跨出「小小齋」的院門，就撞到正在往院子裡察看的蘭馨身上。皓禎大驚，提高聲音喊：

「蘭馨！妳怎麼不在公主院，跑到我們這小偏院來幹什麼？」

「原來駙馬回家了！」蘭馨驚愕，立刻大聲的說道：「本公主也想問你，你回家不到公主院，跑到這小偏院來做什麼？」伸頭往院子裡看：「我還不知道你們將軍府居然有這麼簡陋的地方。這兒很久沒人住了吧？是做什麼用的？小小齋？我進去看看。」

小院內，雪如、吟霜、香綺、秦媽聽到皓禎的大叫聲，全部一震。雪如一聽蘭馨要進來看，趕緊把吟霜往房裡推去。吟霜大驚之下，拉著香綺就躲進一間臥房內。

小院門口，小樂一聽蘭馨要進去，就飛快的攔住門，胡亂找理由說：

「公主，這兒是禁地，不能進去！」

蘭馨大疑，突然給了小樂一個響亮的耳光，怒罵道：

「居然敢攔著本公主？什麼叫禁地？你這鬼頭鬼腦的小廝，我早就看你不順眼了！大聲喝斥：「讓開！」

皓禎看蘭馨打了小樂，心中大怒，又怕吟霜曝光，一個箭步就攔在蘭馨面前，怒喊：

「妳敢打小樂？打小樂就等於打我！妳知道打狗也要看主人面嗎？到底誰招惹了妳？公主院才是妳的範圍，我們將軍府，根本不是妳應該過來的地方！」

蘭馨瞪著皓禎，所有壓抑的憤怒瞬間爆發，氣沖沖喊：

「你知道誰惹了我嗎？就是你！你這個一堆毛病、莫名其妙的駙馬！今天別說這將軍府，就算整個長安城，本公主要去哪裡就去哪裡！至於這個小樂，我就打了，你要怎樣？」

蘭馨說著，飛快的又給了小樂一個耳光。

皓禎再也沒想到蘭馨又動手，居然沒攔住，這下怒不可遏。他一伸手就抓住了蘭馨的手腕，威脅的說：

「妳想動手是嗎？妳以為妳能打得過我嗎？」

崔諭娘急壞了，趕緊喊道：

「公主！公主！千萬不要跟駙馬爺生氣呀！萬萬不可呀！這兒既然是禁地，公主就去別的地方逛吧！」

小樂被打得臉也腫了，眼淚直流，卻緊緊拉著皓禎的衣襬說：

「公子，是小的該打！小的該打！公子別生氣……」

就在這爭吵中，院子門忽然大開，雪如帶著秦媽出來。雪如鎮定的說道：

「什麼事在門外吵吵鬧鬧？」看到蘭馨，就驚訝的說：「蘭馨，妳怎麼來了這兒？這小院好久沒人住，因為……老房子總有一些關於神鬼狐怪的傳說，大家都說這兒是禁地，我可不以為然，今天想把它布置一下，乾脆變成佛堂什麼的。怎麼？公主想看看嗎？進來吧。」

秦媽就把院門大大打開，說：

「公主，請。」

蘭馨大大一愣，沒料到小院裡居然是雪如和秦媽，心想：

「這下糟了！我還以為藏了個女人呢！怎麼是他的娘？」

皓禎跟雪如交換了一個眼光，知道吟霜和香綺一定隱藏好了，就拉著蘭馨的手腕，把她大力的拉進院子。皓禎說：

「這是小院，仔細看看吧？看完了嗎？」

皓禎又拉著蘭馨進房間小廳。

「這是小廳，看到了嗎？欣賞過了嗎？還要不要看裡面的房間？」打開一間臥室的門：「看到了嗎？」又要去開另外一個房門。蘭馨掙扎的說：

「好了好了！看夠了！」迅速的改變臉色，對皓禎嫣然一笑：「你都不在家，本公主無聊，到處逛逛就逛到這兒來了，打擾了娘，對不起啦！」去摸小樂的頭，小樂以為又要挨打，把腦袋縮進了脖子裡。「小樂，打痛了嗎？」

「不痛不痛！」小樂一疊連聲回答。

蘭馨好脾氣的逗弄小樂：

「不痛？那就再打一耳光試試？」

小樂慌慌張張回答：

「痛痛痛！公主息怒，不要再打了！」

「公主還想看哪裡？我帶妳看！」皓禎嚴肅的說。

「是！」蘭馨朗聲的應道：「崔諭娘！我們跟駙馬逛逛去……哦，要說名字，不能說駙馬……我們跟皓禎去吧！」

皓禎就帶著蘭馨和崔諭娘走了，臨走，給了雪如一個托付的眼光。

雪如目送她們走遠，才呼出一口氣來。

另一間未開的房間，緊貼在門背後的吟霜和香綺，都嚇得臉色發白。

這就是吟霜初進將軍府，第一件碰到的事。緊接著，這天都安安靜靜，吟霜和香綺也忙著布置新居。到了晚上，小樂拎著一個考究的食籃，跟著皓禎邁入吟霜的小廳。

廳中已經簡略的布置過了，窗上垂著窗帘。吟霜和香綺還在忙，吟霜在燈下縫紉著，香綺把配套的靠墊放在坐榻上。小樂一進門就嚷著：

「停工！停工！開膳了！公子親自給妳們送晚膳來了！」

吟霜慌張的起立，看著皓禎，不敢相信的問道：

「你怎麼來了？」四面張望，非常緊張的說：「有沒有人發現你來這兒？你就這樣冒險到我房裡來？給公主發現怎麼辦？今天聽到那公主的聲音和氣勢，到現在心還怦怦跳呢。」

皓禎心頭一緊，伸手就握住她的手。歉然的說：

「剛剛進府，就讓妳被嚇到，這個公主真是我的心頭大患！現在不談公主，我猜，妳還沒吃晚膳，所以讓小樂去廚房拿了幾盤好菜，妳在將軍府吃的第一餐，我要跟妳一起吃。」

「難道你不去跟公主一起吃嗎？她會不會又大發脾氣？」吟霜著急。

「妳才是我的妻子，我為什麼要跟她一起吃？」

「我覺得這樣不大好，我是個丫頭，哪有公子幫丫頭送飯，還跟丫頭一起吃的道理？飯菜放下，你和小樂快走吧。」吟霜更急。

兩人談話中，小樂和香綺早已把飯菜都拿了出來，擺在方桌上。

「吟霜姑娘，妳別讓公子著急了！」小樂說：「這菜色都是公子叮囑我去選的，炒雞丁，豆苗蝦仁，涼拌干絲，鹹菜蒸黃魚……都是姑娘最喜歡的菜。」

「小姐就快來吃吧，涼了就不好吃了。」香綺說。

皓禎拉著吟霜的手，就把她按進桌前的坐榻裡說道：

「將軍府有將軍府的規矩，少將軍愛在哪兒用膳就在哪兒用膳。今晚，我一定要跟妳一起吃。」

「好吧。」吟霜無奈而感動的說：「我們就快快吃吧！吃完，你趕快去公主那兒，把你答應你娘的承諾完成。」

「我答應我娘什麼？」皓禎一愣。

「跟公主圓房！」

皓禎剛拿起筷子，聞言立刻把筷子往桌上一放，臉色一變，微怒的說：

「我特地來陪妳吃飯，找了一大堆理由去搪塞我娘，才能溜到妳這兒來。魯超把守著小院門口，讓我們可以安安靜靜吃這頓飯不被打擾，妳還什麼都沒吃呢，就要說這些讓我掃興的話嗎？」

吟霜見他生氣了，就低頭不說話了。皓禎嘆了口氣，聲音軟化了：

「吃飯吧。總算把妳弄進府了，我要把妳養胖一點。」

吟霜就拿起筷子，默默的撥著碗裡的飯粒。皓禎挾了菜到她碗裡去，悄悄的看著她。吟霜拿著飯碗，手微微的顫抖著，接著，有一滴淚落到飯碗裡去了。皓禎呆了呆，再嘆了口氣，站起身子，走到吟霜身後去。

皓禎就伸出雙臂，從吟霜身後圈住她的脖子，說道：

「我知道了。這事不解決，妳一定不會安心的。算我敗給妳，現在我們快快樂樂的吃這頓飯，我答應妳，今晚我會把『圓房』那件事徹底解決。怎樣？」

吟霜這才透了口氣，伸出雙手，分別握住皓禎摟住她的雙手，幽幽說道：

「我已經太快樂了！進了府，感覺離你很近，今晚沒料到你還特地給我送飯來，親自陪我吃飯，我真的覺得很幸福！在這麼深刻的幸福裡，我怎會在意其他的事呢？我只希望我們這樣的幸福，可以維持下去，不會因為你的原則、堅持而打破，我就謝天謝地了。」說著，仰頭看他，語重心長的：「何況你身上還有很多更大的事要做，不能因為我再耽誤下去。」

「是！」皓禎轉動眼珠，思索著：「那麼，我們可以吃飯了嗎？」

吟霜拚命點頭。皓禎就心情良好的喊著：

「小樂、香綺，一起吃吧！」

「公子……」小樂恭敬的說：「離開這個小院，吟霜姑娘就成了丫頭，但是，在這小院裡，她是公子的夫人，是小樂和香綺的主子，在這兒，我們不能坐下，我們兩個要侍候公子和夫人吃飯！」

「是！小樂說得對！」香綺接口。

兩人就愉快的給皓禎吟霜斟酒，布菜。

吟霜和皓禎愉快的舉杯，愉快的吃著，愉快的笑著，愉快的談著，甜蜜幸福的氣氛，滿溢在整個房間內。吟霜喝了點酒，面頰就緋紅起來，眼睛也矇矓起來。不是酒讓她醉，是這樣的晚上讓她醉！詩經裡的句子，就躍進她的腦海，她微醺的看著他，聽到自己在低低背誦：

「綢繆束薪，三星在天。今夕何夕？見此良人。子兮子兮，如此良人何！」

皓禎聽了，心情激蕩，伸手握住她的手，凝視著她，柔聲說道：

「妳知道嗎？這是以前新婚時，在洞房裡，新娘對新郎唱的歌詞，妳既然唸出新娘的詞句，我怎能不唸新郎的呢？何況，妳剛剛搬進這兒，正是我們的新房。」就充滿感性的唸道：「綢繆束楚，三星在戶。今夕何夕？見此粲者。子兮子兮，如此粲者何！」

兩人唇邊，都湧起了微笑，醺然的微笑，幸福的微笑，深情的微笑。「良人」是丈夫，「粲者」是美人。還有哪一首詩，更能描繪出此時的情調？真是「今夕何夕？如此綢繆何！」(注)

❖

綢繆的時辰飛一般的過去了，面對蘭馨的時辰就到了。對皓禎來說，真是強烈的對比。走出那「小小齋」，到了這「公主房」，那兒的簡陋，這兒的豪華，簡直是兩個不同的天地。吟霜的薄醉和詩意還在眼前，蘭馨的微嗔和不耐已直逼著他！這兩個女子，也完全是不同的境界！「今夕何夕，如此矛盾何！」

蘭馨依舊穿著她華麗的洞房裝，坐在床上。皓禎還沒換衣服，在室內來來回回踱步，心裡各種的感慨，各種的掙扎，把他弄得頭昏腦脹。但是，他知道今晚一定要解決圓房這問題，他已經答應了吟霜，也無法再拖延了！

崔諭娘喊著：

「宮女們，快去幫駙馬爺更衣！」

宮女們上前，皓禎伸手一擋。

「等一下。」皓禎就對蘭馨說道：「我們能不能先談談？我有很重要的話要告訴妳。」

「很重要的話？」蘭馨一驚抬頭。

「是的。」皓禎嚴肅的說：「如果我們要行這個『洞房合歡之禮』，有些話，我要事先告訴妳知道。」

「好吧，你說吧。」

皓禎就拿起床邊蘭馨的外衣，披在她身上。

「說過好多次了，別穿那麼少。過來，到這兒來坐著談。」

蘭馨看他一副鄭重的樣子，滿心狐疑，趕緊起身，坐到皓禎身邊去。崔諭娘和宮女們都關心的豎著耳朵聽。皓禎就一本正經的說道：

「自從跟妳成親，妳一定發現了，我在千方百計逃避圓房這件事。其實，我有很大的苦衷。我可以陪妳做任何事，教妳武功都可以，只要我們免除這個『洞房合歡之禮』！」

蘭馨警覺的，尖銳的說：

「我知道了，你要告訴我，你有斷袖之癖是嗎？」

「不是，那是寄南胡謅的。」

注：出自《詩經》——〈唐風．綢繆〉。這兩段譯文大致為：

「把柴草綁緊一點吧，三星正掛在天空，今天是什麼日子？讓我見到這麼良好的人兒，你呀你呀，你這麼好，讓我該怎麼辦呀？」

「把柴草綁緊一點吧，三星正掛在門戶，今天是什麼日子？讓我見到這麼燦爛的人兒，妳呀妳呀，妳這麼美，讓我該怎麼辦呀？」

蘭馨鬆了口氣，微笑起來：

「我就知道他亂掰，那麼，你的苦衷是什麼？」

皓禎更加慎重的說道：

「我有一種病，從十四、五歲就有了！大夫也說不出這個怪病的名字，我們就叫它『恐女症』。」

「什麼『恐女症』？本公主從來沒有聽過！」蘭馨驚訝。

「我知道妳沒有聽過，任何人都沒有聽過，這病只有我有，而且很嚴重。」

「有多嚴重？」

「只要我一接近女體，我就會停止心跳，一命嗚呼！」皓禎說得煞有其事。

蘭馨疑惑的、定定的看著他。皓禎也正色的、定定的回看她。

「你在開什麼玩笑？」蘭馨問。

「不是開玩笑，哪有一個男人，會承認自己有這種病！這是我最難啟齒的苦衷！」

蘭馨一唬的從坐榻裡跳了起來，大聲說道：

「我告訴你！袁皓禎，你說的話，我沒有一個字相信！什麼恐女症，我看你是害了『欠揍症』！要不，你就是還沒開竅，居然連這件事都害怕！看來，本公主只好當你的大夫，來幫你治好這個絕症！」

蘭馨說著，就讓外衣滑落到地下，伸手把正在喝水的皓禎從坐榻裡拉了起來。皓禎抗拒的問：

「妳要做什麼？」

「先看看你這個病有多麼嚴重？」

蘭馨說完，就一把抱住了皓禎。皓禎手裡的杯子落地、打碎了，臉色大變，拚命掙扎。他急道：

「鬆手鬆手！妳會後悔的，現在就當寡婦，妳還太年輕！我們當不成夫妻，還是可以當親人……」

「我不要跟你當親人，就要當夫妻，何況我已經嫁給你了……」

蘭馨一面說，把皓禎抱得更緊了，用面頰去貼住皓禎的面頰。

皓禎忽然間臉色蒼白，呼吸急促，喘不過氣來，接著，就砰然倒地了。一直在外豎著耳朵警覺偷聽的小樂，感覺不妙，從門外直衝進房，急喊：

「公子！公子！」撲過去看皓禎，顫聲的喊道：「公子別嚇小樂！你怎麼了？」

小樂這樣一喊，崔諭娘和眾多宮女都衝了過來，蹲下身子去看皓禎。

蘭馨高傲的站著，不屑的問道：

「小樂，你們主僕這是在演哪一齣戲？」

小樂沒有回答，只是緊張的去拉皓禎的手，皓禎躺在那兒一動也不動，小樂急著去試他的鼻息，又去把脈。怎麼沒有呼吸也沒脈搏？小樂放聲痛哭起來：

「公子！千萬不要死！千萬不能死啊！公子公子……」

崔諭娘急忙也探測著皓禎的呼吸脈搏心跳，嚇得直跳起來，蒼白著臉喊：

「公主！駙馬斷氣了！」

「什麼？」蘭馨大叫，急忙蹲下身子去測試，搖著皓禎喊：「皓禎，你起來！我不碰你就是了！你趕快起來吧！」

宮女們四散奔逃，大家狂叫著：

「不好了！駙馬爺死了！大夫在哪兒？趕快請大夫呀……駙馬斷氣了……」

這一團混亂驚動了雪如、秦媽、皓祥和翩翩，全部湧入公主房。雪如驚喊：

「什麼駙馬斷氣了？不許瞎說……」

雪如一眼看到倒地的皓禎，就急忙匍匐到皓禎身邊，拉起皓禎的手，只見那手又沉重的垂了下去。雪如嚇得魂飛魄散，再去試呼吸，大震，頓時撕肝裂肺的痛哭著喊：

「皓禎！皓禎！你不能這樣撇下娘走啊！這是怎麼回事？好端端的，怎麼會變成這樣？皓禎，你別嚇娘！皓禎……皓禎……」

翩翩、皓祥都傻了。翩翩不相信的問皓祥：

「他真的死了？」

皓祥上前再度探測，眼眶紅了，畢竟兄弟一場，不禁悲從中來說道：

「娘，他真的死了！」

立刻，公主房裡一片哭聲震天。將軍府的丫頭僕人都湧入了公主房。看到斷氣的皓禎，人人無法相信，個個哭斷腸。袁忠及丫頭僕人們邊哭邊喊：

「公子公子！公子回來呀！公子不能死呀……」

在眾人包圍哭喊中的皓禎，毫無生命跡象，一動也不動的躺著。一任眾人搖著他，喊著他。皓禎死了？就這樣莫名其妙的死了？怪不得他千方百計的逃避圓房！

蘭馨嚇得魂不附體，面無人色，全身都軟了，癱在一張坐榻裡！

31

夜色裡的「小小齋」，幾乎是遺世獨立的。將軍府已經鬧翻了天，小小齋依舊靜悄悄。忽然間，小樂連跌帶撞的撲奔過來。埋伏在夜色裡保護的魯超，迅速的一躍而出。

「是誰？」魯超低聲問。

「是我小樂，趕緊讓我去見吟霜姑娘！」小樂哭著說。

「你哭什麼？」魯超驚愕。

「公子……他……他在公主院斷氣了！」小樂泣不成聲的說。

魯超大驚，趕緊把小樂帶進房內。吟霜睜大眼睛，無法置信的喊：

「你說什麼？公子斷氣了？」

小樂哭著，拚命點頭，抹著眼淚說：

「公主要跟他親熱，他說他有什麼『恐女症』，公主不信，去碰公子，哪知一碰之下，公子就倒地斷氣了！吟霜姑娘，趕快帶著妳的銀針去救他呀！妳是神醫，只有妳能救他呀！」

魯超疑惑的說：

「吟霜姑娘，這和上次靈兒假死實在太像了！」

吟霜立刻衝進臥室，去檢查她放在架子上的瓶瓶罐罐。那假死藥罐是紅色的，和大部分青瓷色的不同，她打開假死藥罐檢查了一下，就趕緊拿起綠色的藥罐，裡面有解藥。她取了兩顆解藥，急奔了出來，喘息的說道：

「他一定是跟我吃晚膳的時候，偷了那假死藥丸！」心慌意亂說：「小樂！他吃下去多久了？吃了幾顆？」

「不知道他什麼時候吃的？倒地已經好久了，大家都圍在那兒哭呢！」

吟霜嚇壞了，什麼都顧不得了，顫聲問：

「公主院在哪兒？他在哪兒？趕緊帶我去！晚了就來不及了！香綺，帶著我的銀針，我們得雙管齊下！」

香綺趕緊抱著藥箱，小樂帶路，吟霜心慌意亂的奔了出去。魯超不放心，也跟著去了。

到了公主房，只見無數的人圍繞著躺在地上的皓禎，哭聲震天。

吟霜、小樂、香綺急急忙忙奔進來。吟霜什麼人都看不見，眼中只有躺在地上一動也不動的皓禎。小樂哭著喊著：

「大家讓一讓，救命的活菩薩來了！」

吟霜撲奔到皓禎面前，去試了試他的鼻息，摸了摸他的手腕。

蘭馨癱在坐榻裡，被驚動了，抬眼想看吟霜，但是太多人圍著，她也沒看清楚。她整個人還陷在巨大的驚嚇中，身子無法移動。

吟霜就急忙一手托起皓禎的頭，對小樂喊道：

「水！趕快拿杯水來！」

小樂在桌上拿了一杯水過來。吟霜便把藥丸外面的蠟封捏碎，再把裡面的藥丸也捏碎，塞進皓禎嘴裡。小樂急忙餵水，只見水都從嘴角溢了出來。吟霜一手捏著他的嘴，用另一手順著他的喉嚨，祈求的低語：

「吃下去！吃下去！」

雪如停止哭泣，求救的看著吟霜。吟霜見皓禎沒有反應，大急。

「香綺，給我銀針！妳捏著他的嘴，一定要讓他吃下藥丸！」

香綺遞上銀針，接手去捏著皓禎的嘴。吟霜急忙為皓禎扎針。

秦媽擦著淚，祈禱的低語：

「活菩薩，神醫姑娘，救命呀！」

崔諭娘擦著淚，困惑的問：

「人都斷氣了，扎針還有用嗎？」

將軍府公主院的人都圍繞著，忽然有了希望，個個期望著奇蹟出現。只見吟霜忙碌的為皓禎胸口運氣推拿，忙碌的探測鼻息，忙碌的把脈。看到那顆解藥始終沒有吞下，吟霜雙手按在皓禎胸前，拚命運氣，虔誠的低聲唸道：

「心安理得，鬱結乃通。治病止痛，輔以氣功。正心誠意，趨吉避凶。心存善念，百病不容！」唸到第三次，皓禎喉中咕嘟一聲，水和藥都嚥了下去。圍觀的人，都發出一聲驚呼，喊著：

「藥灌進去了！有希望，有希望！」

蘭馨震動了一下，迷惘的看過來。

吟霜匍匐在皓禎身前，第四次在皓禎胸前運功，剛剛唸完口訣，皓禎忽然咳了一聲，眼睛睜開了，眼光和吟霜著急的眼光接個正著。

眾人一片嘩然驚呼。雪如搗著嘴，哭著低喊：

「他活了！他醒過來了！」

眾人各喊各的：

「眼睛睜開了！有呼吸了，活了活了！活了……活了……」

一時之間，叫菩薩的，叫公子的，叫駙馬的，哭的，笑的，讚嘆的……各種喊聲都有。

皓禎一睜眼，就看到吟霜那對祈求驚懼含淚的眼睛。他還沒全醒，怎麼自己又把吟霜弄哭了？就神思恍惚的去拉吟霜的手，嘴裡喃喃的說著：

「今夕何夕？見此粲者。子兮子兮，如此粲者何！」

吟霜驀然醒覺了，抽出手來，迅速的拔針，一面低喊：

「香綺，收好銀針，我們走！」

魯超趁著大家的注意力都在皓禎身上，急忙對吟霜低語：

「跟我走，妳們會迷路的！」

吟霜和香綺，就悄悄跟在魯超身後，消失在一團亂的房間裡。

到了門口，吟霜不放心的再回頭，卻突然接觸到蘭馨困惑的眼神。蘭馨那身服裝和那種氣派，讓吟霜立刻知道了她是誰。蘭馨的雙眼正直勾勾的看著她，一瞬也不瞬。吟霜一驚，心臟狂跳，掉頭飛快的跑走了。

❖

經過如此驚心動魄的一幕，這公主房是不能再停留了。袁忠和衛士們，把皓禎抬回了他自己的臥房，讓他躺在床上休息。公主和崔諭娘餘悸猶存，心驚膽戰，不敢再有任何異議，就怕這恐女症還會復發。

皓禎躺在自己的床榻上，臉色依舊有些蒼白，覺得整個人虛弱無力。此時他才驚覺這「假死藥丸」力道不小。雪如坐在他的床沿，驚愕的看著他。

「恐女症」？雪如喃喃的問：「怎會有個恐女症？」

「妳就跟蘭馨說，我就害了這個病，碰到女人就會像剛剛那樣死掉，只要妳咬緊是這樣，蘭馨就不會再來煩我了！」皓禎說。

「但是，這到底是怎麼回事呢？你和吟霜在一起，就沒恐女症？你把娘嚇死了！」

「我知道，我知道！」皓禎說：「我吃了兩顆毒藥，這叫鋌而走險！如果沒有吟霜及時來救我，我就真的死了！可是，我知道她在將軍府，小樂會通知她的，她會立刻趕來救我的！」

「這是一齣戲嗎？你們串通的嗎？」

「不是戲！」皓禎正色說道：「除了我知道我會死之外，小樂、吟霜都不知道，所以，今晚嚇壞的，還不止娘，還有吟霜她們！總之，我活過來了！」

雪如驚魂未定的看著皓禎：

「我那天看著你和吟霜死裡逃生，還餘悸猶存，今天又被你嚇得魂飛魄散！」疑惑的問：「那吟霜……果然是神醫？居然把你救活了！」

皓禎正色的，誠摯的說道：

「娘，慢慢的妳就會知道吟霜的醫術有多高明了。不過，要是我命中該絕，誰也救不活我！」疲倦的一嘆：「娘，妳去安撫一下蘭馨吧。我剛剛死過，現在好累。」

「你吃了毒藥？只有吟霜能救你？為了逃避圓房，你寧可吃毒藥？」雪如越想越怕：「恐女症，蘭馨會信嗎？唉，要說謊也只好說了，總之好過你死掉！」

雪如又是搖頭，又是疑惑，又是不放心的看著皓禎，出門去了。小樂立刻溜了進來，眼睛還是紅紅的。皓禎立即問道：

「怎樣？看到吟霜嗎？她是不是被我嚇壞了？」

「她嚇得臉色慘白，到現在還在發抖！她要公子好好休息，說是睡一覺就會好。她還問公子，值得這樣冒險嗎？」

皓禎一嘆，說：

「你去告訴她，值得！這是我的原則，我的堅持，我的笨！但是值得！」

「還要我跑一趟？」小樂睜大眼睛說：「我沒被公子嚇死，還要我累死？」

「你不去我去！」皓禎掀開被子，就要下床。

小樂趕緊把他壓在床上說：

「好好好！公子快躺著休息，別真的弄出病來，我去！我去！」嘴裡嘟囔背誦著：「值得……堅持……原則……還有還有……大笨蛋！」

「不是大笨蛋！一個笨字就夠了！」皓禎糾正著。

「小的幫你加幾個字不好嗎？這圓房鬧成這樣，不是大笨蛋是什麼？」小樂說著，迅速的跑走了。

❖

隔天，雪如一清早就到了公主房。自從眼見吟霜跳崖，兩人死裡逃生以後，她就像著魔般，和皓禎一樣，陷進吟霜的魅力裡去了。這次皓禎又死裡逃生，眼看吟霜把他救活，她心裡就隱隱的明白，吟霜和皓禎，這兩人的命運是緊緊相繫的。雖然違背了她的原則，也只好按照皓禎的吩咐去做。

在大廳裡，雪如見到了蘭馨。她有點神思恍惚，臉色不佳。雪如就說道：

「昨晚妳一定跟我一樣，嚇得都沒睡好吧？」

「幾乎整晚都沒睡！」蘭馨坦白的說：「娘，到底皓禎這是什麼病？」

雪如閃爍的回答：

「從他十四歲就開始了，大夫也說不清楚。我總以為隔了這麼多年，應該好了，誰知道還是發病了。」對蘭馨誠摯的道歉：「真對不起妳！」

崔諭娘忍不住上前說：

「夫人，這病難道不能治好嗎？或者讓公主去傳宮裡的幾位太醫來，給駙馬爺治治。」

雪如一驚，急喊：

「不要吧！」

蘭馨也一瞪崔諭娘，說道：

「這種『隱疾』，還是不要張揚的好。或者調理一下身子，就會好起來。好在昨晚沒有釀成大禍，還是把他的命救回來了。」忽然臉色一正，問道：「昨晚那兩位救命的姑娘，是誰？」

「是我房裡的兩個丫頭，吟霜的爹是個神醫，可惜去世了。吟霜就學會了一些她爹的醫術。昨晚是病急亂投醫，家裡沒大夫，就把她叫來了。」

蘭馨沉吟的、心神未定的徘徊低語：

「吟霜！嗯……吟霜……」

❖

就在蘭馨唸叨著吟霜的名字，苦苦思索吟霜的面容和醫術時，吟霜也在她那「小小齋」裡輾轉徘徊，害怕的想著，不知道那假死藥丸吃了兩顆，會不會造成後患？她被公主看到，會不會引起麻煩？正想著，聽到門響，一個回頭，居然看到皓禎神清氣爽，大踏步走進房來。

「這麼早，你不躺在床上休息，跑到我這兒來幹嘛？」吟霜擔心的問。

「我沒事了。上次靈兒假死，也沒有休息多久，何況我是個大男人，又是練武的身子，妳放心，我有分寸的。」

「你還說有分寸？」吟霜瞪著他：「那藥丸吃一顆都很冒險，你居然吃了兩顆，我差點救不回你，我快要急死，快要嚇死！現在你身上還藏了兩顆，趕快還我！昨晚特地來陪我吃晚膳，根本不安好心，原是來偷藥的！」

「妳有點良心好不好？」皓禎說：「陪妳吃飯是正事，偷藥是臨時起意的。」就賠笑著：「別生氣，如果我跟妳要，妳肯定不會給我，我只好偷！」

「把另外兩顆還我！你藏那麼多假死藥丸幹什麼？」吟霜攤開手。

「我留著。說不定公主又要跟我圓房，還可以再用！」

吟霜臉色一正，深深的看他說：

「你還想再用嗎？你知道這是有害的，會影響你的身體，而且會出事的！」急得臉色都變了：「你存心要讓我害怕，讓我著急，讓我夜裡不能睡嗎？」

「妳昨晚沒睡嗎？」皓禎關心的問。

「你這樣一鬧，我還能睡嗎？」吟霜眼睛一紅，把手伸到他面前：「快把那兩顆藥還我！放在你那兒，我時時刻刻都會擔心！」

「好好好，還妳便是！」皓禎無奈的說，就從口袋裡掏出一個小錦盒，還給吟霜。

吟霜拿著錦盒往臥室走，皓禎從她身後一把抱住她，求饒的說：

「不要生我的氣，以後不冒險了，如果再碰到這種局面，還是見招拆招吧！」

這時，小樂闖進門來，急喊：

「公子，聽說公主帶了大批補品，要去你房裡『探病』啦！」

「什麼？」皓禎大驚。

小樂拉著皓禎就走。吟霜回頭，驚怔的看著皓禎和小樂的背影。

❖

回到皓禎的臥室，皓禎急急躺上床，小樂用棉被蓋著他，再把他的頭髮解開撥亂。

「裝得衰弱一點！說話要一點力氣都沒有，剛剛死過，不能這麼開心啦！眉頭……眉頭……眉頭皺起來！」小樂輕聲叮囑著。

門外傳來敲門聲，崔諭娘的聲音從門外傳來：

「駙馬爺，公主帶著皇上欽賜的各種珍貴藥材，要來給您進補了。」

小樂用詢問的眼神看著皓禎，皓禎點頭，小樂就打開房門。蘭馨帶著崔諭娘進房，崔諭娘手裡捧著各種補品。蘭馨四面張望了一下，就走到床前。皓禎趕緊閉著眼睛裝睡。蘭馨檢視著皓禎說：

「小樂，駙馬睡多久時辰？中間有沒有醒來過？」

蘭馨情不自禁伸手想摸皓禎，立刻被小樂用雙手拖住她的手阻擋。

「公主，公主！您千萬不能再碰駙馬爺，駙馬不能再斷氣一次！」

蘭馨見小樂拖著自己的手，發飆怒罵：

「放肆！居然敢碰本公主的手，你不要命了嗎？」

小樂一驚，立刻下跪磕頭：

「公主饒命，公主饒命，小的剛剛一時情急，請公主原諒！小的掌嘴就是！」

就在小樂準備自動掌嘴時，皓禎睜眼醒來了。他伸伸懶腰：

「怎麼一大早就鬧哄哄的？」望向小樂：「小樂，你幹嘛跪著，快去打水來給本公子洗臉！」轉眼看到蘭馨，故作驚愕的說：「蘭馨，妳怎麼來了？」

「你醒來了？身體好點沒有？」蘭馨就想坐在床沿上。

小樂抬頭，忽然看到皓禎的腳還穿著鞋子，棉被也沒蓋到腳，不禁大急。他衝過來，擋住蘭馨，站在蘭馨和床的中間，對皓禎拚命使眼色，同時對公主急道：

「公主！您……您不要過來，你們最好遠一點……」

「放肆！你退開！」蘭馨怒瞪小樂：「本公主只是來探望一下自己的夫婿，為什麼還有重重關卡？連一個小廝都可以擋著本公主的路！」

「是是是！小的退開！退開……」小樂向著床尾退開時，把棉被一拉，遮住了皓禎的鞋子。

這一幕卻全部落入蘭馨眼裡，她不動聲色，在床沿上坐下了，看著皓禎說：

「以前在宮裡選駙馬，我打扮成羽林軍出來大鬧，你一把抱住我，大喊抓到刺客了，記得嗎？」

「是，我記得。」

「那時，你也有這個『恐女症』嗎？」

「只要妳穿好衣服，我們和平相處，相敬如賓，我想，就什麼問題都沒有。並不是我們連手都不能碰。」皓禎心虛的看著蘭馨，帶著歉意的說：「所以我一直說，我們可以做親人，就是不能做夫妻！也曾希望妳選中別人，免得我的隱疾耽誤妳！」

「我明白了。」蘭馨點頭：「可以做親人，就是不能做夫妻！我會遵守這個原則來遷就你。希望你這個病，早點好起來。」就起身說道：「崔諭娘，把補品放下吧，我們走。讓皓禎好好休息。」

皓禎帶著歉意的叮嚀：

「早上風大，下次出來要多帶件衣服。」

蘭馨回頭一笑說道：

「你生病的人，更要注意，早上出門別太早！上床別忘了脫鞋子！」

蘭馨掉頭，就帶著崔諭娘大步而去。皓禎驚看自己的鞋子，小樂跌腳大嘆，還是被蘭馨看破。主僕兩人瞪大了眼互視。

❖

蘭馨回到公主院大廳，在房裡來回踱步，苦思自己面對的各種狀況。崔諭娘說：

「公主，這次駙馬爺的病實在太離奇！奴婢覺得，公主應該回宮一趟，把這情形告訴皇后娘娘，現在駙馬明擺著就不能圓房，這事不能瞞著皇后娘娘！」

蘭馨站定了，鄭重的看著崔諭娘。

「崔諭娘，妳給我閉緊嘴巴！這事我自有道理，不管駙馬是真病還是假病，死過一次是千真萬確的！我不希望這事傳出去，更不希望母后知道，再來嘲笑我選錯了駙馬！妳去幫我把將軍府裡的夫人、二夫人、皓祥都找來，我要跟他們一次講清楚！」

就這樣，雪如、翩翩、皓祥、秦媽都被叫進公主房內，看著蘭馨。

蘭馨正色的，帶著一股不容抗拒的傲氣，嚴重的吩咐著：

「關於駙馬生病這件事，希望大家管著自己的下人丫頭，個個守口如瓶！本公主自然會有解決和治病的方法，不用大家多事！假若這事傳出去，對將軍府和本公主都是傷害！誰多嘴亂說，給我抓到了，本公主絕對不會放過你們！」

「這事要保密，恐怕也不容易，太多人親眼目睹！」皓祥抗拒的說。

蘭馨怒瞪皓祥，氣勢洶洶的說道：

「不能保密，本公主第一個就找你開刀！在這將軍府，你和你娘，就是著名的大嘴巴，唯恐天下不亂！不要以為本公主嫁過來沒多久，對你們母子就不瞭解！」

翩翩一驚，急呼：

「公主！我和皓祥，才真正為公主想，為公主抱不平……」

蘭馨有力的打斷：

「你們的好意我用不著！什麼抱不平？我蘭馨公主的事，會需要你們來打抱不平嗎？話說到這兒為止，你們可以回去了！」

皓祥和翩翩相視一眼，臉上憤憤不平，一股好心沒好報的樣子。

雪如和秦媽也相視一眼，卻如釋重負的呼出一口氣。

32

御花園裡，伍震榮和進宮的太子狹路相逢。

四顧無人，雙方衛士都在遠處相隨，伍震榮就開門見山的問：

「太子是去見皇上嗎？關於四王在鑄金房那點破事，太子為何至今不稟告皇上，難道是想包庇四王？」

太子立即一針見血的反問：

「本太子倒想問榮王，你是在我身邊安了密探嗎？為何本太子的行蹤，你瞭如指掌？你故意讓我去太府寺查弊案，目的就是想借刀殺人，你有能耐怎麼不親自去向皇上稟報，繞這麼大一圈，你不嫌累嗎？」

伍震榮神色一凜：

「依太子的意思，是準備包庇四王到底，不揭發四王的不法勾當？」大聲的說：「好！

那請太子以後也不要再干涉皇后金錢用度的問題，是賣官還是建築行宮，皇后想怎麼開支，太子儘管讓太府寺撥款就是！」

「聽榮王口氣，好像本太子都應該聽從你的命令是嗎？四王的事情，你若有證據，你儘管拿去向皇上稟報，本太子一點都不在乎。但是皇后揮霍無度，浪費公帑，本太子一個碎銀子都不會放過！何況皇后的事，與你榮王何干？」

伍震榮大怒，銳利的看著太子：

「太子想清楚了？確定要與本王為敵？」

太子有力的回答：

「我鄭重的告訴你，**本太子絕不與正義為敵，但與邪惡誓不兩立！**榮王站在那一邊，榮王自己有數！」說完，一甩袖子，霸氣的離開。

伍震榮氣得兩眼冒煙。

❖

太子丟下了伍震榮，就直接到御書房見皇上。和皇上才談了幾句話，得到消息的皇后就奔進書房，帶著滿臉的傷心和哀怨，委屈的說道：

「聽說太子在這兒，本宮就趕了過來，當著皇上的面把話說清楚。」看太子：「本宮問你，東郊別府需要的經費，為何你壓著太府寺，遲遲不撥款？」

皇上疑惑的問：

「東郊別府？皇后什麼時候又在東郊弄了個別府？不是西郊才蓋了個行宮嗎？」

「如果不是為了皇上，確實不需要東郊別府。東郊那兒有溫泉，別府是為皇上特別蓋的，皇上一向怕冷，平時膝蓋又不好，太醫說皇上若能定時泡泡溫泉，一定能治好體內濕寒，臣妾都是為了皇上的龍體啊！畢竟皇上也不年輕了！」皇后感性的說著。

「難得皇后處處為了朕的身子著想，用心良苦啊。」皇上看著皇后，感動起來：「太子，你就盡快撥款給皇后吧，不要讓你的母后傷心才是。」

太子著急說道：

「連父皇都不清楚有個東郊別府，可見這奏章行令一定大有問題，這筆款子還是得再詳細審核度計一下才行。款子數目太大，可以餵飽很多百姓……」

皇后打斷了太子的話，急促說道：

「最後的工程不能延誤，再延誤下去雨季馬上就來了，也就無法完工！本宮今天就需要這筆款子，太子，看在你父皇的面子上，趕緊撥給本宮吧！」

「恕兒臣無法照辦！」太子對皇后行禮如儀，但態度堅定。

「皇上呀！」皇后眼淚奪眶而出：「您看看太子，在您面前居然敢這麼對待臣妾、欺負臣妾，您要為臣妾作主呀！難道還要臣妾賣了自己的首飾、典當衣裳才能給皇上治病嗎？」

拭淚哽咽，楚楚可憐的：「皇上，我這皇后還要聽太子的命令行事嗎？」

皇上看到皇后落淚就六神無主了，最近，自己對皇后也太嚴厲了。他就走近皇后身邊，摟著皇后安撫，轉頭嚴厲的對太子說道：

「太子，不許再鬧，這筆款子朕說了算，你就今日速審速決，趕緊撥下去，不得延遲！快去！」

太子壓抑著怒氣，無奈極了，只得回到太府寺去撥款。

❖

這東郊別府，正是樂蓉公主和伍項麒監工建造的。這日，樂蓉得意洋洋，招呼衛士一箱箱的銀兩金塊，從太府寺抬上衛士押著的馬車。太子面無表情，傲然的站在門口，監督財物的運送。樂蓉故意酸太子說道：

「哎呀！當初本公主被沒收了五百銀兩，沒隔幾天，今天拿回了一萬兩黃金！哈哈哈！」挑釁的瞪著太子：「駙馬你說，這是不是天意啊！」

伍項麒監視著裝銀兩的馬車，見萬兩黃金都上了車，就把車門上鎖。另外一輛富麗堂皇的馬車在旁等待著，伍項麒從容的說道：

「好了，財不露白，金子都裝上馬車了！樂蓉，我們也上車，親自押送去東郊吧！」對太子行禮：「太子，今天辛苦了，微臣告辭！」

伍項麒扶著樂蓉公主上了豪華馬車。樂蓉邊上車邊大聲的諷刺：

「這做人啊還是要厚道一點，不要太刻薄，否則很快就會中了回馬槍！」拉高聲調：「哎喲！這一槍肯定疼死了！哈哈哈！」

太子氣得臉色鐵青，眼睜睜看著伍項麒騎著馬，和十多位衛士護駕，帶領樂蓉車隊，緩緩離開。車隊剛走，鄧勇就拿了一張紙箋匆匆走近，遞給太子。

「剛剛小白菜那兒緊急送了這金錢鏢來！」鄧勇說。

太子急忙展開一看，只見上面寫著：

「富者富，貧者貧，何以濟貧？——木鳶。」

太子神色大振，把紙箋一揉，看看四周無人注意，對鄧勇說道：

「鄧勇！去通知皓禎和寄南，本太子有事相商，不論他們多忙，要抽出兩天給我！大家先到『四面不靠』的地方相見！」

❖

皓禎接到太子的命令，就趕緊先去雪如那兒找吟霜。

吟霜和香綺在雪如的臥室裡，提了一桶水，正在仔細的清理窗櫺。紙糊的窗子，有無數個小格子，吟霜細心的擦拭著每一個格子的灰塵。已經清理到高處，兩人不夠高，都搬了梯子，站在梯子上，清理著上端。

皓禎面色凝重的跨進門來，看到吟霜在擦窗子，就喊道：

「吟霜！妳爬那麼高幹嘛？還不下來？」

「就快擦完了！剩下這幾格，灰塵還不少呢！」吟霜說。

「雖然說是回府當丫頭，並不是真的讓妳當丫頭，妳還真當一回事，幹起活來了！」皓禎上前，不由分說就把她一抱下地。吟霜緊張四顧，說：

「你不要這樣子，我們身分懸殊，千萬不要給人看出端倪好嗎？」

「妳別這麼緊張，娘讓你在她房裡工作，就是把妳藏著。娘的房間，除了秦媽，很少有人進來！我來找妳，是要告訴妳一聲，我馬上要出門去……」俯耳低語：「木鳶有金錢鏢來，要我立刻去見寄南和太子。」

「太子？事情牽涉到太子，那一定非常嚴重。」吟霜跟著緊張起來。

「就是！現在太子和伍震榮，等於已經公然為敵了！我得去幫忙！」皓禎說。

「有危險嗎？你們不會像上次那樣動手吧？」吟霜擔心的凝視他，立刻明白是有危險的，就急促的說：「你一定一定要小心，不能受傷，答應我！」

皓禎握住她的手，凝視著她說：

「我知道妳在擔心我，千萬不要擔心，我會照顧好自己，因為家裡有一個妳。妳也照顧好自己，知道嗎？事態緊急，魯超我要帶走，小樂留在家裡，那小廝還有點鬼聰明，有事時他能幫點忙。」

「如果你晚上回不來，會給我消息吧？你可以呼叫猛兒，牠一定在這附近，牠對你很熟悉了。呼叫牠，寫個字條，只要一個『安』字，我就安心了。晚上我會在小院子裡等牠。」

「好的好的！我先寫好紙條放在懷裡，到時候只要交給猛兒就成了！」就把她拉進懷裡，緊抱著。吟霜感覺到他的不捨，不禁也緊緊依偎著他，說道：

「如果需要我，也讓猛兒來報信，那鳥兒有靈性，你跟牠用說的，牠也會懂，我會帶著香綺趕過去！」

「希望不會……」

皓禎話沒說完，門外響起雪如緊張的聲音：

「公主！妳怎麼來我這兒了？」

皓禎和吟霜一驚，兩人乍然分開，同時問，雪如和蘭馨也跨進了門。

吟霜的臉色立刻嚇得雪白。還站在梯子上在擦窗格的香綺一驚，竟然連人帶梯子一起摔倒，室內一陣乒乒乓乓響。香綺摔得直喊哎喲，跟在後面的秦媽趕緊去扶起她。秦媽喊著：

「香綺！怎麼連擦個窗子也會摔下來！」

蘭馨銳利的看著皓禎和吟霜，說道：

「原來駙馬在這兒！將軍府房間多，小院多，駙馬行蹤神祕，簡直是神龍見首不見尾！」

皓禎恢復了鎮定，不理蘭馨的話，說道：

「蘭馨，妳來了正好，我來找娘，就是要告訴娘，我等會兒要出門，晚上可能不回來過夜。」

「又要出門？駙馬好像很忙，這次又要出門幾天呢？」蘭馨語氣尖銳。

皓禎臉色一沉，雪如看了呆呆站在一邊的吟霜和香綺一眼，說：

「妳們兩個杵在這兒幹嘛？下去吧！」

「是！」吟霜和香綺回答，兩人正要走，卻被蘭馨一攔，兩人一驚站住。

「咦？這不是那晚救皓禎的活菩薩嗎？見了本公主也不打個招呼？」蘭馨嚷著。

吟霜趕緊行禮：

「吟霜叩見公主！」

香綺跟著說：

「香綺也叩見公主！」

蘭馨的眼光，在兩人臉上巡視著。皓禎緊張的旁觀，眼裡充滿了戒備的神色。

蘭馨對吟霜一笑，說道：

「那晚見識了妳的神奇醫術，長得這麼楚楚動人，當個丫頭太委屈了！看到本公主很緊張是不是？臉色都變了？」就輕鬆的揮揮手：「下去吧！」

吟霜和香綺如皇恩大赦，趕緊行禮退下。

皓禎也呼出一口氣來，跟雪如交換了一個「託付」的眼光。

❖

皓禎和寄南快馬趕到了蒼瀾河，上了太子的船。太子一刻也不耽誤，開始對兩人說他的行動計畫，兩人都大驚失色。皓禎驚喊：

「什麼？搶劫東郊行宮的金子？這是木鳶的意思？還是太子自己的意思？木鳶不會有這種想法吧！」

太子拿出揉皺的紙箋：

「木鳶的字，你們都認得吧？這木鳶真是我的知己，和我的想法不謀而合！這位高人到底是誰？你們知道嗎？」

寄南敲著自己的腦袋，頭痛的說：

「別管木鳶是誰了？這個行動太大了吧？搶皇后和公主的金子？萬一失手，我們三個會被一網打盡！何況這木鳶的指令有點不清不楚，可能指的不是搶劫，而是要我們『智取』！我們應該想個智取的辦法！」

「你們不要再猶豫，再晚就來不及了！」太子說：「四王他們為了各個災區到處籌錢，甚至不惜鋌而走險，盜取鑄金房那少得可憐的金餘，而我卻要眼睜睜的把大筆的黃金送給那些貪得無厭之人，我不甘心！我絕對不能讓他們浪費百姓的民脂民膏，不能讓他們狡猾得逞！」氣極了，大聲問：「本太子就問你們一句話，去還是不去？」

「好好好！去去去！太子哥別生氣啊！我都被你嚇壞了！」寄南看皓禎：「既然木鳶有了指示，天元通寶一定會出動，不會讓我們失敗的！」

「好吧！」皓禎乾脆的說：「別寄望木鳶，這幾句話我分析也是『智取』！要幹，我們得自己幹。寄南召集你的黑衣軍，我讓魯超回將軍府帶上我的人，我們一律喬裝為普通百姓，往東郊搶回黃金！」

太子興奮，拍桌說道：

「就是要這麼幹！你們不愧是我的好兄弟！我們抄捷徑，快點出發！」

「不行！這事只許成功，不能失敗！鄧勇，拿紙筆，我們畫張圖，如何搶，如何分散對方的注意力，如何退……都要有計畫，不能莽撞！」

「還是皓禎頭腦清楚，死過一次，還有這麼周全的考慮，不簡單！」寄南說。

「什麼『死過一次』？」太子驚問。

皓禎一面畫圖，一面說道：

「計畫搶金子要緊！那事以後再談！」

「太子，這臨時計畫太危險，你不能去，交給我和皓禎吧！」寄南說。

「他們車隊的衛士只不過十多人，如果我們速戰速決，很快就可以完成任務，不會有危險，還是讓本太子一起去吧，畢竟這是因我而起的行動！」太子說，見皓禎寄南搖頭，就大吼道：「這是本太子的命令！」

「好吧！」皓禎無奈，就霸氣的說道：「那行動中一切聽我的命令！鄧勇一路貼身保護太子！」

鄧勇強而有力回答：

「鄧勇遵命！誓死保護太子！」

❖

這「太子搶公主」的行動，就真的開始了！

樂蓉車隊先行出發，已經走了一程。伍項麒騎馬領隊，後面跟著運金車，再後面是樂蓉乘坐的豪華馬車，再後面是駙馬府的衛士護駕，一行人不疾不徐的在郊道上前進。

皓禎、寄南、太子、鄧勇等大隊人馬已追上樂蓉公主車隊，眾人喬裝，都穿著棕色的平民服裝，下馬後小心翼翼埋伏在草叢間，並緩緩接近樂蓉的車隊。從車窗外，都可以看到樂蓉端坐在馬車裡，心滿意足的笑著。

皓禎、寄南、太子、魯超、鄧勇壓低身子，討論作戰。皓禎低聲的說道：

「再說一遍我們的計畫，大家記牢了！太子的代號是『太陽星』，記得不要呼叫彼此。

魯超負責帶著大隊搶奪目標，到手後直奔竹寒山岩洞，那兒已有人接應！我和寄南、鄧勇帶著太陽星引開衛士，並且負責把追兵引進附近的紅樹林迷宮。好！大家分頭進行！」

「等等！」寄南看著兩輛馬車：「是搶運金車，還是連樂蓉的馬車一起搶？」

「這樂蓉狡詐，兩輛一起搶！」太子說。

「你聽到了？」皓禎對魯超說：「讓手下們兩輛一起搶，搶到手就知道那輛有金子，一萬兩夠沉重，然後放棄輕的那輛！知道嗎？」

魯超篤定的點頭說：

「魯超得令！」

眾人眾志成城點頭呼應。皓禎等人見時機成熟，都用棕色布巾蒙上口鼻。

皓禎大喊：

「行動開始，攻下目標！」

皓禎大隊人馬，迅速衝出草叢，圍攻了樂蓉公主的車隊。雙方立刻兵戎相見。皓禎、寄南、鄧勇、太子銳不可當，連續撂倒好幾個抵抗的衛士。

魯超人馬快速的拉下兩輛馬車的車夫，雙方人馬開打。

這兒打得天翻地覆，在另一條郊道上，皇上和皇后穿著微服出巡的服裝，坐在華麗的馬車裡。伍震榮騎馬帶劍護著皇上，馬車向前疾奔，車子速度飛快，車子內的皇上被顛得頭暈，不解的問：

「什麼事情那麼著急，還要朕和皇后微服出巡？皇后，妳知道是什麼事情嗎？」

「榮王說有大事發生，一定要皇上親眼見證，那就跟他去看看吧！」

在項麒那兒，魯超已經搶得裝有黃金的馬車，正是樂蓉公主乘坐那輛。公主在馬車裡花容失色，大喊大叫：

「強盜呀！搶劫啊！來人快抓住強盜呀！」

魯超一躍翻上車轅，一招「燕子抄水」，眼明手快的抓住公主的衣袖，一使勁，毫不客氣的將樂蓉公主拉下車，讓公主跌進了草堆裡。魯超檢查了一下車子，得意的點頭自語：

「果真不錯！那輛運金車是假的！這公主根本坐在黃金上面！」

樂蓉被摔得七葷八素，狂喊：

「哎呀！真是大膽狂徒！項麒，救命啊！項麒！」

伍項麒緊急勒住馬匹，拔刀應戰，得意的說道：

「就算準了你們一定會上鉤！如果搶走那輛就更好了！」突然大聲吹響口哨。

岩石後，樹林間，突然湧來了無數的羽林軍。伍項魁騎在馬背上，威風凜凜的對著羽林軍命令道：

「快去抓住這幫搶匪，抓住首腦者，皇上有賞！」

「抓搶匪！抓搶匪！抓搶匪……」

四面八方的羽林軍喊聲震天，飛馬奔向皓禎、寄南、太子的隊伍。皓禎、寄南驚訝萬分，瞪大眼珠。寄南說：

「糟了！他們有羽林軍埋伏，我們中計了！快撤！」

「保護太陽星！不要撤！」皓禎喊著：「第一計畫行不通，用第二計畫！」

「第二計畫是什麼？」太子問。

「第二計畫叫『見機行事』加『自求多福』！」皓禎喊完，就一馬當先的衝上前去，力戰樂蓉身邊的衛士。太子、寄南、鄧勇等人明白了，不管羽林軍，全部上前，砍死無數伍項麒的衛士。魯超人馬反應迅速，搶得了載有黃金的馬車，在太子等人的砍殺掩護下，駕著馬車突破重圍，迅速奔離。

伍項麒策馬追著大喊：

「攔住那輛馬車！車上有黃金，不能讓他們真的搶走！」

伍項麒帶著一批衛士，就直追魯超。

忽然之間，一排袖箭激射而來，打在項麒和眾衛士的馬腿上。馬兒狂嘶，紛紛倒地，項麒和衛士全部落地。

只見冷烈面無表情，攔路而立，看著倒地眾人，冷靜的說道：

「多行不義必自斃！」說完，縱身一躍，身形凌空而起，飛一般的消失了。

而魯超早已奪得馬車，跑得無影無蹤了。

皓禎見運金車已經離開，就和寄南、鄧勇一邊保護太子，一邊奮力迎戰羽林軍，雙方纏鬥激烈，刀光劍影、人喊馬嘶，煙塵四起。棕衣大隊人馬，繞著圈子和羽林軍纏鬥，皓禎等人，劍氣凌空，如秋風掃落葉，棕衣大隊眾人刀法精妙，似電閃劃長虹。羽林軍的戰術，顯然全部被棕衣大隊識破，棕衣大隊在武藝上，更勝羽林軍一籌！羽林軍雖多，居然圍不住棕衣大隊，轉眼間，棕衣大隊奮力殺出血路，個個快速蹬上馬匹，飛馬奔馳，緊急往紅樹林方向奔去。

伍項魁不知從哪兒竄出，帶著羽林軍大喊：

「來人吶！快追搶匪，一個都不能讓他們跑掉！快追！」

雙方人馬奔馳追逐，飛沙走石。

皇上馬車已經趕到混亂現場的外圍處。皇上從窗內望出，被打鬥場面震懾。

「怎麼羽林軍和百姓打打殺殺？」生氣的問伍震榮：「這是怎麼回事？」

伍震榮來到皇上的窗戶下說道：

「啟稟皇上，微臣得到密報，太子勾結強盜，想要搶奪撥款給東郊別府的黃金萬兩！」

皇上怒喝：

「大膽！不許誣衊太子，你可有證據？」

「就是怕皇上不信，才請皇上微服出巡，讓您親眼看看太子幹的好事！」皇后說：「等到項麒抓到太子，皇上就明白了！」

「今日重兵圍捕，很快就能逮到這幫搶匪，一切證據都會攤開在皇上眼前。」伍震榮呼應著皇后：「有人搶金子，已經是事實，就等下官那兩個兒子把犯人逮捕過來，讓皇上過目！」

皇上氣得臉色發青，瞪眼說道：

「如果事後證明是你們誣陷太子，朕也不會饒了你們！如果太子要搶金子，難道還會先通知你們？這事太離奇！」

❖

皓禎、寄南、鄧勇、太子蒙著臉，帶著棕衣大隊一路狂奔。皓禎和寄南，在太子左右兩側騎著駿馬奔馳。太子邊騎邊自責：

「真沒想到這是一個陷阱！伍震榮真是太可惡了！他怎麼知道我想搶黃金？」

太子話才說完，眾多羽林軍的射箭大隊冒了出來，個個箭已在弦上，瞬間萬箭齊發。皓禎等人見狀，皓禎立刻勒馬，手中乾坤雙劍變招，一式「旋風拖天」，舞起一片劍幕，護定了太子。劍幕所及之處，利箭紛紛斷裂。棕衣大隊也各自揮刀撩撥箭矢，四散躲避箭雨攻擊。

冷烈驀然又出現，雙手齊揮，一招「日月無光」，無數袖箭，如繁星點點，直奔眾羽林軍持弓之手而去。

眾羽林軍捽著手狂叫，弓箭落了一地，喊道：

「有埋伏！有埋伏！有埋伏……」四散奔逃。

冷烈冷冷的說道：

「埋伏之人喊埋伏，愚昧愚忠不可饒！」立刻拔身而起，轉眼消失在岩石之中。

「冷烈？他怎麼知道我們又遇難了？」皓禎驚喊。

「紅樹林！快往這邊走！快跟我走！」寄南看看四周喊道。

太子等眾人跟著寄南皓禎衝進了樹林裡。後方伍項魁帶著人馬急起直追，也衝進了樹林裡。項魁餘悸猶存喊著：

「大家小心那個暗器小子！本官的傷剛好，他居然又來了！」

皓禎、寄南、太子、鄧勇大隊進入了繁茂的樹林。皓禎喊道：

「大家緊跟著我！千萬別走散！」

眾人跟著皓禎疾馳。棕衣隊員趕來通報：

「報告少將軍，魯超目標已得手，也成功逃出去了！」

「太好了！」皓禎十分欣慰，檢視地形後對大隊指揮：「我們大隊就在這分散，免得目標太大，大家想辦法各自突圍之後，立刻換裝回到城裡。若有傷者，出城避避風頭。」

「是！」棕衣大隊聽完，各自駕著馬匹四處飛奔而去。

「我們三個要不要也分散，衝出去之後，各自回府？」太子問。

「不行！我們得緊緊跟在你身邊！」寄南說：「而且，今天只得委屈太子，我們殺出重圍後，大家去靖威王府作客！」

遠處伍項魁追捕的聲音也越來越靠近，氣氛緊張。皓禎大喊：

「繼續保護太陽星，快走！」

太子、寄南、鄧勇隨著皓禎開路，往更深的樹林飛馳。

忽然面前出現一個大山溝，皓禎、寄南、鄧勇都飛馳躍過，太子的馬卻緊急煞住，人立而起。太子差點落馬，趕緊勒住馬，卻沒注意身上掉落了一個腰束鉤子——「玉帶鉤」。

皓禎看了，一提內力，右手一拍馬鞍，從追風背上飛躍而起，使出「凌虛御空」，身形如箭，反身一個倒翻，居然躍過大山溝，輕巧的落到太子馬背上，對馬兒命令道：

「這點山溝你都跳不過去？還算東宮十衛訓練出來的戰馬？」大喊：「駕！駕！」

馬兒突然奮勇無比，長嘶一聲，載著兩人，竟然躍過了山溝。

到了山溝對面，皓禎又飛躍到自己馬背上，喊道：

「全力衝刺！跟著我衝出這紅樹林！否則就會陷進迷宮裡面去！」

四人疾馳衝出樹林。

伍項魁聽到馬嘶聲，又再次追去，喊著：

「盜賊往那個方向跑了，追！」

伍項魁帶著大隊進入茂盛的樹林裡搜捕。不知怎的，大隊人馬在樹林裡像是鬼打牆，追著追著又跑回原處，卻不見棕衣大隊。再騎馬追去，又回到了原處，連續衝刺，卻連續回到原點。伍項魁氣喘如牛：

「咦！真是撞邪了！怎麼老是在這地方打轉。」

「不好！這是著名的紅樹林迷宮，陷在裡面可能好幾天出不去！」衛士說。

「那要怎麼辦？」伍項魁大驚。

一個羽林軍騎馬過來，喊道：

「左監大人，在追緝盜匪的路上，發現了這個！」他將太子遺落的玉帶鉤遞給了伍項魁。

伍項魁細細審視玉帶鉤，自言自語：

「做工如此精緻的玉帶鉤……」透著陽光看：「這玉可真是稀世珍品啊！除非皇室的人，誰戴得起這個？哈哈！逮不到太子現行犯，這物證也會要了他的命！」

他對大隊喊道：「收隊，回宮！」再對送來玉帶鉤的羽林軍說道：「快從你的來路，帶我們離開這片紅樹林！」

33

這晚，在靖威王府的宴會廳，擺著一桌豐盛的酒席。本來，宴會應該每人一桌，但是，太子、皓禎、寄南等人太興奮了，都換了平日的服裝，正在亢奮的狀況下，同坐在一個大方桌前喝酒。太子說道：

「真是驚險呀！皓禎，你那個『第二計畫』突然而來，真是冒險至極！你怎麼知道大家要做什麼？竟然敢不理羽林軍，去專門對付伍項麒的衛士！」

「確實冒險！」皓禎笑道：「當時就是一個念頭，非搶到金子不可！先保護魯超突圍最重要！至於羽林軍，萬一擋不住，太子就只好用真面目出現，也來幫伍項麒抓搶匪了！難道羽林軍還敢殺太子不成？」

「哈哈哈哈！」寄南大笑：「你這主意，應該先知會我們。臨時轉變方針，我們還真的應變不及，只能盲從的跟著你衝！」

「我怎麼知道臨時會殺出那麼多羽林軍？除了第二計畫，已經沒轍了！什麼盲從？你們就是跟我一樣，豁出去了！」

「哈哈！皓禎，你是奇才！」太子說：「居然對馬兒也用威脅的，奇怪的是，馬兒也會被你的激將法給收服了，你和動物之間會通靈嗎？」

「說不定！啟望哥，你們東宮那十衛、十率、參軍、中候、郎將……一大堆的武官，居然連馬兒都訓練不好，確實應該檢討！」皓禎笑著說。

太子喝著酒，愣了愣說道：

「皓禎說得也是！我那東宮別說武官了，文官也不少！自從我進了太府寺，這才發現皇室的人，用錢簡直是奢侈至極！我那東宮也是一個！」

寄南興奮，帶著酒意的說：

「哈哈！今天有驚有險，幸好達到目的！你們兩個別檢討來檢討去！喝酒喝酒！」揮手讓丫頭僕人通通退開，小聲說道：「本王實在想不通，皇上皇后怎麼也會來趕這場熱鬧？」

「伍震榮故意帶皇上皇后來，他知道太子會上鉤去劫黃金，也有把握會把我們逮個正著！沒料到我們逃得快，現在，他丟了金子，又戲耍了皇上，不知道皇上責怪下來，他會怎麼樣？」

太子喝酒沉思：

「沒見到木鳶來支援！那個發暗器的少年，難道是木鳶的人？」

「應該不是，那個人是江湖上的暗器高手，名叫『玉面郎君冷烈』，這已經是我們第二次遇到他來幫忙殺敵，奇哉怪也！」寄南說。

窗子上傳來輕叩的聲音，眾人警覺，全部住口。

皓禎急忙到窗前去，推開窗子察看，只見猛兒站在窗櫺上。

「哦！居然忘了吟霜還在等消息！她一定急死了！」皓禎趕緊掏出摺疊的紙條，交給猛兒，猛兒便叼著紙條飛走了。

太子驚呼道：

「你真的和動物通靈！什麼時候學的？這才奇哉怪也！」

❖

吟霜確實在等猛兒，她站在「小小齋」那小院落裡，已經在夜色中等了很久。香綺拿了一件衣服給她披上，說道：

「小姐，進來吧！晚上起風了，妳已經等了一個時辰了！」

「沒事！我一點都不冷！」抬頭往天空看。

矛隼在夜空中盤旋。吟霜眼睛一亮，猛兒正在低飛過來。吟霜伸出手腕，不敢驚動將軍府裡的人，低低喊道：「猛兒！噓！別叫！」

猛兒停在她手腕上，嘴裡啣著摺疊得小小的紙箋。吟霜攤開另一隻手，猛兒把紙箋放進她手心中，用腦袋磨蹭著她的面頰，然後振振翅膀飛走了。

吟霜急忙拆開紙箋，拿到窗前的燈光下去看。只見紙箋上寫著「安，勿念」三個字。吟霜一嘆，自語：「平安就好，勿念哪兒做得到？」就把紙箋珍惜的藏進衣襟裡。

就在這時，小樂忽然衝進院子，喊道：

「吟霜姑娘，大將軍回府了！夫人要妳過去拜見一下！」

「哦！那我趕快換件衣服！」吟霜心中一跳，這是皓禎的親爹呢，是鼎鼎大名的將軍呢！該如何應付是好呢？皓禎又不在家。她轉身就向室內跑。

「不用換啦，這件挺好的！快去吧！大將軍性子急，別讓他等！」小樂緊急的喊，又提醒的說：「還有，公主也在那兒！」

吟霜臉色一變。又是將軍，又是公主！鎮定，鎮定！

怎能鎮定呢？在大廳裡，吟霜忐忑的帶著香綺走進去，一眼看到柏凱，就本能的知道是大將軍，上前對著柏凱一跪，兩人同聲說道：

「奴婢吟霜／奴婢香綺，叩見大將軍！」

「哦？這就是新進府的兩個丫頭？」柏凱看著吟霜和香綺。

「是的，我房裡要用的，讓你過目一下。」雪如輕描淡寫的說。

蘭馨坐在一邊，盛裝的她，帶著奪人的美麗和氣勢，接口道：

「爹！這兩個丫頭可不簡單，那晚皓禎生病，是她們兩個救回來的！」

「哦？一回家就聽說皓禎生病的事，原來妳們兩個就是會醫術的丫頭？」柏凱的注意力集中了，命令道：「抬起頭來，讓我看看清楚！」

吟霜和香綺都抬起頭來，兩人都戰戰兢兢，不安著。

柏凱的眼光和吟霜一接，頓時一怔，問道：

「這丫頭好面熟，以前來過府裡嗎？」

「沒有，以前沒來過。」雪如說。

柏凱再仔細的看吟霜，看得吟霜更加不安了。柏凱對雪如笑道：

「長得不錯，跟妳年輕時有幾分相像。」

「是嗎？」雪如怔了一下，就喊道：「吟霜、香綺，妳們起來吧。」

吟霜和香綺趕緊起身。柏凱就看著吟霜問：

「既然妳會醫術，那晚又救活了少將軍，依妳看來，少將軍害的是什麼病？還會復發嗎？」

吟霜小心翼翼回答道：

「吟霜懂的不多，看情形是某種突發狀況，可能少將軍對什麼食物或是花草適應不良，會瞬間不能呼吸，發生閉氣的現象，只要趕緊扎針，把氣血打通，就可以醒過來。」

蘭馨關心的插嘴了：

「原來是這樣。那麼，只是『閉氣』，不是『斷氣』，是嗎？」

「公主，應該是這樣吧。」吟霜回答。

「原來是這樣，回來聽翩翩說得挺嚴重，嚇了我一跳。既然不是大問題，我也放心了。」

柏凱鬆了口氣，注意力回到吟霜身上：「好了，什麼名字？什麼霜？」

「吟霜！」吟霜立刻回答。

「嗯，吟霜！那麼妳們就下去吧！」柏凱說。

「吟霜遵命。」吟霜趕緊行禮，低著頭，帶著香綺就往門口走去。

忽然間，蘭馨一攔，就攔住了兩人。

「不忙，等一下！」蘭馨就對柏凱雪如說道：「公公婆婆，蘭馨可不可以請兩位幫一個忙？」

「當然可以，妳說。」柏凱大方的說道。

「我想要這兩個丫頭，到公主院來當差。」蘭馨乾脆的說。

吟霜和香綺一聽，臉色慘變。雪如臉色也跟著一變，急忙說：

「這是我房裡的丫頭，跟我挺投緣，公主想要丫頭，我再送兩個去。」

蘭馨一笑，理所當然的、振振有詞的說道：

「我就要她們兩個！公公婆婆想，駙馬爺上次在公主院發病，是這兩個丫頭治好的。以後，駙馬爺肯定在公主院的時辰多，有這兩個丫頭在旁邊，我比較安心！」

雪如著急，還來不及說什麼，柏凱已經爽快的回答：

「公主說得也是！那麼，就這樣吧，公主帶走就是了。」

柏凱答應得那麼快，雪如來不及挽回，心中懊惱，趕緊接口：

「公主，白天讓她們去公主院，晚上不當差了，就讓她們回我這兒吧。我也挺需要她們的。」

「就這樣吧。」蘭馨回頭看著吟霜和香綺，勝利的悄笑了一下：「妳們兩個，現在就跟我走吧。崔諭娘，我們走。」再對柏凱雪如說道：「蘭馨謝謝爹娘恩典。」

吟霜臉色蒼白，求救的看了雪如一眼，無奈的和香綺一起，跟著蘭馨走了。

在另外一道門口偷聽的小樂和秦媽，驚慌得手足無措，小樂大急，低語：

「這怎麼辦？公子回來會天翻地覆的！」

「先瞞著他！」秦媽低語：「你去門口堵著他，他一回家，就拉他回房睡覺！」

小樂哭喪著臉說：

「那『小小齋』已經是公子的『安樂窩』，他每次回家就直奔那兒，他會聽我的嗎？」

❖

吟霜和香綺，就這樣毫無預警的，被蘭馨帶進了公主院。蘭馨抬頭挺胸，崔諭娘扶著蘭馨的手，進入大廳。吟霜和香綺戰戰兢兢跟在後面。大廳裡的宮女都請安喊道：

「公主金安！」

蘭馨一回身，就對吟霜厲聲喊道：

「吟霜丫頭！抬起頭來！」

吟霜一驚，趕緊抬頭。蘭馨說道：

「所有人都下去！我要跟這兩個神奇的丫頭好好的談一談！崔諭娘，妳留下！」

崔諭娘趕緊對宮女們說道：

「妳們通通都退下！等我傳喚才能進來！」

宮女們都退下了。吟霜和香綺惶然不安的看著蘭馨。蘭馨走近吟霜，諷刺的說：

「吟霜活菩薩，請妳告訴我，妳到底用什麼方法，救活了駙馬？」

吟霜盡量穩定自己，勇敢的看著蘭馨說道：

「那晚，公主房裡的人很多，宮女都在，還有將軍府裡的人，多少雙眼睛看著，我就是那樣救的。用銀針和我爹留下的救命藥丸。」

「嗯，說得很清楚。那麼，我再問妳，今兒個駙馬出門前，妳跟駙馬手拉著手兒說些什麼？抱在一起說些什麼？他不是有『恐女症』嗎？對妳就沒有？」

吟霜大驚失色，顫聲的回答：

「一定是公主看錯了！沒有沒有！吟霜怎敢和駙馬抱在一起？」

「妳是說我眼睛瞎了嗎？」蘭馨厲聲問，忽然就給了吟霜一個耳光：「雖然夫人高聲給妳們報信，可是，不該看到的事，本公主還是看到了！」大聲喊：「跪下！」

吟霜撲通一聲跪下了，香綺一嚇，也跪下了。

蘭馨就繞著兩人行走，用陰沉的眼光，打量著兩人。

「吟霜，我再問妳一次，妳是不是在勾引駙馬？」

「沒有！沒有！我沒有勾引他！」吟霜拚命搖頭。

「那麼，是他在調戲妳？」

「沒有沒有！」吟霜痛苦的回答：「駙馬不是那樣的人，他不會調戲奴婢的！」

蘭馨已經走到吟霜背後，伸腳一踹，吟霜就撲跌出去。這樣一跌，吟霜衣襟裡的紙箋，就飛了出去，落在地毯上。吟霜趕緊爬過去，用手一把蓋住那紙箋，想拿回來。蘭馨眼尖，已經看到了，上去就用腳死命踩在吟霜的手上。吟霜大痛，急呼：

「哎喲！公主……」

香綺嚇得一直磕頭：

「公主饒命！公主饒命！」

蘭馨抬起腳來，吟霜立刻握住紙箋不放。蘭馨厲聲喊：

「把手裡的東西給我！」

「不不不！」吟霜拚命搖頭：「那是我私人的東西，是我的！」

蘭馨大怒，喊道：

「崔諭娘！去把她手裡的東西給我拿來！什麼私人的東西？妳這條爛命都是我的！我要妳活妳就活，我要妳死妳就死！明白了嗎？崔諭娘，去拿來，不用對她客氣！」

「是！」崔諭娘說，便從桌上拿起一個燒著的香爐，用小火鉗把燒著的檀香木挾起來，放在吟霜手背上：「放手！」

吟霜被燙，大痛，「啊！」的喊了一聲，手就鬆開了。

崔諭娘就從吟霜手中，拿到了那張紙箋，交給蘭馨。蘭馨唸著：

「安，勿念！」沉吟的問：「這是什麼？就三個字？」走到吟霜面前，把吟霜從地上抓了起來：「站好！」

吟霜爬起身，勉強的站著。蘭馨甩著紙箋問：

「這是什麼？」

吟霜努力挺直背脊，回答：

「公主看到什麼，就是什麼！」

蘭馨大怒，劈哩啪啦，耳光拳腳齊下，吟霜又被打倒在地。崔諭娘提醒公主：

「別打臉！用鞭子抽身！」

崔諭娘把蘭馨的鞭子遞給她。蘭馨握著鞭子，就對吟霜一陣猛抽，吟霜痛得慘叫。

香綺痛哭磕頭不已：

「公主！公主請饒了吟霜吧！」

「忘了還有一個！」蘭馨看看香綺。

蘭馨就轉向香綺，鞭子抽向了香綺。吟霜大驚，急忙撲過來抱住香綺，悽然喊道：

「公主！高抬貴手，香綺還小不禁打！要打就打我吧！」

蘭馨收鞭，就對吟霜渾身狠踹。崔諭娘上來幫忙，也對香綺狠踹。吟霜和香綺，彼此抱著，想幫對方抵擋，卻誰也幫不了誰。兩人倒在地上，頭髮散了，淚水和汗水爬了一臉，狼狽至極。

❖

皓禎沒回將軍府，吟霜已經陷進水深火熱中。寄南也沒回宰相府，在吟霜受苦的時候，靈兒正不服氣的在花園裡揮舞著流星錘，一面東張西望等寄南，嘴裡嘰哩咕嚕：

「不知道這個臭屁王爺又去幹什麼了？神神祕祕的，丟給我一句今晚大概不回家就走了！也不知道是不是和皓禎商量去救四王？」

此時漢陽從門外急沖沖跑進花園，靈兒正自言自語，流星錘不經心對著漢陽腦袋飛去。漢陽驚險而狼狽的閃開了，差點摔了一大跤。他倉促站穩，看著靈兒嘆氣：

「哎哎，深更半夜，你不睡覺，還在這兒玩球？你的王爺呢？發生天大的事情了！我得趕快去找我爹商量一下！」往門內匆匆就走。

靈兒一攔，驚問：

「什麼天大的事？趕快告訴我！」

「今天真是不吉，皇后運到東郊別府的黃金居然碰到搶匪，被搶得一乾二淨！皇室破財也就罷了！可是，十條人命，關係就太大了！」漢陽沮喪嘆氣。

「皇后被搶了？」靈兒先一喜，接著又一驚：「什麼十條人命？」

「你不懂，別攔著我！」漢陽不耐的要走，急著擺脫靈兒。

靈兒好奇已極，左攔右攔，說道：

「裘兒懂！漢陽大人，你是最好的大人！快告訴裘兒什麼十條人命？你不說我就去宰相窗子外面偷聽，未免我偷聽闖禍，你就說了吧！」

漢陽逃不開糾纏的靈兒，只得說道：

「本來是我的案子，被皇上判了一個解甲歸田！這祝大人回到咸陽，居然在兩天前，全家被盜匪毒死了！」

「祝大人？哪個祝大人？」靈兒糊塗的問。

「唉！你不認識的人！歹徒如此心狠手辣，連那五歲的孫子也沒逃過！簡直就是預謀滅門！」漢陽懊惱，急急的說：「不跟你說了，祝大人是太子的手下，也是太子重用的人，這案子是盜匪還是衝著太子而來？事關重大！我得趕緊去調查！」說完匆匆而去。

靈兒看著漢陽的背影發呆，嘴裡又開始嘰哩咕嚕：

「皇后的金子丟了，太子的人手死了？哎呀，還是太子的事大！人命關天呀！何況死了十個！」她望著天空低喊：「臭屁王爺，你還不趕快回來！發生大事，你死到哪兒去了？深更半夜還在外面逍遙！」

❖

確實已是深更半夜，在公主院，蘭馨還沒睡，她拖著吟霜的長髮，而吟霜躺在地上，被她一路拉著走。崔諭娘拎著香綺的衣領，跟在後面。崔諭娘一面走，一面不斷給地上被拖行的吟霜踢去一腳。吟霜痛喊：

「公主，手下留情啊！明天給夫人看到我遍體鱗傷，對公主也不好呀！如果吟霜做錯了什麼，請公主原諒吧！」

「妳能救活駙馬，就招惹了我！妳跟他手拉手，就招惹了我！妳還跟他抱在一起，更加招惹了我！妳那張紙條，八成是他寫給妳的吧？勿念？他知道妳在念著他？」蘭馨越說越氣：「這更加更加招惹了我！」

「哎喲哎喲……公主請鬆手……請鬆手……」吟霜呻吟著。

香綺嚇得一直哭。到了二樓一間房間門口，蘭馨踢開房門，把吟霜拖進門去。崔諭娘也把香綺一推進房。吟霜喊道：

「讓我回夫人那兒吧！我晚上不回去，夫人會生氣的！」

「讓她生氣去！看她能把我怎樣？」蘭馨回身出房。

崔諭娘把房門關上，而且上了鎖。

「先關她一夜，公主，妳也打累了，先去睡覺吧。這兩個丫頭，等明天再來收拾！如果夫人跟公主要人，儘管說她們侍候得好，捨不得還給夫人就行了。」崔諭娘說。

吟霜被推進房，躺在地上喘息，痛得縮成一團。香綺也渾身是傷，爬到吟霜身邊。

「小姐！小姐！妳怎樣？」香綺害怕的問。

吟霜掙扎著起身，看看房間，公主院沒有密室刑房，這是一間普通的小房間，居然房裡還有一張床榻。吟霜看到窗紙上還透著月光，就急急把香綺拉到窗前。

「香綺，聽我說，我要妳幫忙，我很怕皓禎回家後，發現我被帶到公主院，會跑來大鬧！不能讓他看到我這樣子，也不能讓他看到妳這樣子，我們要趕快把自己弄乾淨一點，否則會出事的！」

香綺拚命點頭。

❖

當皓禎和魯超離開靖威王府，騎馬回到家門口時，已經是四更天了。小樂提著燈閃身出現，匆匆忙忙的說道：

「公子，你們可回來了！」

「你怎麼在門口？等我嗎？」皓禎狐疑的問，立即一凜，不祥的感覺襲上心頭，緊張的問：「家裡發生什麼事了？」

「是大將軍回來了！但是他老早就睡啦！」小樂避重就輕的說道。

皓禎下馬，魯超拉著馬說道：

「公子，我去馬廄。」

小樂就不由分說的把皓禎往門裡拉。兩人走進院子，小樂急急的說：

「小的知道公子很累了，公子趕緊回房去睡覺，別吵醒了將軍和夫人！小的提著燈，公子直接回房，別繞路又繞到別的地方去！走！」

「你很奇怪，什麼繞路？」皓禎疑惑的說：「這家裡我早就摸得滾瓜爛熟，為什麼要在門口等我，還幫我掌燈？」

「哎呀！」小樂急：「這就是小廝的用處！哎哎，公子、公子，你走錯了，回房間要走這邊，你去哪兒？」

「你明知道我去哪兒！吟霜肯定在等我，也不知道猛兒把我的信帶到沒有？如果不見她一面，我怎麼可能去睡覺？」

「別去！別去！吟霜姑娘早就睡了！」小樂著急的攔著他：「你就回房吧！」

「你知道什麼？」皓禎亢奮著：「今天，我們做了一件大快人心的事，過程驚險無比。如果不是為了要弄點障眼法，我老早就要回來和吟霜分享！就算會把她吵醒，我也顧不得！」說著，逕自往小小齋走去。

小樂見再也攔不住了，這才哭喪著臉，說了出來：

「公子，我老實說吧！但求你別大喊大叫，冷靜一點！」嚥了口氣：「吟霜姑娘和香綺，今晚都被公主帶到公主院去了！公主跟大將軍說，要了她們兩個當丫頭！」

皓禎這一驚非同小可。

「什麼？公主要了她們當丫頭？」

皓禎就急急往公主院走去，他心驚肉跳，毛焦火辣的說：

「娘怎麼不攔著？到公主院當丫頭，這不是羊入虎口嗎？早知道就不應該讓她入府！我得趕快去救她！」

小樂緊緊拉住他。

「現在已經四更，夫人叮囑過公主，要吟霜姑娘和香綺晚上回她那兒，公主也答應了。現在，說不定吟霜姑娘已經回到小小齋了。咱們先去小小齋看看吧。」

「你怎麼不早說！」皓禎趕緊轉身：「我們先去小小齋看看！如果吟霜有任何差錯，我跟公主沒完沒了！」

皓禎幾乎是飛一般的衝向小小齋。小樂提著燈，追得氣喘吁吁。兩人衝進了院子，但見院子一片靜悄悄。

「吟霜！香綺！」皓禎一面喊，一面衝進了房間。小樂也衝進了另外一間房間。只見兩個房間都空空如也。皓禎轉身就向外衝。

「我去公主院要人！」

「公子呀！可別和公主打起來，吟霜姑娘是丫頭身分，這會兒去要人，不是暴露了公子和吟霜姑娘的事情了嗎？要不要再想一想？」小樂急喊。

皓禎頭也不回向外衝，心亂如麻的說道：

「想一想！我現在怎麼想？我已經昏了！我要去把吟霜救出來！她被帶走多久了？還要我想一想，我只要一想，就全身寒毛直豎，連頭髮都站起來了！」

皓禎說著便疾衝出去，小樂趕緊跟著，急得手足無措的嘟嘟囔囔：

「連頭髮都站起來了！嚴重嚴重……不好！一定會打起來！小樂太笨，不知道怎麼辦了！」

驀然間，魯超出現，一步就攔住了皓禎。

「公子！請冷靜一下！」

「這個關頭了，你們還叫我冷靜？我怎麼可能冷靜？吟霜和香綺這會兒有命沒有命都不知道，我怎麼冷靜？我要到公主那兒去要人！」

「公子聽我說，那公主院是我們將軍府裝修的，沒有密室也沒刑房，每間都乾乾淨淨的。如果現在吟霜姑娘在公主院，不用公子出面，小的去把她們悄悄的偷出來！那公主院，小的熟悉得很！」魯超說。

皓禎這下聽進去了。

「偷出來？」

「公子相信卑職吧！魯超一定能救出吟霜姑娘和香綺！」魯超一點頭。

「好！就這麼辦！不過，不是你一個人去偷，是我們兩個人去偷！我的武功也不會輸給你！」皓禎眼中發光了。

「我去幫你們把風！」小樂說。

三人便急急往公主院走去，轉眼來到公主院，小樂躲在一旁。

魯超和皓禎交換了一個眼光，點了點頭。兩人便迅速的上了屋頂。兩人在每間房窗外，倒掛金鉤的向窗內窺探，碰到窗子關著，就戳破窗紙。

就在皓禎探索著每個房間的時候，吟霜的頭髮已經梳好，只是沒有簪環。她把香綺按在床榻上，正挽起香綺的袖子，用手在香綺瘀傷處運氣治傷。香綺低喊著：

「小姐，不痛不痛了！妳不要對我運氣，消耗妳的體力，我真的不痛了！身上的傷都被妳治好了！可是妳呢？妳全身都是傷呀！妳能不能運氣給自己止痛呢？」

「我從來沒有運氣給自己治過傷，不知道有用沒有？讓我看看妳另外一隻手！」

吟霜捲起香綺另外一隻手的袖子，對著傷處再度運氣。忽然窗子上喀啦一響，兩人一驚，只見窗子開了，皓禎和魯超先後翻窗而入。

吟霜輕聲驚喊：

「皓禎！」

皓禎的眼光迅速的從她臉上身上一掃而過，問：

「妳在做什麼？」立即明白了：「給香綺治傷嗎？」

「噓！別吵醒公主院的人！」吟霜緊張的說。

「我帶妳們離開這兒！」皓禎說著，把吟霜一背，就翻窗出去了。

魯超也背著香綺，翻窗而去。

34

皓禎背著吟霜，魯超背著香綺，小樂跟在後面，大家進了小小齋的院子。小樂趕緊把院子門關好。魯超放下香綺，就對皓禎鄭重說道：

「公子，魯超在院子裡守著，你們快進去吧。公主沒有帶打手過來，幾個衛士也身手平常，何況她丟了丫頭，想必不敢大肆聲張。」

小樂拉著香綺，急急問道：

「妳們有沒有吃虧？有沒有受氣？有沒有被虐待？」

「沒……沒……沒什麼……都都都……還好！」香綺吞吞吐吐的回答。

皓禎背著吟霜，沒有放下，直接進了臥房，這才把吟霜放下來。皓禎就低頭檢查著吟霜，急切的問道：

「她對妳們做了些什麼事？不許瞞著我！妳頭上的頭飾呢？」把她的身子轉了一圈：

「妳的衣服為什麼破了？背上的衣服為什麼磨損了？」著急的說：「妳脫下衣服，讓我看看傷在哪兒？」

「沒有沒有！你看我哪兒有傷？」吟霜急忙掩飾：「公主只是叫我去問問如何幫你治病，我糊弄了一下，也就糊弄過去了！你和魯超，怎麼把我們偷出來了？這樣，明天一早，公主發現我們不見了，怎麼辦？」

「妳先回答我，她有沒有打妳？」皓禎就把燈提過來，照著她臉孔，大發現的怒道：「手指印！她打妳耳光嗎？妳身上給我看！」

吟霜掙扎著跳開身子，說：

「不要！我跟你說沒有就是沒有！」

「別瞞我！我發現妳們的時候，妳明明在幫香綺治療！」皓禎一把就把她拉回自己身邊，再仔細的看她鬢角，驚喊：「妳的髮根都在出血！」

皓禎倒抽了一口冷氣，就去捲吟霜的衣袖，又去拉起吟霜的褲管，只見她遍體鱗傷，處處瘀青。吟霜見瞞不住皓禎了，只好站著讓他檢查。皓禎見到吟霜傷痕累累，氣得臉色鐵青。

「告訴我，她怎麼對妳的？怎麼把妳傷成這樣？」氣得滿屋子轉，衝到吟霜放藥罐的架子前：「哪種藥可以止痛？哪種藥可以讓妳馬上好起來？」

吟霜趕緊上前，自己找了藥丸，倒了水吞下。

皓禎怒氣沖沖，往門外就衝去，咬牙切齒的說：

「我去跟那個公主把一切說清楚講明白！妳不是丫頭，妳是我的元配！她再打妳，我要休了她！馬上休了她！」

吟霜一急，死命抱住皓禎的腰，滑跪在皓禎面前，痛楚的、急促的說道：

「皓禎，我沒怎樣！你知道我自己是大夫，我有我爹各種治傷的神藥，我還有一點推拿功夫，可以治療自己！公主很生氣，因為她看到你拉我的手，看到你抱我，但是我都否認了！你聽我說，現在朝廷裡正是多事之秋，你忙著天元通寶的事，已經心力交瘁。公主有一肚子的氣，你也明白是怎麼造成的，如果我成了她的出氣筒，也是我應該的……」

皓禎盯著她，要把她從地上拉起來：

「什麼妳應該的？我現在就去跟她說清楚！我娘把妳弄進府裡當丫頭實在是大錯特錯！妳明明就是我的妻子，怎麼變成丫頭？住在丫頭房，還要挨打挨罵？我受不了！妳讓開！」

吟霜死命抱住他的腿，落淚喊道：

「不能去不能去！公主傷害不了我，你才會傷害我！」

「什麼？」皓禎大震。

「公主頂多打我幾下，不會要我的命！你這樣不顧後果，弄得我很緊張，會把我嚇得要死，提心吊膽！如果你在乎我、心痛我，就不要再追究這事了！我求你行嗎？要以大局為重啊！護國是你的大愛，我是你的小愛，別為小愛而犧牲大愛！公主不單單是個女子，她是你拚命保護的李氏王室啊！」

皓禎被吟霜說中心裡的隱痛和無奈，踉蹌一下，跌坐於地，一把抱住了吟霜。

「是，大愛重於小愛，就因為這份大愛，我娶了公主，委屈了妳！但是，我不能為了這份大愛，讓妳去給公主欺負，去給公主打呀！」

「不會的！」吟霜誠摯的說：「公主也是人，她也有人心，我相信我爹給我的教誨，正心誠意，趨吉避凶！」哀懇的說：「聽我的，不要再把我逼到懸崖邊上去！」

皓禎一個寒顫，眼前閃過跳崖的一幕，心驚肉跳的看著她，知道她說的都是實情。他痛楚深思，急道：

「不要再提懸崖，我不逼妳，我要想辦法！」

「現在天快亮了，先想辦法，怎樣跟公主解釋我半夜失蹤的事。」

「我去解釋，妳以後不用去了！」

吟霜哀懇的看了皓禎一眼。

「那你就幫我樹立了一個最大的敵人！你要上朝，你要出門，你不能天天守著我！你讓我用我的方法化解仇恨吧！我跟她，命定要長期相處，我逃避不了的！」

皓禎憐惜的看著她，深思起來。吟霜說得不錯，他不能時時刻刻守著她，她逃不開公主！他要怎樣才能保護好吟霜呢？

❖

公主院裡，蘭馨起床後，宮女正在幫她梳頭上妝，崔諭娘急急進門，對蘭馨說道：

「那兩個丫頭不見了！窗子開著，她們從窗子逃跑了！」

「怎麼可能？她們不是關在二樓嗎？窗子離地那麼高，怎麼可能逃走？」

「可是，就是不見了！奴婢也整個公主院找了一遍，都沒找到！」

就在這時，一個宮女進門稟道：

「公主，將軍府的夫人過來探望公主了。」

「這麼早？」蘭馨又一驚：「趕緊幫我把頭髮梳好。」

宮女和崔諭娘急忙幫公主梳頭。梳好頭，整理好服裝，公主走進大廳，就看到雪如站在那兒，帶著一股氣勢，莊重而嚴肅。她見到蘭馨，就訓斥的說道：

「蘭馨，昨晚妳要去的那兩個丫頭，深更半夜都沒有回來！在我們將軍府，說話要守信用！既然妳沒有讓她們回到我身邊，我只好讓人到公主院，把她們接回將軍府去了！怕妳找不到她們會奇怪，過來跟妳說一聲！」

蘭馨驚愕，張口結舌的問：

「接回去了？怎麼接回去的？」

「我們將軍是帶兵的人，將軍府多少高手雲集，要接回兩個丫頭，當然是輕而易舉的事！因為時辰太晚了，就沒有打擾妳！」雪如板著臉說。

蘭馨一呆。雪如繼續說道：

「兩個丫頭接回去，才發現遍體鱗傷，這又犯了將軍府的大忌！在這將軍府，我們從來不虐待下人！現在，這兩個丫頭正在養傷，暫時不能來公主院當差了！」

蘭馨氣得瞪大眼睛，尖銳的問：

「妳就直說吧，這兩個丫頭到底是什麼來歷？有勞婆婆半夜接人，一早又親自到蘭馨這兒來，還警告我不能動她們！難道，以後她們都不到公主院了嗎？」

「等到她們的傷好了，自然會送過來讓公主調教！至於她們的來歷，我也不是很清楚！總之都是可憐人，才會到別人家當丫頭！咱們身分高貴，存一點憐憫之心，算是為子孫積德吧！」雪如說完，就喊道：「秦媽！走了！」

「是！」秦媽就扶著雪如，嚴肅的去了。

雪如和秦媽一走，蘭馨就像打了個敗仗，跌坐在坐榻上，氣得臉色發青：

「什麼為子孫積德，我這樣被冰在這兒，子孫從哪兒來？」喊道：「崔諭娘！妳看這是怎麼回事？」

「公主！這兩個丫頭太不簡單了！」崔諭娘說道：「整個將軍府，都藏著祕密，而且護著她們兩個！公主也別急，日子長著呢！過兩天，再把她們要來，奴婢有辦法對付她們！只有從她們身上下手，才能知道真相！」

蘭馨點頭，眼睛裡閃著驚疑與憤怒的光芒。

❖

皓禎回家面對的事，寄南和靈兒一點也不知道。寄南也是四更左右才回到宰相府的，靈兒看到他就一肚子氣，揮舞著流星錘，恨不得把他痛打一頓。他卻滿臉的興奮，把靈兒拉進廂房，關好窗子，開始對靈兒訴說搶金大戰的經過。這場戰役本來就精彩，寄南當然說得更加誇張，手舞足蹈外加眉飛色舞，聽得靈兒一愣一愣的。等到寄南說完，靈兒驚佩得五體投地，嚷著：

「你們就這樣搶了皇后和樂蓉公主的黃金？」

「可不是嗎？現在就等下回分解了！看看伍家要怎樣向皇上交待！」

靈兒忽然一拳頭打在寄南的鼻子上，寄南猝不及防，摀著鼻子跳腳，喊道：

「裘兒，妳這是幹什麼？我的鼻子出血了！妳怎麼可以打妳的主子？」

靈兒氣沖沖，瞪著寄南說道：

「這麼轟轟烈烈的大事，你居然不帶我去！你這個臭屁王爺，太不夠意思了！從今以後，我不當你的小廝了！」

「咦！誰稀罕妳當我的小廝？」寄南說：「這件大事，怎能告訴妳？萬一我們失手了，不知情的妳才能保住小命！我竇寄南真是好心沒好報，收了妳這個小廝，簡直是收了一個『風火球』！」

「風火球是什麼東西？」靈兒問。

「本王爺也不知道是什麼東西？是個就像妳的東西！一會兒是風，一會兒是火，一會兒是到處滾動的球！沒有片刻安靜，滾過的地方就變成狂風過境，大火燒過一樣！這就是妳！風火球！」

靈兒歪著頭，想了想說：

「風火球挺好聽的！像那個『玉面郎君冷烈』，名字就取得好，我就當風火球吧！以後你別叫我裘兒了，直接叫風火球！」

正說著，房門被拍得劈哩啪啦響。靈兒打開房門，看到漢陽嚴肅緊張的站在門外。

「寄南！快快快！皇上傳令，要你、我和我爹都趕緊進宮去！昨天皇后丟了萬兩黃金，據榮王說，是你、皓禎、太子一起犯案，他已拿到證據！」

寄南一驚，叫：

「什麼？證據？」

❖

不到一個時辰，在皇宮偏殿上，太子、皓禎、寄南三人到齊，用眼神互相穩定情緒。漢陽、皇上、皇后、方世廷、樂蓉公主、伍震榮、伍項麒、伍項魁等齊聚殿上，各有憂慮、各有心思、各懷鬼胎。

皇上臉孔嚴肅，手裡端詳著伍項魁撿到的玉帶鉤，威嚴的說道：

「剛剛皇宮裡的玉匠，證實這個玉帶鉤是太子所有，太子有何說詞？」

太子堅定毅然的看著皇上，回答：

「父皇，這玉帶鉤確實是兒臣所有，但是，這只玉帶鉤早已在太子府遺失多日，兒臣也非常疑惑，為何今日會被送到皇上跟前，還直指兒臣與盜匪有關，這真是太可惡的栽贓手法！」

「在竊案發生的場地，出現太子的隨身物品，這真是無巧不成書啊！」伍震榮咄咄逼人的說：「常言道，太多的巧合就不是巧合，太子還是坦白從寬為好，或許皇上還是會網開一面！」

寄南氣不過的插嘴：

「榮王不要含血噴人，怎麼不說是你偷了太子的玉帶鉤，想嫁禍給太子！」

「放肆！」皇后喊：「竇寄南！皇上還沒有審到你呢！你和皓禎、太子三人昨日巳時都到哪裡去了，你們交代得清楚嗎？」

「我們三人一直聚在靖威王府下棋！」皓禎說：「午時還打了一頓牙祭，要不要交代我們都吃了些什麼？接著聊天到晚上，又喝了一點小酒，鬧到半夜三更才散！」

「這一聽不都是串通好的嗎？」伍項魁氣呼呼說：「若問人證，該不會全都是你們靖威王府全家上下吧？這有何公信可言？」

「那麼區區一只玉帶鉤，何以證明本王與太子牽涉了黃金竊案？這就不牽強嗎？」寄南針鋒相對。

皓禎對皇上行禮，鄭重的說道：

「陛下，這個證物太過薄弱，而且太子已經聲明遺失多日，恐怕是有人故意上演一齣假搶劫真栽贓的戲碼，目的就是要破壞太子的名聲和威信，請皇上明察！」

樂蓉公主喊道：

「父皇，太子他們三人顯然都已經套好招了，怎麼問也是在打迷糊帳！」她悲從中來，哭道：「黃金失竊現場，女兒和項麒都親眼目睹盜匪之蠻橫凶狠，還有一個暗器高手在幫助他們！」

「是！那人出神入化，恐怕是個巫師之類！」伍項麒說道：「與盜賊打鬥之時，還聽他們彼此大喊，賊人聲音非常熟悉，顯然就是太子、皓禎、寄南三人的聲音！」

太子正色的問：

「用聲音舉證？是誰聽到本太子的聲音？還聽到皓禎與寄南的聲音？漢陽，你辦案以來，這種『聲音熟悉』的證據，能成立嗎？」

漢陽為難卻正直的說：

「回太子，這種證據，下官還沒辦過！」

伍震榮怒瞪漢陽一眼，大聲說道：

「陛下！那些羽林軍可以作證，身手也是他們三個，現在人證物證都有，懇請皇上嚴辦此案！」

「且慢！」漢陽一針見血的說道：「榮王說有人證和物證，但是贓物呢？那失竊的萬兩黃金，現在到底在何處？就算太子、皓禎、寄南是榮王口中的盜匪，但他們的動機是什麼呢？一個太子，一個高官，一個厚爵，皆是生活無虞，為何要去搶劫呢？何況是搶自家人的黃金？辦案必須起出贓物，才算是罪證確鑿，就像殺人案要有屍體一樣！」

方世廷當機立斷，有力的接口：

「那就懇請陛下立刻下令搜查太子府、將軍府、靖威王府，以免萬兩黃金都被銷贓了！」

「對對對！」伍震榮興奮：「右宰相說得有理，要搜，通通要搜！陛下，請您快下旨！」

皇上起身，大怒說道：

「你們個個是不是腦袋都出問題了！膽敢搶劫皇家的人，還會笨到把黃金藏在你們懷疑的地方嗎？真是胡鬧！這場鬧劇，你們個個都有嫌疑，不是要惡鬥太子，就是要劫財嫁禍！」

「皇上，您可要分明是非啊！」皇后喊：「沒有人要惡鬥太子，實在是太子、皓禎、寄南三人的行蹤交待不清啊！」

「交待不清，那頂多是嫌疑人罷了，何以定罪？現在朝廷上的官員眾多，難道每個都能交待昨日的行蹤？只要對行蹤懷疑，就能定罪嗎？」皇上不悅的說。

「陛下，據榮王說，搶匪個個武功高強，」皓禎振振有詞的稟道：「榮王府、宰相府、盧侍郎府、駙馬府……裡面都養著大批衛士，這些衛士身手不凡，對押送黃金路線熟悉，會不會是這些衛士幹的？」

「對呀！」皇上被提醒了，拍著額頭說道：「皓禎說得對！這事一定有內賊！這條運金路線，誰最熟悉？以前也不是太子在管建造別府！那些衛士調查過嗎？有沒有讓他們交待行蹤？」

皇后和伍震榮氣得臉色鐵青。皇后也忘了要忌諱，對皇上憤慨說道：

「皇上！您這不是明明偏袒太子嗎？留下證據的是太子，您卻要我們伍家、盧家、駙馬家……去做內部調查？」

「皇后！真心想搶劫的人，不會在現場留下證據！有了證據，更加可疑！這點辦案常識，朕還明白！漢陽，是不是如此？」

「陛下英明！」漢陽趕緊回答：「這事確實疑點重重，要深入調查！」

「皇上……」皇后怒沖沖喊著。

「不要說了！」皇上打斷：「皇后！昨天還有兩個現場證人，妳忘了嗎？就是朕和皇后！是誰讓朕去現場看搶劫的？難道榮王預先就知道有搶劫？朕看到羽林軍和老百姓打成一團，可沒聽到太子、皓禎和寄南的聲音……」皇上一下子突然氣得頭昏，身子站不住，曹安趕緊上前，扶著皇上坐下，擔心的看著皇上問：

「陛下又頭痛了嗎？」大聲吩咐：「來人啊！快拿藥來！」

皇上扶著頭，難受的下令：

「今天到此為止！朕也不偏袒，太子聽令，在事情真相未明之前，你和皓禎、寄南三人必須配合大理寺的調查。漢陽這案子直接對朕負責！別忘了皓禎和朕說的那些衛士們！盡速查清回報！」

皇上一說完就身體癱軟，昏倒在坐榻裡，大家頓時亂成一團。曹安連聲喊太醫，太子奔向皇上身邊，著急喊：

「父皇！父皇！」

❖

皇上暈倒，案子也就暫時擱下，太醫們出出入入，診治著皇上。皇上一度甦醒，服了太醫的藥，回到寢宮，又昏昏睡去。等到睜眼時，已經入夜了，太子在他身邊喊著：

「父皇、父皇！您醒了？」

皇上撫著頭，艱難起身，看著太子問道：

「這夜色已晚，你怎麼還在這兒？」

「兒臣擔心父皇的身體，但一直被母后擋在門外，直到剛剛母后回寢宮去了，兒臣才能偷溜進來看看父皇，現在父皇好點了嗎？」

皇上看看曹安，說道：

「曹安，你到外面去守著，任何人都不准進來。」

「是，陛下。」曹安退下了。

皇上見四下無人，坐直身子，突然精神大好，笑著說道：

「其實這頭痛昏倒也是一齣戲，朕怎麼能演輸你們呢？」

「什麼？父皇不是被我們氣得昏倒的？」太子驚問。

「氣當然氣了！啟望，你老實說，黃金是被你們搶走的，對吧？」皇上瞪著太子。

太子立刻匍匐跪下認罪：

「請父皇恕罪！兒臣情非得已，要不是被逼得嚥不下這口氣，實在不會做出如此罪大滔天的事情。與其讓皇后虧空國庫，還不如劫富濟貧！」

「四王已經來向朕請罪了，鑄金房的事情朕都知道了，想必你也是有苦難言，才會出此下策。」但一想又生氣：「但是，皓禎和寄南怎麼沒有阻止你，還跟著你胡鬧幹起搶匪了呢？還幫著你撒謊，氣得榮王快炸了！」

「他們是無辜的！他們不但勸過我，還拚命反對我！」太子笑著說：「但兒臣仗勢欺人，逼迫他們就範！」

「唉！」皇上嘆氣：「你怎麼可以這麼魯莽呢？真解決不了，難道不能跟父皇商量嗎？」

「兒臣阻止了……」太子委屈的說：「找盡理由不想撥款給皇后，但是她說要賣首飾衣裳的，父皇不就全答應她了嗎？」

「你把事情鬧得這麼大，現在還責怪起朕？」又嘆氣瞪眼：「你做事真不俐落，和羽林軍大戰一場，怎麼會落了個玉帶鉤給人當把柄呢？真是一點也不機靈！也難怪會中了別人設的局。」

「父皇還有心思取笑兒臣，可見父皇身體真是無恙了。」太子欣喜安慰，解釋道：「就因為是和羽林軍打，孩兒怎能不手下留情？哪有羽林軍和太子對打的事？」一笑：「不過兒臣必須稟報父皇，那一萬兩黃金已由孩兒的親信，分別送往漳州、太倉、山陰、番禺去賑災了，會有賑災詳情回報，請父皇放心，一分錢都沒有浪費。」

「朕信得過你！」皇上一笑：「雖然這兩天過得風起雲湧，但終歸是辦了一件好事，就是方法太不規矩、太激進！下不為例！夜深了，太子也別回去，就陪朕睡一宿吧！咱父子好久沒有這樣閒話家常了！」

「真的？兒臣無罪了？那調查……」

「調查免不了，你總得做做幾天樣子吧！要不然朕如何杜絕悠悠之口？記住！不管漢陽如何審問，你硬賴到底就對了！就說是榮王府的衛士幹的吧！」

太子趕緊在床邊磕頭：

「謝謝父皇英明！」說完，一溜煙的鑽進被窩裡，打哈欠：「這兩天鬧得我可睏了！」挨著皇上說：「父皇也快睡吧！」

皇上滿足的笑著，為太子拉好被子，心裡著實驕傲，看著他逐漸入睡的英俊面貌，深深的想著：

「他會成為一個愛民如子的好皇帝，比朕有膽識有魄力！也沒朕對皇后的那種軟弱，對榮王那種遷就，朕幸好有他！」

35

這天，皓禎和寄南一起來到太子府，青蘿帶著皓禎和寄南，走進綠蔭深處，再走進一間大花房。青蘿低聲說道：

「太子那間書房，隔音不是很好，最近奴婢和太子妃，幫太子弄了這間密室，藏在花房之中，只有奴婢、太子妃和鄧勇才知道！如果王爺和少將軍，要和太子說知心話，這兒比大廳和書房都好！」

「太子府早就應該有這麼一間能談話的房間了。」皓禎看著青蘿說。

「可是，是誰蓋的這間密室呢？」寄南問。

「是鄧勇帶來的兄弟。」

皓禎和寄南放心的點了點頭，兩人神色都是沉重的。

青蘿撥開一片藤蔓綠葉，密室房門出現。青蘿說道：

「太子在裡面，奴婢就不進去打擾了。」

兩人趕緊進房，太子看到兩人神色不佳，疑惑的說：

「劫金案還有問題嗎？父皇已經心裡有數，你們也別太著急……」

「不是劫金案……」皓禎說：「啟望要節哀，祝之同一家十口，在咸陽全部被盜匪毒死了！」

太子大震抬頭。

「什麼？祝之同一家十口全部被盜匪毒死？」立即悲憤跺腳：「當初父皇一句『解甲歸田』，我實在不服氣，有功無罪的好官，居然被罷黜！但是，想到伍震榮的心狠手辣，生怕他會為本太子送命，這才勉強讓他回咸陽！結果卻把他害得更慘！這分明是針對我而來！」氣到雙手握拳，全身發抖：「我和伍震榮勢不兩立！」

「太子老哥，這事是誰幹的，還完全不知道！」寄南急忙勸道：「我從漢陽那兒打聽到的消息，是強盜案！」

「這會是強盜案嗎？強盜會連五歲的孩子都殺掉嗎？」太子怒吼，大聲喊道：「這是滅門！伍震榮最拿手的好戲，『不留活口』！」

「這事發生在黃金劫案的前一天！」皓禎分析著：「伍震榮以為我們會立刻得到消息，一定憤恨至極，在怒火攻心之下劫黃金，會忙中有錯！誰知我們都沒得到消息，照樣劫走了黃金，他也吃了大虧！」

「現在，有黃金劫案，有祝府滅門案，不知漢陽先辦哪一件？」寄南說。

太子悲痛的倒在坐榻中，傷心不已，慘然說道：

「黃金劫案雖然勝了，和十條人命比起來，就太渺小了！」

「想想那一萬兩黃金可以救活多少百姓吧！」皓禎安慰太子：「四個災區的災民都能溫飽，可能是上萬條人命！」

「至於漢陽，我猜他會先辦祝之同案。啟望，你放心，這次我會盯著漢陽，跟著他去咸陽辦案，絕對不會讓他草草結案！務必弄個真相大白，為祝大人討回公道！伍震榮壞事做盡，他逃得掉一件兩件，也逃不掉千件萬件！」

「漢陽會讓你跟去辦案嗎？」皓禎問寄南。

「本王要跟他去，他只能讓我去，他不讓我去，我也照樣去！」寄南堅決的說：「何況還有靈兒，她對這案子可有興趣了，只要牽涉到伍家，她就恨不得抓到把柄，讓伍家全家的人，都人頭落地！她也會鬧著漢陽帶她去的！」

「那麼，本太子命令你們，務必讓漢陽規規矩矩辦案，別讓方世廷又來妨礙他，把案子給草草結案！不抓出真凶，我死不瞑目！」太子悲憤說道。

寄南就拍拍太子的肩，鄭重的說道：

「寄南遵命！祝大人在天之靈，會輔佐太子，太子務必節哀！」

❖

為了要跟漢陽一起去咸陽，靈兒和寄南守在宰相府庭院裡，總算堵到行色匆匆的漢陽。

寄南往前一邁步，攔住漢陽說：

「漢陽，你在忙什麼？」

漢陽不耐的對寄南一瞪眼：

「辦你的搶劫案都來不及，又要出遠門。」

「出遠門？去哪？」寄南明知故問。

「去咸陽。辦祝大人的案子。」漢陽卻誠實的，帶著滿臉遺憾和沉痛的回答。

「祝大人明明是個清官，居然全家被毒死！」寄南拉住漢陽說：「我和太子熟，跟祝大人也有幾面之緣，這事我也挺難過的，既然你要去辦案，那我也和你一起去，至少於情於理，本王也應該去弔唁祝大人！」

「我家主子要去哪？小的我，當然也要跟到哪！」靈兒拚命點頭。

「你們要弔唁祝大人也好，要跟著我辦案也好，都是你們的自由！」漢陽說：「我猜我說不行也沒用，因為你們兩個顯然是跟我跟定了！」

「哈哈！漢陽大人真是神算！」靈兒嘻嘻哈哈說道：「怎麼知道我們跟定了你？」

「如果不是想在院子裡堵我，你們兩個會乖乖待在宰相府嗎？」漢陽說：「堵我的目的，不就是要跟我去咸陽嗎？去就去吧！就是別幫我闖禍！」

「漢陽別小看我和袞兒，我們別的本事沒有，讓你在辦案時有個伴，也是好事一樁！何況，我們兩人也有點才氣，帶著我們準沒錯！」寄南說。

「才氣？」漢陽疑惑的看看二人：「那就讓本官看看你們的才氣吧！明兒一早就出發！」

於是，寄南和靈兒，就跟著漢陽出發了。這天，漢陽、寄南、靈兒騎著馬，帶著一隊騎兵，風塵僕僕進入了咸陽城。寄南靈兒都沒料到，這方漢陽居然馬不停蹄，一口氣直奔咸陽，連吃飯都在馬背上解決，幾塊乾糧就了事，簡直像在苦行軍。好不容易進了城，靈兒口渴難耐，說道：

「大人，咱們進了咸陽城了，要不要先找個地方休息？我好渴啊！」

「是啊是啊！」寄南附和：「本王又餓又渴，最糟糕的是內急了！」

「誰讓你們跟著來了？現在，先到祝大人家裡看看，辦案要緊！其他事不重要！走！」漢陽一絲不苟。

靈兒和寄南彼此互視，苦著臉。寄南憋著內急，對漢陽喊：

「唉唉唉！你這人怎麼都不能商量的呀？太不人道了吧！」檢視四周環境：「哪兒可以讓本王先解解手的呀？」

靈兒騎馬靠近寄南，嘲笑著：

「男兒本色，不是一堆草叢或是牆角都可以解決的嗎？哈哈哈！走囉！」

靈兒嘲笑完他，不理寄南便騎向漢陽身邊套近乎。寄南瞪著靈兒背影，又急又氣：

「什麼牆角？本王又不是小狗！妳這沒上沒下的小廝……簡直氣死我了！」

寄南憋得臉紅脖子粗，摀著肚子，無奈的繼續跟著漢陽人馬大隊前行。

❖

寄南和靈兒出發了，皓禎也即將遠行，因為木鳶有祕密任務交給他。這天，吟霜和皓禎在小小齋吃午膳，香綺和小樂侍候著。皓禎看著吟霜直笑。

「這兩天，妳總算休養好了，也胖了點。」

「每天被你這樣餵，一定變成小胖豬。」

「我喜歡小胖豬！」皓禎笑。

吟霜臉色一正，問：

「寄南和靈兒都出發了吧？」

「是，他們跟著漢陽，等於監視了他，希望靈兒別自作聰明出問題！」

「你放心，靈兒很機警的！那麼，你過一段日子也要出發了？木鳶給了你差事？」

「是！那差事很重要，關係我們天元通寶一員大將的生命！不過我和魯超已經安排好，這個小小齋日夜都有人守衛，妳不用害怕！」

「但是，你娘已經通知我，明天起要去公主院當班！」

皓禎一驚，跳起身子，反射般的脫口而出：

「我反對！」

「要不要聽我幾句？你別反對！」吟霜就語重心長的說道：「你也太冷淡公主了！如果你常常去公主院，即使不和她洞房，也可以和她聊聊天，玩玩雙陸棋什麼的。如果你把她當親人對待，她可能不會充滿了暴戾之氣，我的日子也會好過很多！」

皓禎深深看著吟霜，沉思的說：

「嗯，妳說得也有理！明天我下了朝，就到公主院來看妳！如果她再欺負妳，趁我沒出門，讓我給她一點警告！」

❖

吟霜和香綺第二天就回到公主院當丫頭，努力的擦著家具，和桌上的擺飾。

崔諭娘拉著蘭馨，在屋內一角說悄悄話：

「公主，這兩天妳就忍著點，就讓她們兩個當丫頭，在夫人面前，還要擺出寬大賢慧的樣子來，等過幾天，大家都沒防備了，咱們再動手。」

「嗯，我要妳去宮裡拿的東西，都拿來了吧？」蘭馨深沉的問。

「當然，都準備著呢！」

外面，傳來宮女的通報聲：

「駙馬爺到！」

「他來了？」蘭馨一驚，低問崔諭娘：「是為我來的？還是為那兩個丫頭來的？」

「當然是為公主來的。好不容易來，兩位別一見面就吵！」崔諭娘堆著笑臉。

只見皓禎拿著兩把木劍，大踏步進門。

「哎喲！稀客稀客！」蘭馨就喊道：「吟霜，快給駙馬爺沏茶！」故意的說：「是喝龍井、香片、綠茶、漕洱……還是……吟霜，妳知道吧？」

吟霜和香綺都停止了工作，吟霜就急忙行禮：

「吟霜見過駙馬爺，不知道駙馬想喝什麼茶？奴婢這就去沏！」

香綺也趕快行禮：

「香綺也見過駙馬爺！」

皓禎很快的掃視了兩人一眼，見兩人服裝釵環都整齊，稍稍放心。但是吟霜那卑微的態度，和奴婢二字，仍然刺痛了他的心，忍不住眉頭微微的皺了皺。

皓禎忽然笑著，丟給蘭馨一把木劍：

「接著！」

「木劍？」蘭馨本能的一把接住，驚愕的問。

「別小看這兩把木劍，還是我以前學劍時爹為我特別定製的，木頭裡面包著真劍，所以和真劍的重量一樣。但是木劍不鋒利，練劍時不會造成誤傷。」皓禎說。

「哦！你練劍用的？你要幹嘛？教我劍法嗎？」

「不錯！」皓禎笑著說：「蘭馨，記得宮裡選駙馬那天嗎？妳被抱住就無法脫身，連漢陽那個沒有武功的人抱住妳不放，妳也沒轍！妳的功夫實在太差了！既然喜歡武術，我沒事就來陪妳玩玩，一定把妳調教成武功高手！」

蘭馨真的被挑起了興趣。

「哦！你說我的武功爛？你也太小看我了！我也學過劍法！」

「那就到院子裡來，我們來比劃比劃！」皓禎說著，順便對吟霜說道：「茶也不用了！」

到了院子裡，皓禎和蘭馨真的比起劍來。兩支木劍上上下下，你來我往，崔諭娘和宮女們都在圍觀。吟霜和香綺一面擦著門窗，一面不時回頭觀望著。

「來來來！」皓禎鼓勵的喊：「對著我刺！要殺敵人就要又狠又準，看，我的胸口在這兒……」張開雙臂：「來！刺我！」

「如果刺死了你怎麼辦？」蘭馨一招「迎風揮扇」，劍鋒上撩、平掃，半途中劍身忽頓，陡然向皓禎左胸刺去。

「我幫妳算過命，妳不是寡婦命！」皓禎笑著，一招「猛虎轉身」，身形輕巧斜移，反身用劍上架斜撥，輕鬆的擋住了這劍。

「那……我是棄婦命？」蘭馨再使出一招「嫦娥刺虎」，劍鋒畫了個半圓，如影隨形的指著皓禎左胸，狠狠的再刺去。

「不……妳是貴婦命！」皓禎一招「鯉魚擺尾」，身形再閃，同時架劍，又從容的擋過那劍。

緊接著，皓禎再使出「青龍回首」，進身上步，用劍一絞一挑，就把蘭馨的劍擊飛了。

宮女們趕緊去拾起，交給蘭馨。

「再接再勵！手腕用點勁兒……」皓禎笑著示範：「這樣上下左右！知道嗎？」

「知道了！」

蘭馨說著，突然使出一招「乳燕歸巢」，欺身劍步上前，劍尖連點，迅雷不及掩耳的連番凌厲的刺了過來。皓禎從容應招，讚美道：

「一點就通！聰明！」，皓禎青龍再度回首，右旋上挑，蘭馨的劍又飛了。

「再來再來！」皓禎在院子裡跳著。

宮女們看得好興奮，不由自主的喊著：

「公主好身手！公主好身手！駙馬好功夫！駙馬好功夫！」

一次又一次，翻飛的劍花，和蘭馨被挑飛的劍。蘭馨已經香汗涔涔，皓禎依舊從容不迫。她眼見打不過皓禎，忽然發難，一招「風擺楊柳」，猛然回身，劍尖直刺向正在觀戰的吟霜胸口。

皓禎大驚，急忙一竄上前，挑飛了那把劍。蘭馨笑著說：

「一把木劍，傷不了人，也讓駙馬嚇出滿身冷汗嗎？」

「即使是木劍，也有劍鋒，不能隨便傷人，是學武的基本原則！好了，公主要這樣玩，我就玩給公主看！讓我再教妳一個小遊戲吧！」

皓禎就拿著劍，在蘭馨胸前連點三下，蘭馨要閃，居然沒閃開，皓禎再用劍在蘭馨身上左比劃右比劃，蘭馨怎麼都閃不開。就這樣，皓禎不斷在蘭馨身上點到為止的東點西點，左一劃，右一劃。蘭馨不斷的閃避，卻閃不開。

皓禎收了劍，站住說道：

「我這幾下叫作『一點一點分一點，一點一點合一點，一點一點留一點，一點一點少一點！』妳去好好練習，這是刺和閃的要點。同時，這劍訣也是謎語，不妨一面練劍，一面猜謎語！等妳猜出了，我明天再教妳別的！」

蘭馨興趣盎然的唸叨：

「什麼一點一點的……」拿著宮女送來的劍，比劃著，思索著。

「公主慢慢玩吧！我出去了！」

皓禎說著，飛快的給了吟霜一個眼光，兩人交換了一個注視。蘭馨還在跟那「一點一點」作戰，卻完全沒有疏忽這個注視。

皓禎轉身出門去了。

❖

這時，漢陽正帶著寄南、靈兒，在咸陽官員陪同下，視察祝家現場。眾人在各房間走著，看著，聽著，漢陽忽然站住，一驚問道：

「不是說全家毒死了嗎？原來還有活口？」

官員恭敬的回答：

「是！當時是用完晚膳，過了一個多時辰，祝大人和夫人公子們就都陸續毒發死亡了。但是，兩個女僕和兩個男僕沒用晚膳，所以都沒遇害。」

另外一個官員接口：

「還有祝家的小姐祝雅容，剛好跟奶娘去嬸嬸家作客，逃過了一劫！」

「想必，你們的司法獄已經把食物都檢驗過了，是什麼毒？放在什麼菜餚裡？」

「好像是『斷腸草』！」一個官員沒把握的說。

「不對不對！好像是『雷公藤』！」另一個官員說。

「你們連是什麼毒物都沒查出來嗎？」漢陽變色。

兩個官員慌亂，你看我，我看你，說：

「也可能是『砒霜』！」

寄南忍不住一怒，大聲說道：

「你們大概把所有致命的毒物都說完了，到底查了還是沒查？算了算了，有什麼毒物殘餘和證據趕緊送過來，方大人會派人飛騎送回大理寺檢驗！」

「這個已經確定了！是放在米飯裡，所以，吃了米飯的，一個都沒逃掉！可憐的祝大人，除了小姐，十口人全部遇害了！」

寄南又忍不住插嘴：

「這些逃過奪命晚膳的男僕、女僕、奶娘和那位小姐，現在在什麼地方？這事，方大人一定要親自問過活口，才能察明真相！」

漢陽驚看寄南，點頭說：

「正是！竇王爺說得不錯！活口在哪兒？」

「就在這兒，現在都聚集在書房裡，等著方大人一個個傳喚呢！」

靈兒就大聲說道：

「咱們方大人辦案，一向簡單明快，哪兒需要一個個傳喚？讓他們全體到大廳來，方大人一次解決！」

漢陽又驚看靈兒：

「啊？一次解決？」掃了兩人一眼，心想：「到底是你們兩個在辦案，還是本官在辦案？」

既然靈兒代漢陽吹了牛，漢陽無可奈何，只得硬起頭皮，一次解決。在大廳裡，他和兩位官員，席地坐在大廳的矮方桌前。靈兒、寄南站在後面，衙役站在兩旁。

矮方桌對面，僕婦二人、僕人二人、奶娘都跪坐著，獨缺祝雅容。漢陽眼光一掃：

「少了一個人？」

「回大人！」奶娘磕頭說道：「我家小姐因全家遇害傷心得不得了，現在病倒在床，恐怕沒有力氣過來。」

「妳是家裡什麼人？」漢陽看著奶娘。

「奴婢是小姐的奶娘，把她從小帶大的。」

「出事那晚，是妳陪小姐出門看她嬸嬸？」漢陽問。

「是！」奶娘說：「祝家嬸嬸生病，小姐送她最愛吃的麵餅過去，是我陪著。等到回家，就發現全家人都東倒西歪，慘叫的慘叫，死掉的死掉，個個口吐鮮血，慘啊！」她痛哭起來：「青天大老爺，方大人，請為我們大人申冤，找出凶手！」不斷磕頭。

男僕女僕就一起磕頭，喊道：

「青天大老爺！一定要為我們祝家找到凶手！青天大老爺！」個個哭著磕頭。

漢陽忽然正色喊道：

「不要哭了！全體把頭抬起來！讓本官瞧瞧！」

僕人們慌慌張張，個個抬頭擦淚。漢陽起身，一個一個仔細的看過去。

靈兒莫名其妙的看看寄南，悄聲問他：

「漢陽大人在他們臉上找什麼？難道嫌犯就在這些人裡面？難道臉上還刻了『我是凶手』的字樣？」

寄南也低語：

「本王爺也看不懂漢陽辦案的道理，莫測高深！」

就在這時，忽然一個人影從室內飛撲出來，手裡握著一把匕首，直接撲向漢陽，身手不凡的、迅速的就從漢陽身後抱住他，用匕首橫在漢陽的喉頭。變生倉卒，漢陽又不會武功，靈兒寄南正在交頭接耳，誰都沒有防備，漢陽便已被來人挾持了，不能動彈。靈兒這才驚呼：

「不得了！這兒還藏了刺客！漢陽大人，我來救你！」竄上前去想救人。

寄南一把拉下靈兒，緊張喊道：

「不要動！那匕首在漢陽喉嚨口，只要一用力，他就沒命了！」

官員衙役驚呼，全部跳起身子：

「什麼人？還不趕快放下匕首！」

只見來人，竟是個十八、九歲的美貌姑娘，滿臉悲憤。奶娘脫口驚喊：

「雅容小姐！千萬千萬不要呀！這不是殺害妳爹娘的人，這是從長安趕來辦案的方大人！方宰相的公子呀！妳別犯糊塗呀……」

漢陽在匕首脅迫下，仍然從容鎮定，自有一股氣勢，說道：

「妳是祝雅容？放下妳的匕首，我們好好談！本官一定抓到殺害妳爹的凶手！」

雅容瞪著漢陽，悲憤已極，鏗鏘有力的說道：

「方漢陽！你來辦案？你來幫我爹娘抓凶手？當初不也是你，把我們全家大小抓去大理寺關嗎？關了三天，又把我們家眷放出來，留下我爹在牢裡，接著，皇上命令解甲歸田，然後，我們全家就都一命嗚呼！方漢陽，你不認為這太巧了嗎？」

漢陽有力的、生氣的說：

「事實就是這樣！本官調查結果，妻兒無罪先釋放，祝大人再經調查，也無罪，可是皇上下旨解甲歸田，那是本官無法控制的事！現在本官來幫妳調查凶手，妳居然挾持本官，恩將仇報！」

雅容眼中燃燒著怒火，大聲說道：

「這件案子還需要調查嗎？放在這兒，明明白白，就是伍震榮要我們全家死！你爹右宰相方世廷，不是伍震榮的同謀嗎？讓你來抓凶手，等於是讓幫凶來抓凶手！你們這些伍家的走狗不要在這兒裝模作樣！不要以為祝家都是文人好欺負，我要你的命！」

雅容說話中，匕首已經更加往漢陽肉裡切入。

寄南忽然喊道：

「祝小姐，本王是靖威王竇寄南，和祝大人也有數面之緣，讓我告訴妳一個關於這案子的祕密……」

雅容聽說有祕密，不禁看向寄南。寄南利用這空隙，飛躍過去，一招「雙風貫耳」，右掌擒拿、左掌斜劈，打在雅容持刀的手腕上。雅容被寄南這樣一打，持刀的手已遠離了漢陽的咽喉，匕首也脫手飛出去，插在門框上。靈兒更是奮不顧身，趁機飛竄上去，就把漢陽一撲，撲倒在地。但自己也收兵不住，撲在漢陽身上。

一切驚心動魄讓兩個官員和衙役見縫插針，趕緊上前抓住了雅容。

靈兒面對漢陽，兩人眼睛對著眼睛，鼻子對著鼻子。靈兒睜大眼問：

「漢陽大人，你還好吧？」

漢陽迎視著靈兒的眼光，說道：

「如果……你不趴在我身上，我想我很好！」

寄南上前一把拉起了靈兒，抓起桌上的卷軸，打了靈兒的頭，粗聲的喊：

「風火球！趕緊站好！雖然是緊急關頭，也不能把漢陽大人壓在地上呀！妳就是沒腦子，笨笨笨！」

靈兒瞪著寄南，氣呼呼想反駁，見一屋子人盯著，只好壓抑下來。

漢陽已經在官員衙役扶持下起身。他就走到雅容面前，正色的看著她說道：

「祝小姐，妳刺殺朝廷大臣，就是死罪一條！本官念在妳全家被害，妳在滿腔悲憤之中失去理智，一切都不追究！」想了想，忽然問：「妳那晚送麵餅給妳嬸嬸，是早就計畫的，還是臨時起意的？」

「是臨時起意的。奶娘說，嬸嬸病了，剛好做了芝麻麵餅，就給送去。」雅容見漢陽彬彬有禮，也不追究她的刺殺行為，就開始配合辦案。

漢陽點頭，立刻走到奶娘面前，聲色俱厲的說道：

「奶娘！妳收了多少錢，來下毒害死祝大人全家？是誰收買妳的？妳給我從實招來！」回頭對官員和衙役命令道：「立刻把奶娘抓起來！連夜押送到長安大理寺去，等待本官仔細調查幕後的凶手！」

雅容大驚，撲上去抱住奶娘。奶娘也驚嚇的哭喊：

「青天大老爺！冤枉呀！奴婢怎會殺害祝大人？冤枉冤枉啊！不是我，不是我！」

漢陽大聲接著說：「不是妳？妳在砂鍋魚頭裡下毒不說，還在米飯裡下毒，毒死了全家！」

奶娘睜大眼睛，衝口而出：「砂鍋魚頭？我沒有在砂鍋魚頭裡下毒！我沒有！」

漢陽眼神銳利，直逼奶娘：「那在哪下毒？說！湯裡？飯裡？還不快說！自己招了還可減刑！」威嚇著：「等本官拿出證據來，妳全家都是死路一條！」

奶娘一怔，脫口驚呼：「你有證據?!」頓時一捂嘴。

「來人哪！」漢陽大喊。「把這惡婆娘全家都去抓來，這是株連九族的大罪！她不招，九族都是殺無赦！」

「我招！我招！」奶娘嚇得撲通一跪，支吾著：「飯……飯裡……大老爺饒命啊！只有米飯裡，砂鍋魚頭裡不是我放的！」

雅容眼淚一掉，驚問：「奶娘……真的是妳？真的是妳？」

漢陽一嘆，說道：「哼！總算妳還有一點天良，不忍連從小帶大的小姐一起殺了！」看著祝雅容：「祝小姐，有人要你們全家死絕！妳這個漏網之魚得趕緊離開咸陽，另找棲身之地，如果沒有，本官會幫妳安排！」衙役給奶娘上了手銬。

咸陽官員又驚又佩的看著漢陽。靈兒簡直要膜拜他，寄南也不禁對他刮目相看，這才知道，他這個「大理寺丞」絕不是靠方世廷之勢混來的。

白天辦完了案子，漢陽不喜歡被咸陽官方招待，晚上大家都投宿在客棧。寄南、漢陽、靈兒三人圍著桌子坐著，正在用晚膳。茶水菜餚送來，靈兒熱心的給漢陽倒茶，又熱心的給漢陽添飯挾菜，一臉崇拜的看著他，興奮的說道：

「今天這場辦案，真是緊張刺激，有驚有險。而且，漢陽大人不愧長安第一神算，簡單明快、明察秋毫，立刻抓出了凶手！漢陽大人，小的佩服得五體投地！」

「原來辦案還要用點詐術！漢陽大人真有證據在手？」寄南也一笑問道。

「所有犯罪的人都有心病，那奶娘也一樣。」漢陽解釋：「一般的僕人，知道自己是嫌疑犯，就嚇得發抖了！她又哭又說，頭頭是道，一看就是個厲害的角色！當然，辦案也要有感覺，臨時詐她一下，算是歪打正著吧！」

「漢陽！」寄南鄭重的說：「你辦案的確不簡單！但是，這個案子就像那位祝小姐說的，明擺著有幕後的指使者！」盯著漢陽：「朝廷裡有個大惡人，連太子都不放過！黃金劫案也是一樣！這人已經到了無惡不作，無法無天的地步！你可要看清楚！」

「你不必語帶雙關，你這個黃金劫案的嫌疑犯，並不會因為跟著我辦案，就洗刷了嫌疑！本官還是會秉公辦理的！」漢陽一板一眼的說。

「呵呵！」寄南一笑：「那黃金劫案確實離奇！聽說樂蓉公主坐了一輛馬車，另外還有一輛『運金車』。那些搶劫的好漢，居然搶對了樂蓉的車子！如果搶走了空的運金車，樂蓉就可以吞下萬兩黃金，大喊被搶了！這種故布疑陣，難道是栽在自己人手裡？真正想獨吞黃金的，恐怕是樂蓉公主和駙馬吧！」

漢陽驚看寄南：

「你怎麼知道得這麼清楚？」

「你不是說我是『嫌疑犯』嗎？嫌疑犯一向知道很多事！」

漢陽突然一本正經，四面看看：

「公共場合，不談案子！」頓了頓：「不過你那個詐術也不差，什麼這案子的祕密，把本官從匕首下解救出來！你和裘兒，今天也算建了大功！」

「是嗎？」靈兒立刻歡天喜地的說道：「漢陽大人！小的覺得今天笨手笨腳的，有沒有把大人壓傷呀？」

「壓傷？」漢陽一笑：「你這麼一點點重量，想壓傷我也不容易！」

「總算這趟咸陽沒有白來！凶手抓到了，大人也有驚無險，我們可以輕鬆一下了！哈哈哈！」靈兒傻笑。

寄南繼續大口吃菜喝酒：

「嗯嗯！就是就是！這一路吹了不少風沙，累死我這把骨頭了！」喊著：「小二，你們這哪裡有澡堂可以泡泡澡的？」

「有有有！」小二熱心介紹：「就在對面街上有一家澡堂，客官可以去香湯沐浴！」

「漢陽，等下吃過飯，咱們去泡一泡，舒服舒服，讓頭腦清醒了，也能幫你釐清思路，快快找到主謀！這凶手要伏法，主謀也要伏法才對！等到主謀伏法，黃金劫案也會水落石出的！」寄南說。

「行啊！要泡澡，裘兒也一起去吧！」漢陽爽快的說。

靈兒一聽，嚇了一跳，一口飯嗆在喉嚨：

「咳咳咳！泡澡？我們三個？」小聲的說：「能不去嗎？」

「怎麼能不去？」寄南故意欺負靈兒，嚷道：「妳全身臭死了都不知道嗎？妳再不洗澡，本王打算讓妳今夜去睡豬圈了！」

靈兒氣得牙癢癢的，桌底下猛踢寄南，寄南卻吃得更開心，大口豪爽的喝酒。

❖

用完晚膳，三人都去了澡堂，在澡堂的暗處，靈兒火冒三丈，趁四下無人，揪著寄南的耳朵開罵：

「竇寄南，我平時敬你是一條漢子，可你今天居然來這一招，你是存心要害我的嗎？真是下流！」

寄南痛得甩開靈兒的手，說：

「本王爺哪裡害妳了？洗澡、泡澡天經地義的事情，算什麼下流啊？」

「你還裝蒜？」靈兒生氣的踢寄南，壓低聲音：「本姑娘還是一名閨女呀！能和你們一起泡澡嗎？」

「哎喲！」寄南竊笑：「看妳緊張成這樣，妳好像想多了喔！要妳一起來，又不是要妳一起泡澡。」敲靈兒的頭：「妳想得美啊！妳是小廝，是來幫本王擦背的！小伙子！哈哈哈！」

寄南大笑，瀟灑的一轉身，脫下了外袍，靈兒趕緊摀著眼睛，不敢看寄南脫衣。平時雖然同睡一間臥室，寄南也沒在靈兒面前裸身過。靈兒摀著眼又看不見，只能撐開一隻手指，從指縫裡偷偷看向澡池。只見寄南和漢陽光著上身，已經在池子裡了。

靈兒驚魂甫定，撫著胸口，感覺逃過一劫，鬆了一口氣。

寄南對靈兒大喊：

「裘兒，妳磨蹭什麼呀？快來幫本王擦背呀！」

靈兒氣得牙癢癢！無可奈何，一邊走向寄南，一邊隨手拿走擦背布巾，低聲唸叨：

「竇寄南，你還真把我當小廝使喚，擦背？好！我就好好的侍候你！」

在寄南身邊不遠的漢陽，怡然自得的在池子裡，蓋著臉部在享受泡澡。

寄南泡在池子裡，靈兒在池子外幫寄南擦背，看著寄南壯碩的男性身材，靈兒還是很不自在。她強忍著害羞，手拿著白巾幫寄南擦，臉卻看向另一邊。

「嗯！真舒服！有人侍候就是好。」寄南很享受的說。

靈兒心有不甘，舒服？我就讓你更舒服！越搓越用力，心想，我搓搓搓！搓死你！

寄南被搓得痛喊：

「疼死我了，妳是想扒了我的皮不成？好啦好啦！侍候的不情不願，就別搓背了！」又舒服的泡進水裡享受著，片刻後，忽然想到什麼說：「唉！皓禎現在不知道忙什麼去了？」

靈兒沒心機的直言不諱：

「還能忙什麼？肯定又是為了那個不情不願的婚姻，與蘭馨公主吵鬧不休囉！」

漢陽一聽到靈兒提到蘭馨，驟然抓下自己臉上的布巾，鎮定著情緒，心裡飛快的想著，不情不願？與蘭馨吵鬧不休？怎麼回事？難道皓禎和蘭馨的婚姻並不幸福？漢陽下身圍著一塊大白巾，起身坐在靈兒身邊，把寄南擠開了：

「裘兒，你和寄南常常去將軍府，公主和皓禎之間有問題嗎？」

靈兒突然被問，不知該如何回答，嚷道：

「啊？大人，你這是哪壺不開提哪壺，你腦子不休息，還在辦案啊？人家夫妻間的事，總不歸你大理寺管吧？」

漢陽一愣。

寄南看到漢陽半裸的靠著靈兒，突然大為光火，大叫：

「裘兒，趕快去給本王爺拿杯熱茶來！」

「你泡在池子裡還要喝茶？」靈兒驚異回頭。

「對！妳這小廝聽不聽話？快去！我渴死了！渴得不得了，我馬上要喝茶！」

靈兒氣嘟嘟起身，對寄南喊：

「你那麼渴，就喝澡堂裡的水吧！」

寄南拿起白巾，絞成一條，扔在靈兒身上。靈兒一氣，抓住那白巾，再扔向寄南。寄南閃開，白巾落水，濺起水花，卻淋了漢陽一頭一臉。

漢陽睜大眼睛看著這主僕二人，喃喃說道：

「主人不像主人，僕人不像僕人，這也是一樁疑案！」

寄南總算泡完澡，穿上衣服。寄南看看澡堂四周沒人，對靈兒說道：

「喂！漢陽也走了，現在澡堂裡都沒人了，換妳去泡個澡吧！」裝大方，乾咳兩聲：

「咳咳！別說我這主子待妳不好，本王去門口幫妳把風。」

「算你還有點良心！」這話正中靈兒下懷，她心中竊喜，說：「本姑娘還真想好好的洗個澡，你快出去吧！有人來，給我個暗號！」

「知道知道啦！妳動作快點啊！本王睏死了！」寄南吊兒郎當的打著哈欠，走到門外去把風。

靈兒放下了頭髮，整個人泡在煙霧濛濛的池水裡，恢復了女兒身。泡在池中的靈兒，得意滿足的戲著水，兩頰被熱氣蒸紅了，更顯嬌俏動人。門外的寄南，果然守信的在門口守候把風。但放蕩不羈的他，難抵男人本性，居然想從門縫偷窺澡堂裡的動靜，一邊偷窺，一邊喃喃自語：

「這煙霧濛濛的，什麼也看不到！真煞風景！」

就在寄南偷窺之時，突然漢陽又返回澡堂，看到寄南鬼鬼祟祟，便拿起門口一個舀水的木杓，敲著寄南的頭，糾舉著：

「你這是在幹嘛？偷窺賊啊！」

「你不是回客棧去了？怎麼又回來了？」寄南大驚轉頭。

「我落了一件衣服在澡堂裡，想進去拿！」漢陽邊說邊想走進澡堂。

寄南急著擋住漢陽說：

「裡面煙霧濛濛，路又滑，我去幫你拿，你在這兒等等啊！」說完立刻衝進了澡堂。

寄南衝到池子邊，突然看到靈兒裸露的背部。她因為幾縷頭髮掉下來了，正反手去挽住頭髮，用髮簪簪住。這個動作，讓靈兒背部的身姿，手臂的弧度，和身材的曲線，都半隱半現，尤其在蒸騰的霧氣下，如真如幻，真是「手如柔荑，膚如凝脂」，簡直像一幅畫。寄南不禁看得臉紅心跳，站在那兒忘了要幹嘛。靈兒一回頭，寄南驀的醒覺，趕緊拿起漢陽落下的衣服，轉身正想離開，誰知漢陽已經跟在他身後。寄南立刻擋住漢陽視線，大喊：

「漢陽！你怎麼進來了？」

「我怕你找不到，我自己進來找啊！」視線轉到靈兒方向：「裘兒人呢？」

寄南拚命擋著漢陽前進，把衣服塞進漢陽手裡，急沖沖說道：

「你的衣服在這！」推著漢陽：「好了，你可以回去了！」

池子裡的靈兒大驚失色，又不能上岸，又不諳水性，慌張低語：

「糟了！怎麼辦？完了完了！」

漢陽感覺寄南神色有異，疑惑不解說：

「你到底在耍什麼花樣啊？幹嘛一直擋著我？」一眼看到池子裡有人：「池子裡的人是誰？」

寄南眼見靈兒女兒身快曝光，情急的脫下外衣，又跳入水池用身子整個擋住了靈兒。漢陽愣著，寄南用手向他潑著水說道：

「唉！漢陽啊！我就說你真是不解風情，我和裘兒想獨享一下澡堂，你回來湊什麼熱鬧！你不久前還說過非禮勿視呢！你你你，快轉過身，回客棧去吧！」

「你們真是無藥可救了！」漢陽搖頭嘰咕：「兩個大男人也怕我看？還這麼神神祕祕的？」說著，拿著自己的衣服，離開了澡堂。「我在外面等你們！」

靈兒千鈞一髮，逃過女兒身被拆穿的命運，不禁驚險的喘息著。眼見漢陽離開，寄南轉身望著羞澀的靈兒，靈兒趕緊用布巾遮住自己的胸口。兩人情不自禁的彼此凝望著。

靈兒就用女兒原聲，低低的說：

「謝謝你……」

寄南費了好大的力量，才讓自己不去看她的身子，只看她的臉龐，覺得此生混在女兒圈已久，還沒有像現在這樣臉紅心跳，不敢直視。

「我……我……」他很有風度的拿起旁邊剛剛脫下的外衣，包住靈兒裸露的肩頸，歉疚的說：「下次咱們還是不要泡澡好了！」

兩人眼裡都冒著小火花，有種微妙的情愫產生。只是，兩人的個性，都是迷迷糊糊，大而化之，惘然不覺的。

❖

洗完澡，寄南、漢陽、靈兒穿戴整齊的回到客棧門口。

咸陽官員早已在客棧門口焦慮等待多時，一見漢陽回來，立刻趨前稟報：

「方大人，你可回來了，祝家的奶娘在牢裡畏罪自盡了！」

「什麼？」漢陽一怔：「那麼臨死之前有招供出幕後的主謀嗎？」

「沒有！她什麼遺言都沒有留下，線索就在這奶娘身上斷了！」

寄南扼腕，跺腳大嘆：

「看來這幕後真凶來頭很大，大到奶娘寧願一死都不肯招供，想必是奶娘想保她自己一家人的活口！」

「這麼說……咱們還是白忙一場囉？」靈兒恨恨的問。

漢陽背脊挺直，滿臉的憤怒和決心，咬牙說道：

「到本官手裡的案子，絕對沒有白忙的，本官會繼續追查奶娘身後的真凶！目前，要保護那位祝小姐更重要！」

❖

當寄南和靈兒在咸陽時，將軍府裡的皓禎、吟霜和蘭馨三個，也是好戲不斷。

足足有兩天，蘭馨沒有找吟霜的麻煩，因為她被皓禎留下的「一點一點」攪昏了，猜不出來太沒面子！好勝的蘭馨，怎能敗在這謎題上？她每日拿著木劍，一點一點分一點，一點一點合一點……比劃個不停。

到了黃昏時分，吟霜帶著香綺來到蘭馨面前，恭恭敬敬的說道：

「公主，奴婢和香綺回去了，明早再來。」

蘭馨正在那兒苦思皓禎留下的謎題，揮揮手，不耐的說：

「走吧！這兩天可沒打妳，別亂告狀！」

「吟霜從來不曾告狀。」

蘭馨不語，吟霜就帶著香綺退到門口。蘭馨忽然喊道：

「吟霜，回來！」

「是，公主。」吟霜趕緊回去站好。

「本公主問妳，那一點一點分一點，一點一點合一點……是個什麼東西？妳知道嗎？解得出來嗎？」

「吟霜沒什麼學問，解不出來……」吟霜吞吞吐吐的說。

「諒妳也解不出來！」蘭馨輕蔑的說，忽然大發現般跳了起來：「我知道了！這是四個字嘛：汾，洽，溜，沙！哈哈！原來是字謎！」看到還站在一邊的吟霜，揮手道：「去吧！去吧！如果見到駙馬，告訴他，我解出來了！」

吟霜趕緊帶著香綺退下。

❖

這晚，在小小齋中，皓禎拉著吟霜的手。

「她解出來了？」一笑：「其實她也很聰明的！」再看吟霜：「她沒為難妳吧？」

「她忙著要解開你的謎題，顧不得為難我。」

「我這兩天表現得不錯吧？」

「是，如果能維持下去，說不定大家都會平安的過日子。」

「我是為了妳，才去公主院。」皓禎一嘆：「為了妳，才去跟她做親人！」

「我知道！我都知道！」吟霜深深的看著他：「那就繼續為了我，好好待公主吧！或者，把圓房那事，也完成……」

皓禎立刻把食指豎在吟霜嘴上，阻止了她要說的話。

吟霜就轉變了話題：「不知道靈兒和寄南，有沒有辦法讓漢陽走回正途，不然，祝家的十條人命，就丟得太冤枉了！那黃金劫案，雖然太子老神在在，你們三個還是嫌犯！伍家會這麼便宜的放掉你們嗎？」

「走著瞧吧！現在最重要的，還是在我出門前，把蘭馨導入正途，讓她不會找妳麻煩要緊，否則，我連出門都不會安心！」

❖

隔天，蘭馨和皓禎又拿了木劍在院子裡鬥劍。兩人你來我往，已經鬥了大半天。這天很熱鬧，雪如、柏凱帶著秦媽也在觀戰，個個看得興致盎然。皓祥和翩翩也來了，站在一旁冷眼旁觀。

香綺和吟霜依舊在忙著，兩人提著水桶，擦拭門窗。宮女們和崔諭娘都圍觀皓禎和蘭馨比劍，唯獨她們兩人，卻不敢偷懶，努力工作著。

皓禎邊打邊說：

「再教妳一個劍訣！這是『一橫一橫又一橫，一豎一豎又一豎，一撇一撇又一撇，一捺一捺又一捺』！妳慢慢去體會，多多去練習，今天就到此為止，下次再來教妳別的！」

皓禎丟下木劍，柏凱過來，拍拍他的肩說道：

「聽說公主院這一陣子成了練武場了。不愧是將軍府呀，娶個媳婦也是練武的料！皓禎，你的武功底子，都來自祖宗的血液！真該謝謝我們袁家祖先！」

雪如聞言，臉色微微一變，和秦媽交換了短暫的一瞥。蘭馨好脾氣的說：

「爹！你也不管管皓禎，總是給我一堆難題，我又要練劍，還要猜謎，八成他想把我訓練成文武全才，才要對我好！」

「他對妳不好嗎？他這個人，如果對妳不好，就不會天天來陪妳練武了！」柏凱直率的說道：「知子莫若父！」

蘭馨就看向皓禎，不料，卻一眼看到皓禎的眼光正直勾勾的看著吟霜。吟霜提著好重的一桶水，正要提到大門邊去。她力氣小，提得非常吃力，腳下一個踉蹌，差點連水桶帶人摔倒。皓禎想也沒想，直覺的一個箭步竄過去，一式「拖窗望月」，右掌提起水桶，左手扶住吟霜，問：

「水桶要提到哪兒去？」

眾目睽睽下，吟霜忙著要搶回水桶，低語：

「公子，讓我來，我提得動！」

香綺急忙過來幫忙，和吟霜一起抓住水桶的把手：

「公子，我們兩個提！不重！」

皓禎放手，眼睜睜看著吟霜和香綺提著沉重的水桶去工作。小樂不知從何處冒出來，飛奔上前，搶過吟霜和香綺的水桶，笑嘻嘻的說：

「這重活在將軍府，都是咱們小廝的工作！我來！」

皓禎依舊看著吟霜的方向。忽然間，木劍一劍直刺到皓禎的面門前，蘭馨喊著：

「也給你一個謎題！『一眼一眼又一眼，一劍一劍又一劍』！」

皓禎一愣，急忙閃開。木劍差之毫釐，就刺進了他的眼睛。

雪如和秦媽憂慮的互視了一眼。柏凱卻全然不進入情況，開心鼓掌說道：

「刺得好，攻其不備！閃得好，千鈞一髮！」

皓祥把翩翩拉向一隅，低聲說道：

「看出什麼名堂沒有？這兩個新來的丫頭夠邪門！」

翩翩點點頭，眼光也落在吟霜身上。

❖

終於，皓禎要出門了，吟霜和皓禎兩人，都是擔心的、害怕的、心有隱憂的。為的不是自己，而是對方。

天空才濛濛亮，晨霧迷濛中，吟霜、香綺和小樂三人，送皓禎和魯超到大門口，魯超拉著兩匹馬。皓禎拉著吟霜的手叮嚀：

「妳那小小齋，我已經派了好多人，十二個時辰護衛，所以妳不要害怕，公主那邊的人，一個也不會靠近！」

吟霜拚命點頭說道：

「你不要擔心我，我知道你這趟差事很危險，寄南他們又不能幫你，出門要照顧好自己！你知道的，猛兒可能會跟著你，請隨時跟我報平安！」

「吟霜姑娘！」魯超接口：「妳放心，魯超會用生命保護公子！小樂、香綺，你們也要用生命保護吟霜姑娘！」

「是是是！一定的！」香綺和小樂異口同聲回答。

皓禎一笑說道：

「不過是小別幾天，幹嘛弄得這麼嚴重？我一定會達成任務，平安歸來。」就仔細看吟霜，不放心的：「雖然最近公主都沒發脾氣，妳還是要小心她！身上要隨時帶著妳爹的保命藥丸，止痛藥丸，各種藥丸都帶著！到了時辰就回去，別在那兒耽擱！我娘說了，妳在公主院工作的時候，她會過去看看的！」

「我知道！我知道！你們快走吧！」吟霜說。

皓禎就依依不捨的放開吟霜的手，兩人的手指都慢慢的，慢慢的滑過對方的手指。

皓禎就和魯超跨上馬背，一拉馬韁，疾馳而去了。

這門口送別的一幕，完全落在窺視的崔諭娘眼中。皓禎才出門，蘭馨就知道了，她犀利的眼光，敏銳的看著崔諭娘問：

「駙馬爺一清早就出門了？吟霜送到大門口，還和駙馬說了很久的話？」

「是！兩人還手拉手的告別！」

蘭馨知情後恨極的眼光，讓人不寒而慄。

因此，這天吟霜和香綺來到公主院時，發現要到後院去工作。兩人到了後院，就一眼看到蘭馨好整以暇的坐在一張露天的坐榻上，手裡玩弄著她的鞭子。

後院裡有一口井，井邊已經排列著十幾個裝滿水的水桶。崔諭娘在一邊說：

「公主，吟霜和香綺來了！」

蘭馨冷冷的看著吟霜，挑著眉毛說：

「吟霜，水桶很重，妳根本提不動，是不是？」

吟霜看看那仗勢，知道又慘了，小心的回答：

「公主！奴婢提得動！提得動！」

「好！那妳就把那十幾桶水，從井邊提到左邊的花台那兒！」

香綺急忙說道：

「公主，香綺一起提，可以快一點！」

蘭馨一鞭子就抽向香綺，立刻在香綺臉上留下一條鞭痕，厲聲說道：

「本公主有讓妳插手嗎？妳站在一邊看！這工作是給吟霜的，讓吟霜獨自完成！」

吟霜趕緊推開香綺，說道：

「吟霜遵命！」

吟霜就吃力的提著一桶水，往花台走去，走了幾步，才發現必須從蘭馨面前經過。她經過蘭馨面前時，蘭馨伸腳一絆，吟霜便連水帶人一起摔倒。

「哎喲……」吟霜撲進一灘水裡，同時，水花也濺濕了蘭馨的衣服。

蘭馨跳起身子，怒罵：

「連一桶水都提不好！」踢了吟霜一腳，大聲：「再去提！」

吟霜爬起來，趕緊再去提第二桶水。蘭馨一伸腳，又絆了吟霜一個觔斗。

「再去提！妳弱不禁風，提不動水桶，差點摔跤是不是？要在駙馬爺面前表演是不是？我今天就讓妳演得過癮！」

「公主，奴婢沒有表演……」吟霜想解釋。

蘭馨一鞭子抽過去，抽在吟霜的腰際，吟霜剛爬起來，又跌倒了。

「一個站都站不穩的丫頭，居然敢勾引駙馬！」蘭馨大聲喊：「再去提水！」

吟霜滿身是水，摔得七葷八素，膝蓋手肘都在劇痛，不敢說話，又去提了水桶過來，蘭馨便再度把她絆倒。就這樣，吟霜一次一次的提水，蘭馨一次一次的絆倒她。吟霜努力的支撐，神情卻越來越狼狽。香綺看得心驚膽顫，而崔諭娘在一邊若無其事的看著。

不知道是第幾桶水，吟霜又摔倒了，這次，連水桶都裂開了，吟霜跌在一堆木片中間，滿臉滿身的水，無法起身。蘭馨的鞭子，又抽在吟霜背上，威嚴的喊：

「起來！再去提！提完了水，本公主還有別的活兒等著妳們呢！」

❖

所謂「別的活兒」，居然是「挨打」！公主院有一間「練武房」，吟霜和香綺被帶進了那間房間裡。兩人趴在一塊地毯上，背上被綁著一層薄薄的沙袋。

蘭馨手拿著鞭子，在地上抽得劈哩啪啦響，蹲著怒視吟霜：

「本來想客氣善意的對待妳，但妳好像一點都不領情，那好！本公主也就不跟妳講仁義道德了，妳受什麼苦，香綺就和妳一起受苦！」起身命令：「崔諭娘！讓宮女們上！」

一排宮女，每人手裡都拿著一根沉沉的木棍，崔諭娘一聲令下：

「上去！狠狠的打！」

宮女們拿著木棍，對著吟霜香綺背負的沙袋猛打。即使隔著沙袋，吟霜和香綺挨著一下又一下的重擊，痛苦難耐！

蘭馨對吟霜從容說道：

「隔著沙袋，不是直接讓妳們皮開肉綻，也算是本公主的慈悲了！即使夫人再要檢查，也找不到傷痕的，妳就別去費力告狀了！」

「吟霜，這樣打肯定會打成內傷，妳要撐著點！」香綺痛得流淚。

吟霜一邊被打，一邊歉疚的對香綺說：

「每次都是我拖累妳，妳實在不應該和我一起來的！我提水桶已經用盡力氣了……現在……」痛極，叫著：「哎喲……我沒法招架……」

「妳們兩個還聊起天來了！不給點顏色還真不行！」崔諭娘對宮女們說：「用力往死裡打！」宮女們棍棒齊飛，香綺再也忍受不住，胃裡一陣翻騰，就嘔吐起來，剛好噴了崔諭娘的一身和鞋子。崔諭娘氣極了，怒罵：「可惡的丫頭，還噴了我一身！」大喊：「再用力給我打！」

吟霜被打得天昏地暗，胸口被壓得透不過氣來。蘭馨蹲下身子，捏著吟霜的臉頰，看著吟霜那對逆來順受的眼睛說：

「嗯！很漂亮的一張臉蛋！紅顏禍水這句話，妳聽過嗎？猜想妳也沒聽過！妳就是用妳這臉蛋在勾引駙馬的吧？啊？」

吟霜一邊被打一邊說：

「公主，不管您用什麼方法，吟霜還是那句話，奴婢是袁家的丫頭，對袁家忠心耿耿。駙馬的事，無論我怎麼說，公主也不會信！」

「本公主相信啊，是相信妳和駙馬有問題！否則夫人為何要如此的包庇妳？最近駙馬到公主院的次數不少，看來都要拜妳所賜！妳身上的疑點太多了！」蘭馨大聲命令：「打！打到她說實話為止！」

宮女們繼續用力打。

吟霜和香綺不停的哀鳴，痛得隨時要暈去。

37

到了下工的時辰，雪如派了衛士前去公主院接人，蘭馨見吟霜已經不支，就大方的放了人，還不忘叮嚀道：

「如果妳們去夫人面前告狀，明天還有更厲害的等著妳們！趕緊回房把自己弄乾淨，這個狼狽樣子，萬一讓將軍府的人看到，還以為本公主欺負了妳們呢！」

「將軍府問起來……」崔諭娘接口：「就說妳們自己摔到荷花池裡好了！」

吟霜和香綺什麼話都不敢說，彼此扶持著，匆匆回到小小齋，已經是掌燈的時分了。兩人先忙著梳洗，換上乾淨的衣服，梳好散亂的頭髮，同時也檢查著彼此的傷勢。吟霜找出所有跌打損傷的藥，瓶瓶罐罐放了整張桌子。

大致弄乾淨了，吟霜就拿了一罐藥膏，給香綺擦著藥，並試著用治病氣功為她止痛。但是，她所有的功夫都使不出來。吟霜說道：

「對不起，香綺，我今晚的推拿止痛方法都沒用，我想我恐怕受了內傷。但是不要緊，妳知道我是神醫，我會治好妳，也治好我自己！」

「小姐，別再跟我說對不起了！我都不知道怎樣幫妳，看妳提那麼多桶水又摔那麼多跤，還要墊著沙袋打，怎麼會有那麼壞心的公主？」

「別說了，治傷要緊！」吟霜慶幸的說：「還好皓禎出門，沒看到我們的情況，不然他一定會和公主大鬧！現在，我要用我爹的方子配一些藥，藥材我們都有，只要熬了喝幾帖，我們就會好！」

吟霜就忙著為兩人配藥，邊配藥邊說道：

「香綺，妳知道我們在公主院的情形，不能告訴夫人，不能告訴任何人，我們只能瞞著大家，要不然這個家就會垮了！我不能真的成為袁家的紅顏禍水！」

香綺拚命點頭，又擔憂的問：

「公子什麼時候回來？公子回來我們就不會挨打了！現在我們的傷都沒好，明天還要去公主院嗎？如果再這樣來一次，我們……」害怕的說：「會不會被弄死呀？」

有人敲門，兩人住了口。小樂進門，哭喪著臉說：

「吟霜姑娘，這兩天公主院門口都有衛士守著，不讓我進去，妳們有沒有吃苦？」看兩人神色，再看桌上藥罐，他立刻給了自己一巴掌：「果真就有！這該怎麼辦？」

「閉緊你的嘴巴！」吟霜說：「你什麼都沒看到，我們很好，你能不能趕緊把這幾帖藥拿去熬？我們吃了藥就會恢復體力的！」

「是是是！」小樂拿著藥包急急而去，一邊嘰咕著：「公子啊！你快點回來吧！」

❖

皓禎此時，正在一個名叫「唐興」的小鎮上。鎮上僅有的一家酒樓名叫「迎賓樓」，這是晚膳時刻，賓客來來去去，十分熱鬧，小二奔前奔後，忙著招呼著。皓禎和魯超穿著不起眼的平民服裝，從外面走進酒樓。兩人神色敏銳，眼觀四面，耳聽八方。皓禎眼光掃過整個大廳，看到有桌賓客只有兩人，已喝得半醉，一個是胖子，一個是瘦子，兩人鬼鬼祟祟的私語著。他立刻警覺起來，對魯超低語：

「就是他們兩個！我拿到的指示中有『燕瘦環肥』四個字，沒錯！」

兩人就在胖子和瘦子鄰桌坐了下來，叫了兩碗麵，豎著耳朵聽隔壁的對話。

「伍大爺要的東西，你帶來了嗎？」瘦子問胖子。

胖子從身上掏出一封信函說：

「帶了帶了……」左右張望，小心謹慎的說話：「這個地圖就是巴倫的藏身之地，不過……那個山上太隱密了，並不好走，伍大爺那邊要多些準備。」

瘦子收下信封放進懷裡，掏出一串錢給胖子：

「這是伍大爺給我們的獎賞，等事成了，還會再給！我現在就把這地圖帶去給伍大爺！你慢慢喝！」

胖子收了錢，貪婪的笑著說：

「好咧！你快去快去，有啥好處，千萬不要忘了我這兄弟啊！」繼續喝酒吃菜。

瘦子帶著些許醉意，便離開了酒樓。

皓禎與魯超互視一眼，從容的將手上的茶水一口飲盡，跟著離開了酒樓。

瘦子略有幾分醉意，搖晃著身子走在街道，並唱著小曲。皓禎與魯超在後面不遠不近的跟蹤著。皓禎一邊跟蹤，一邊對魯超小聲說話：

「不知道他們是不是把巴倫的布署都畫了圖，一定要想辦法把地圖掉包。」

「據說伍項偉帶著大批的官兵前來，我們怕是寡不敵眾。」魯超有點擔心。

「我們的行動那一次是靠人多取勝？不都靠我們智取嗎？先逮了這個奸細再說。」

瘦子走著走著，轉入一個暗巷。皓禎與魯超快速的跟進了巷子裡。四處無人，皓禎和魯超就用布巾圍住口鼻。

瘦子喝多了內急，拉開衣服就想就地小解，皓禎見時機成熟，以迅雷不及掩耳的方式衝上去，反手抓著來不及應變的瘦子，往牆上重重一撞。魯超在一旁把風。

瘦子驚慌不已，以為遇到搶匪，背對著皓禎說道：

「唉唉！這位兄弟輕一點、輕一點，好痛啊！你們要錢，我給你們就是，別殺我呀！」

皓禎繼續制伏瘦子，把他壓在牆上，在他耳邊威脅：

「我們不要錢！就要跟你交換一樣東西！」

瘦子驚呆，想轉頭看皓禎卻看不到：

「啊？不是搶劫？那……那你們要什麼？」

「把你身上的地圖交出來！」皓禎說。

「啊！這……這不行呀！這我得拿去交差的呀！」

魯超拔出匕首，架在瘦子的脖子上，威脅說：

「你不行也得行！你就住在仙鶴村吧？你家裡八十歲的老母、三歲的兒子，就靠你一句話了！」

「什麼？」瘦子嚇傻了：「你們都知道我上有老母下有幼子？」求饒說：「好好好！你們要什麼我都依你們，請你不要傷害我的家人！」

皓禎鬆手，與瘦子面對面，皓禎從自己身上拿出另一封信函。

「我就用這封，交換你身上的那張地圖，你把這拿去交差吧！」

瘦子趕緊掏出身上的信函，與皓禎交換。魯超繼續拿刀威脅：

「記住，去交差就安安靜靜的交差，不要多說一句話，否則明年，你就等著去給你老母親上墳吧！」

瘦子嚇得一疊連聲的低喊：

「不說！不說！小的絕對不說，兩位大爺，千萬饒了我們全家老小啊！」

「我們會盯著你把事情辦完，快滾！」皓禎有力的說。

瘦子嚇得屁滾尿流，逃命似的趕緊跑開暗巷。皓禎望著遠方的夜色，對魯超說：

「我們接下來就等著『甕中抓鱉』了！」

❖

皓禎在唐興為朝廷賣命，力保李氏江山。但是他的吟霜，卻在將軍府受難。折磨她的，正是李氏王朝的公主蘭馨！世間事，往往沒有公平兩字可言。

第二天一早，蘭馨故意在將軍府後花園散步，看看吟霜帶傷回去，有沒有造成任何麻煩。崔諭娘隨侍在側，不知蘭馨在想什麼，問道：

「公主，咱們離宮那麼久了，是不是也應該回宮一趟，向皇上和皇后請安呢？」

「再說吧！現在我還沒有把駙馬的事情搞定，怎麼回去啊？要回去，本公主也要把駙馬收拾得服服貼貼，帶著駙馬一起回去，才有面子！」蘭馨若有所思的說。

「是是！公主想得周到！」崔諭娘拚命點頭。

皓祥迎面走來，見到蘭馨毫無迴避之意，大方的行禮。

「公主金安！」皓祥說完便準備離開。

蘭馨看著皓祥的背影，忽然叫住：

「皓祥，怎麼請安一句就走了呢？」

「公主不是一直覺得我和我娘只會阿諛奉承嗎？那麼見到公主，我只好識趣一點，少開口為妙。」皓祥鎮定的說道。

「好啦！今天本公主，就准你多開金口行嗎？我有事問你！」

「既然如此，公主就請問吧！」皓祥正中下懷的一笑。

蘭馨單刀直入的一問：

「你老實告訴我，皓禎身上到底有沒有『恐女症』這個病？夫人說他十四歲的時候就害了這個病，真有其事？」

「哈哈哈！」皓祥大笑：「大娘真的這麼跟公主說？那真是天大的謊言啊！皓禎從小練武，身強體健，哪有什麼病！」

蘭馨臉色一變，悻悻然接口：

「這麼說，這是夫人和皓禎母子聯手，對付本公主的把戲？」

「是不是把戲？我不清楚，不過皓禎一向最喜歡裝腔作勢，與眾不同，今兒個搞出個什麼『恐女症』的新鮮名詞，我一點也不奇怪！因為他從小就喜歡標新立異！就像『抓白狐，放白狐』，就是皓禎想在皇上面前出風頭的花招！」

蘭馨被提醒了，點頭：

「嗯！他這個『抓白狐，放白狐』的故事，我聽說過。」

「明明就是去打獵，抓了白狐還放走了牠，這分明就是矯情！」皓祥氣憤的說，看看蘭馨不悅的神色，繼續說道：「爹回家還賞了他祖傳的玉佩，吊著那串狐毛，他隨身帶著這『狐毛玉佩』，到處炫耀！」

「狐毛玉佩？本公主從來沒有看到過！」蘭馨疑惑。

「他隨身的寶貝，就在他腰帶上！」皓祥不解的說：「誰會把狐狸毛掛在身上當寶貝？只有與眾不同的袁皓禎！」

蘭馨深思和憤恨的眼神，盯著將軍府皓禎臥室的方向，心裡默唸著：

「皓禎啊！袁皓禎！你有多少祕密我不知道，你一直在耍我，我明白了！」心中起誓：「我絕對不會原諒你！」

❖

蘭馨從將軍府回到公主院，沒有多久，吟霜就帶著香綺來上工了。崔諭娘把兩人直接帶進了蘭馨的書房，稟告道：

「公主，吟霜和香綺來了！」

「奴婢叩見公主，公主金安！」吟霜和香綺行禮。

蘭馨高傲的抬起雙眸，看到吟霜和香綺沒有病容，不禁驚奇。把崔諭娘拉到一邊，不解的低問：

「昨天咱們不是把她們弄得半死不活的嗎？就算是什麼女神醫，有天大本領，也不可能還這麼有精神？」

「公主，昨天沒讓她們倒下，今天再來就行了！」崔諭娘低語。

蘭馨點點頭，就對吟霜、香綺大聲說道：

「粗活妳們顯然做不了，今天就給妳們一點輕鬆的活幹吧！妳們來給本公主磨墨！」盯著吟霜：「磨墨，妳總會吧？」

「是，公主。」

吟霜和香綺兩人便順從的跪在低矮書桌前，準備磨墨。崔諭娘拿出兩個大碗，擱在吟霜和香綺兩人面前，吩咐道：

「公主畫畫需要用的墨水多，妳們兩個磨好的墨水，就倒進這兩個大碗裡，聽明白了沒有？」

「明白了！」吟霜和香綺異口同聲回答。

於是，兩人各拿著一個大硯台，在大硯台上開始磨著墨。

蘭馨看了吟霜一眼，便開始作畫。吟霜和香綺努力的磨墨，將磨好的墨水倒進大碗裡。兩個大碗，墨水越積越多。蘭馨和崔諭娘狡猾的互視著。經過一段時刻，兩個大碗都裝滿了墨汁，吟霜恭敬的說道：

「公主，兩大碗的墨汁已經完成，奴婢還需要為公主做些什麼？請公主吩咐。」

蘭馨不疾不徐的放下毛筆，看著吟霜說道：

「妳和香綺各自把妳們眼前的這一碗墨水，給喝了吧！」

吟霜和香綺兩人震驚，瞪大眼睛，不安的手拉著手。屋裡的宮女聞言有的不忍，有的看戲，有的驚訝著。崔諭娘見吟霜遲疑，板起臉問：

「怎麼？公主的命令，還不快點執行！」

香綺著急磕頭，哭喪著臉說：

「公主，您讓奴婢洗衣擦地，做什麼粗活都可以，千萬不要讓奴婢喝墨水呀！」

崔諭娘毫不客氣的給香綺一個巴掌，罵道：

「大膽！小小丫頭，還敢跟公主討價還價？公主要妳們喝！妳們就喝！」

「公主，請您息怒，奴婢可否知道……為何一定要奴婢喝這墨水？」吟霜問。

「沒有為何？」蘭馨高傲的回答：「本公主就是想試一下，想知道墨汁喝到肚子裡之後，會變成什麼樣？」大聲說：「妳們喝？還是不喝？」

「公主只是為了試一下？也對，奴婢的爹在世的時候，為尋百藥，也是自己當試驗品，嚐著百草！」吟霜思索著，想不出怎樣才能解套。

「既然道理妳都明白了，那麼就快喝吧！本公主沒什麼耐性！」

「那麼可否請求公主，就讓奴婢一個人喝，放過香綺好嗎？」

香綺著急阻止吟霜：

「那黑不溜啾的墨水，絕對不可以喝啊！」

「這又不是要人命的砒霜，妳還要護著她，好吧。」蘭馨一笑：「妳們誰喝都一樣，快喝！」

吟霜拿起碗，準備喝下，香綺著急的哭了。蘭馨崔諭娘等著看好戲。吟霜忐忑的看著蘭馨，也遲疑的望著墨水，皺著眉，最後無奈憋著氣，勇敢的喝了一口。吟霜口含著墨水噤著，卻一時忍不住嗆到，噴了出來，墨水直接噴在了蘭馨身上和臉上。

蘭馨看著滿身的黑漬怒不可遏，揚起手來就給了吟霜兩記耳光，扯著吟霜大吼：

「妳竟敢弄髒了皇上賜給本公主的衣服，我今天就要妳死！」

蘭馨惡狠狠的將吟霜甩在地上，眼露凶光，對吟霜一陣拳打腳踢。崔諭娘也過來對吟霜猛打一頓。吟霜掙扎哀號著，此時，外面傳來宮女大聲的通報：

「將軍夫人到！」

蘭馨正弄得滿身墨水，一身狼狽，大驚的說：

「將軍夫人？難道是為了這兩個丫頭來？崔諭娘，妳趕快讓她們換件衣裳，收拾乾淨……」警告的對吟霜和香綺說道：「見了夫人，什麼話都不許說！如果妳們兩個敢告狀，我可有更厲害的方式對付妳們！聽到了嗎？」

吟霜和香綺拚命點頭。蘭馨看看自己的衣服說：

「氣死了！一身墨汁，連本公主都得換衣服！」

在公主院的大廳裡，雪如不安的坐在坐榻上等待，換好衣服的公主殷殷奉茶。秦媽站在一邊侍候。蘭馨笑容滿面的說：

「婆婆突然過來，不是為了那兩個丫頭吧？」

「皓禎不在家，過來看看妳。」雪如掩飾的說：「那兩個丫頭還行嗎？沒讓蘭馨生氣吧？如果侍候不好，我帶回去調教。」

「行行行！」蘭馨不住點頭：「將軍府的丫頭怎會不好，又會醫術，當然行！」

說著，崔諭娘帶著已經收拾乾淨的吟霜和香綺過來。雪如立刻關心的看向她們，只見兩人乾乾淨淨，不禁暗中鬆了口氣。兩人趕緊向雪如行禮：

「吟霜／香綺，叩見夫人！」

雪如關心的凝視吟霜：

「吟霜，公主的差遣，妳還勝任嗎？」

吟霜誠摯的面對雪如，說道：

「吟霜正在學習各種規矩，公主寬宏大量，吟霜受教不少。就是犯點小錯，公主也會包容吟霜。」

香綺把握機會想求救，急忙接口：

「夫人，公主院的工作……」

吟霜私下捏了香綺的手一下，阻止她發言。蘭馨也立刻打斷了香綺：

「婆婆，宮裡送來幾匹上好的衣料，蘭馨正想送去給婆婆挑幾件做衣裳，要不要隨蘭馨來看一看？」

「哦？挑衣料？」雪如再看了吟霜一眼，吟霜微笑示意，雪如就放心了。「那麼，我跟妳去看看吧。」大家就起身要去挑衣料。

香綺猛對秦媽遞眼色，秦媽卻沒有看到，跟著雪如等人而去。

等到雪如挑完衣料離開了公主院，吟霜和香綺立刻就被帶到了練武室。蘭馨讓吟霜貼著牆站著，手裡握著皓禎送她的木劍，走向吟霜，在她面前站定。

突然間，蘭馨發難，一招「玉女穿梭」，木劍劍尖對著吟霜臉孔直刺而來。

吟霜眼見閃不過，大驚失色。蘭馨卻在劍尖碰到吟霜面孔時停住，盯著吟霜說道：

「將軍夫人居然親自來察看妳的情形，為了這個我也不能饒妳！現在我們繼續『工作』！這是駙馬送來的木劍！記得嗎，一眼一眼又一眼，一劍一劍又一劍，這是我給駙馬的謎語！現在，我來揭開謎底了！」

香綺崩咚一聲跪下，磕頭痛喊：

「公主饒命呀！」

「香綺，今天我的對象不是妳，妳就看著吟霜如何接招吧！」

蘭馨說著，一個漂亮的姿勢收了劍，陰森森的看著吟霜。

「駙馬說這木劍傷不了人，所以不會要妳的命！我今天，就要給妳三劍，為了駙馬不該看妳的那三眼！這三劍，兩劍直刺妳這對會勾人的眼睛，一劍要劃傷妳這美麗的臉蛋！毀了妳的美貌，看看駙馬還喜歡妳什麼？」

香綺大駭，痛哭：

「公主不要！不要啊！求求公主開恩啊！」

吟霜一聽，也嚇壞了，急呼：

「公主！請高抬貴手！千萬不要這樣，夫人看到奴婢受傷，一定會跟公主不愉快，公主為什麼一定要毀掉奴婢，讓夫人生氣呢？」

「夫人！夫人！口口聲聲的夫人！夫人會為妳受傷而生氣，駙馬會幫妳提水桶，妳到底是何方神聖還是勾人妖精？看招！」

蘭馨一劍飛快的直刺向吟霜左眼。吟霜魂飛魄散，緊急趴下地閃躲。

蘭馨一劍落空，大怒，喊道：

「崔諭娘！叫人把她拉起來，抓住她，讓她不能動！」

崔諭娘對宮女揮手道：

「大家還不動手？」

宮女個個有不忍之色，卻無人敢違背蘭馨和崔諭娘。數人便將吟霜拉了起來，再度讓她貼著牆站著，兩邊壓著她的肩膀和手臂，讓她無法動彈。崔諭娘更將她的頭髮拉到緊貼著牆壁，讓她的頭抬起。

蘭馨拿著劍欣賞了一下，說道：

「好劍！駙馬送的，當然精緻！雖然是木頭的，裡面還是包著鐵，而且這劍鋒也挺鋒利的！」忽然大叫：「看劍！」

木劍直刺向吟霜的左眼。吟霜退無可退，逃無可逃，只得睜大眼睛，看著那劍尖直逼她的眼珠。她眼中盈盈含淚，眼神明亮有如黑夜的天際星辰。劍尖直抵眼球，香綺、崔諭娘和眾宮女都忍不住發出驚呼。吟霜喃喃唸著：

「心安理得，鬱結乃通。正心誠意，趨吉避凶……」

吟霜那充滿悲憫的眼神，直視著蘭馨，等待著這一刺。劍尖已到吟霜的眼球，卻忽然停住了。蘭馨被吟霜的眼神震懾住，木劍刺不下去。她被這突然而來的惻隱之意驚嚇，嘴裡胡亂喊著：

「怎麼刺不下去？妳這狐媚的眼睛有魔力嗎？我不相信！」大叫：「再來一次！」

蘭馨收劍再刺，依然到了眼球就停住了手。

蘭馨對自己的心軟不可思議，亂找藉口喊道：

「給我把另外那把木劍拿來！」

崔諭娘遞上另外一把。蘭馨已經大怒，拿著劍瘋狂的刺向吟霜：

「先把妳的臉劃花了再說！」

劍尖劃過吟霜的下巴，立刻留下一道血痕。吟霜落淚痛喊：

「公主！駙馬送木劍來，是帶著溫暖和善良的心。蒼天有好生之德，不會讓這兩把木劍蒙羞，請公主收了木劍，放過奴婢吧！」

蘭馨被吟霜的眼神和言語動搖，怒瞪著吟霜。她拋下木劍，轉身衝進了自己的臥室，崔諭娘趕緊跟了進來，關上房門，就見蘭馨就狠狠給自己兩個耳光，痛罵道：

「可惡！我居然對一個卑賤的奴婢心軟？我還是赫赫有名的蘭馨公主嗎？我是不是中邪了？崔諭娘，妳看，她們會不會根本不是人？大傷小傷不斷，居然還能挺到現在？難道是妖怪不成？」

崔諭娘也苦思不解，說道：

「是不是人，恐怕還要再試一試更狠的手段！如果她們什麼都能對付，那就肯定有問題！」忽然一驚說道：「先前皓祥公子說起了白狐……吟霜會不會是那隻被駙馬放生的狐狸精，現在纏上駙馬了？駙馬的魂……恐怕被她收了！」

蘭馨為自己沒刺瞎吟霜終於找到藉口：

「是呀！難怪我看到她那對狐狸眼睛就像中了邪一樣，居然下不了手！那要怎麼辦才好？」

崔諭娘嘸了口氣說：

「別怕！別怕！不管她是狐是鬼，您是公主，什麼都鎮得住！咱們就用一點更狠的方法，逼出她們的原形吧！要動手，還得趁早！駙馬回來，就會護著她，公主就投鼠忌器，什麼都施展不開了！」

38

清河渡口，四野無人，一陣陣的清風，徐徐的吹著，吹拂著天邊的亂雲、吹動了平野樹上的綠葉，吹低了岸傍茂密的蘆花；雖然溪流潺潺，看來卻荒涼而蕭颯。

渡口岸邊有一個正冒著熱氣的茶棚，茶棚邊上有個旗桿，上面掛著一個「茶」字的旗子，隨風飄揚，同時攤子上有蒸籠和熱鍋，賣著包子和茶葉蛋。

伍項偉帶著一批隨扈，跋山涉水，終於走到渡口來。

隨扈拿著那張被皓禎掉包的假地圖，說道：

「大人，過了這條河，大概就是巴倫瞞著朝廷私自練兵、屯軍的基地了！」

「私自屯軍分明就是想謀反叛亂，今日伍家人就代皇上取下巴倫的首級！」伍項偉陰沉的說道。

「是！遵命！」隨扈看向茶棚：「大人，您應該也口渴了，要不要先到茶棚休息一下，我去打聽幾時有船過來！」

伍項偉點頭，一行人便走向茶棚休息。

皓禎滿臉塗成日曬的黝黑色，貼著花白鬍鬚，喬裝老爺爺在茶攤上忙碌著。這喬裝術還是靈兒教的，唯妙唯肖。他心裡暗喜，想著：「果然被我的假地圖帶到這兒來了！巴倫將軍還能讓你們發現嗎？」便用老人的聲音說道：

「唉！我說滷蛋呀，俺爺倆每天一大早做包子、送包子，到底掙了多少錢呀？」打開冒著熱煙的蒸籠：「今天別再讓人賒帳了，日子不好過呀！」

魯超也喬裝市井小民，阻止皓禎掀蓋：

「唉呀！爺爺，你別打開啊！這是要送去給對面軍爺吃的，等會包子涼了，那軍爺又要嫌棄俺的包子了！」

伍項偉走近皓禎身邊，看到熱騰騰的包子和茶葉蛋，突然感覺飢腸轆轆，問道：

「你們這包子怎麼賣呀？有多少，我們通通買了！」對隨扈衛士們喊：「弟兄們都餓了吧！」

皓禎對項偉賠笑臉：

「這位大爺，不好意思啊！俺這包子不能賣，已經有人訂了！我們爺倆正等船過來，把包子送過去呢！」

隨扈拿出一串錢丟給皓禎，凶惡的說：

「管你什麼人訂了，我們這些全買下了！」手一伸，不客氣的拿起包子遞給項偉：「大人，請慢用！」

魯超一把搶回包子。

「大爺，這真的不能給您吃啊！對面的軍爺，要是少了一個包子會打死人的！」

伍項偉搶回魯超的包子，立即塞到嘴裡大口的吃，大吼：

「本大爺就要了這些包子，少廢話！」用力推開魯超：「滾！什麼軍爺？他們還得給老子磕頭呢！」

皓禎恐懼的拉著魯超說：

「滷蛋，算了！」拿著隨扈給的錢：「俺現在至少還拿了點錢，他們愛吃就給他們吃吧！」

兩人默契的相視一眼。

伍項偉這群人按圖索驥，繞了許多山路，個個又餓又累又渴，全部湧上茶棚吃包子和茶葉蛋。喬裝的皓禎和魯超兩人，善意的給伍項偉等人茶水。皓禎到處招呼倒茶：

「大爺，別噎著了！喝點茶！喝茶！喝茶！」

伍項偉一行人，有的吃包子或茶葉蛋，有的喝茶，甚是滿意。眼見伍項偉等人都吃喝得差不多，皓禎和魯超使了眼色，吹了一聲口哨。突然間，四面八方湧出了穿著黑衣勁裝、蒙面的「天元通寶」兄弟。皓禎立刻發難，抽出預藏的雙劍向伍項偉一行人殺去。伍項偉見狀大驚，丟下茶杯，大喊：

「有埋伏！有埋伏！」

隨扈和衛士，立刻起身，拿出武器與皓禎、黑衣人對打，兩方兵器碰兵器，欽欽匡匡，打得如火如茶。魯超和皓禎身手矯捷，兩人三劍、擺開鴛鴦陣式，一招「金蛇穿柳」，一個對穿，劍鋒橫掃上抽下撩，劍尖到處，瞬間斃數名隨扈於劍下，用腳順勢一掃，踢屍體入水中，水花四濺。沒多久，項偉的隨扈和衛士，有的突然身手軟弱無力，撫著肚子根本無法迎敵，有的繼續頑強戰鬥。皓禎銳不可當，連續出招變招，「玉帶圍腰」、「黑熊探路」、「青蛇吐信」、連環使出、一氣呵成，招招見血，刺倒數名敵人，但聽得慘叫哀號之聲四起。劍鋒所過之處，開出一條血路，直逼伍項偉，兩名保護項偉的衛士，想抵抗卻突然口吐白沫，不支倒地。

伍項偉見衛士倒地，大吃一驚，喊道：

「你們……你們下了毒？竟敢傷害朝廷大臣，你們不要命了嗎？」長劍一指，一招「清風拂柳」，劍尖直刺向皓禎，放手一搏：「本官跟你們拚了！」

伍項偉武功了得，接連出招，「大蟒纏身」、「猛虎出柙」、「犀牛望月」……招招勇猛的攻向皓禎，逼得皓禎矮身應戰。伍項偉勢如拚命，使出狠招，招式一變，出招「撥草尋蛇」，持劍對地上翻滾的皓禎瘋狂刺殺。就在危急之際，魯超躍起，取下「茶」字的旗桿，一招槍法「橫掃千軍」，橫著向伍項偉一掃，立即把伍項偉打倒在地。皓禎脫離危險，跳躍而起。伍項偉眼見再也不敵，起身對河邊飛跑而去。

茶棚被打得東倒西歪，轟然一聲崩塌，布幔倒在火爐上，立即著火燃燒，整個茶棚變成一片熊熊烈火！

魯超和皓禎，雙雙奔向伍項偉，魯超身行一矮，一個掃堂腿，絆倒了伍項偉，再一式左擒拿，制伏了伍項偉，抓著他面對皓禎。

皓禎撕下了鬍子，怒視項偉，恢復自己的聲音：

「伍項偉，你們伍家到處貪贓妄法、陷害忠臣！」大吼：「今天我要幫那些死難的忠臣和百姓報仇！我要拿你的血來祭祀那些無辜忠良！」

皓禎說完，雙劍一刺，立刻刺進了伍項偉的腹部。皓禎拔劍出來，再補上兩劍在伍項偉的雙臂上，喊著：

「我還要拿你們伍家的血，來祭祀祝大人一家十口！」再第三次，直刺心臟，痛心大吼：

「這兩劍，是為了神醫白勝齡！」

伍項偉全身血跡倒在河岸，奄奄一息的說：

「原來是你……袁皓禎……你逃不掉……榮王……會為本官報仇的……」

皓禎不待伍項偉話說完，再補上最後一劍，項偉斷了氣。

皓禎殺了伍項偉，想到犧牲的兄弟，想到伍家的種種殘暴，依舊義憤填膺。一番血戰後，他回身檢查戰果，滿臉正氣的面對天元通寶的兄弟們。一個兄弟上前說道：

「少將軍，任務完成，沒有一個活口！」

皓禎點頭，對所有兄弟說話：

「今日我們誘敵成功，保住了巴倫將軍，也斬了作惡多端的伍家人，真是萬幸！兄弟們辛苦了！」

眾黑衣弟兄異口同聲：

「少將軍英勇！」

魯超對皓禎提醒：

「茶棚和所有行動的證物已燒毀，此地不宜久留，咱們快走！」

皓禎長劍高舉一揮，帶領全部天元通寶的兄弟，速速離開了清河渡口。當兄弟們各自散去後，皓禎對魯超說道：

「魯超！巴倫將軍駐紮的地方已經曝光，要趕快去通知他們轉移！我們是不是先趕到巴倫將軍的營地去？」

「是！」魯超應道：「這件事辦妥，才能回去！」

「走吧！」皓禎快馬加鞭，向前疾馳，魯超緊隨於後。

❖

當皓禎趕去巴倫將軍那兒時，寄南、靈兒和漢陽已經回到長安。但他們都沒想到，吟霜會在公主院水深火熱，而且，太子這兒也驚天動地。

這天，皇上皇后帶著伍震榮、樂蓉、項麒、項魁、漢陽及各府衛士，浩浩蕩蕩進了太子府院落。漢陽僕僕風塵，剛剛才從咸陽趕回長安，就被世廷緊急帶進宮，再帶到太子府來，幾乎連休息的時辰都沒有。大家進了院落，曹安大聲喊道：

「皇上皇后駕到！」

太子帶著太子妃，急忙奔出，一看這等架勢，都有些驚怔。

太子和太子妃趕緊對皇上皇后行大禮：

「父皇母后萬福金安！」

「太子和太子妃不必行禮，平身！」皇上說道：「今天來這兒，是帶著剛剛出差回長安的漢陽，來審理上次的黃金劫案！只怕案子拖久了，又有變化！」對太子使眼色。

皇后卻口氣嚴厲的說道：

「太子牽涉到打劫本宮，是以下犯上，罪不可赦！上次宮中太子理由多多，又有皓禎寄南幫腔！現在，本宮把所有人證帶齊，在漢陽審理下，希望真相水落石出！太子務必配合辦案，不可狡賴脫罪！」

太子挺直背脊，正視皇后說：

「既然希望案子水落石出，又說啟望不可『狡賴脫罪』，」看漢陽問道：「漢陽，本太子已經被定罪了嗎？」

漢陽急忙說道：

「當然沒有！現在是查案，太子依舊是『嫌疑犯』！」

伍震榮不耐的，很有氣勢的喊道：

「既然查案，就到大廳裡去查吧！讓陛下和皇后站在院落裡，成何體統？」

於是，大家浩浩蕩蕩進了大廳。太子府見到皇上皇后親自來到，個個惶恐著。進了大廳，皇上皇后坐在前面，眾人皆依禮數跪坐於前，衛士衙役等人兩邊侍立。皇上有點不耐的說道：

「漢陽，你就開始審案吧！不要耽誤大家的時辰！朕在這兒聽著！」

「遵旨！」漢陽就取出玉帶鉤，看著太子說道：「太子，這次到太子府，主要就是要察明太子這個玉帶鉤。據太子說，這玉帶鉤在半月以前就失竊了，不知是否事實？」

「不止半月了，總有二十天以上了，的確是事實！」太子一口咬定：「就是莫名其妙的不見了！」

「請問太子妃，這玉帶鉤，是否為太子珍愛之物？」漢陽一絲不苟的轉向太子妃：「是否從來不離身之物？」

太子妃戰戰兢兢的回答：

「是的，太子最珍愛這一個，總是帶著這個。」

「那麼，當這玉帶鉤遺失之時，一定鬧得天翻地覆，有沒有盤問下人？有沒有追查它的下落？」漢陽犀利的問。

太子急忙回答：

「本太子怎會為了一個玉帶鉤去鬧到天翻地覆？丟了也就丟了！玉帶鉤還有的是！如果是下人偷了，一定因為下人貧窮，就算本太子送給他！如果當時本太子知道這玉帶鉤會成為犯罪現場的證據，當然會窮追不捨！就是不知道，才被人利用了！」

皇上點頭說道：

「太子之言甚是！」

伍震榮怒氣沖沖插嘴：

「太子妃，不知太子是那一日遺失了這玉帶鉤？依本王判斷，一定是數日前，在紅樹林那兒遺失的！」

樂蓉立刻呼應：

「就是！一定是！太子妃不要包庇太子，當心和太子一起入罪！」

項魁更是大聲嚷嚷：

「本官就是那天在紅樹林中撿到的！絕無錯誤！」

項麒斯文的接口：

「樂蓉公主不要生氣，漢陽大人辦案神準，剛剛破了祝之同的案子，破得漂亮！不愧是方宰相的公子，一定會秉公處理的！」

「祝之同的案子算是破了嗎？」太子冷笑一聲：「你們也別把方宰相拉扯進來，這好像在給漢陽威脅！漢陽，有什麼問題你就問，反正我那玉帶鉤是早就丟了！」

漢陽卻看太子妃：

「請問太子妃，這太子平日的服飾，都是太子妃親手打理嗎？」

「不是。」太子妃一愣，坦白的回答：「最近都是青蘿在打理的！」

「青蘿是誰？還不快傳來問話！」皇后立刻尖銳的喊道。

伍震榮和項麒交換了一個暗喜的視線，跟著皇后，一疊連聲喊道：

「傳青蘿！快傳青蘿！」

立刻，青蘿被衙役帶到皇上等人面前，驚慌的看著本朝最有聲勢的貴冑，竟然人人到齊。這等仗勢，一生難見。青蘿趕緊行大禮，匍匐於地說道：

「奴婢青蘿叩見皇上，叩見皇后！叩見各位大人……」眼光掃到榮王，行禮如儀：「叩見榮王，叩見駙馬……」

皇后威嚴的喊：

「夠了夠了！不用叩見了！漢陽趕緊審案要緊！」

漢陽急忙問道：

「青蘿！妳是太子的什麼人？」

太子不安的看著青蘿，漢陽這一招，完全出乎他意料之外，青蘿是伍震榮送進太子府的，雖然伶俐討喜，但立場不可盡信。太子的眼光，從青蘿臉上，轉到伍震榮臉上，只見伍震榮面帶得意，幾乎是喜形於色。

「奴婢青蘿，只是太子的婢女……」青蘿謙卑的說道：「平日服侍太子和太子妃，也服侍皇太孫佩兒！」

漢陽出示玉帶鉤：

「青蘿，妳看過這個玉帶鉤嗎？」

「是，奴婢看過，是太子珍愛的玉帶鉤。」

伍震榮走向青蘿，在青蘿面前兜了一圈，有力的插嘴：

「那妳最後一次看到這玉帶鉤是什麼時候？」背向青蘿，面向皇上漢陽等人，手在背後比著五。

青蘿看了榮王那手勢一眼，又看向漢陽，從容而清楚的回答：

「這玉帶鉤在大約二十天以前就遺失了。」

伍震榮、項麒、樂蓉同時驚呼：

「什麼？妳說什麼？」

青蘿清脆而堅定的稟道：

「大約二十多天前，玉帶鉤不見了！奴婢向太子說過，太子說，或者這個玉帶鉤，可以養活幾個吃不飽的百姓，丟了就丟了，要奴婢不要聲張！」

伍震榮大怒的眼神，狠狠的射向青蘿，她卻只當沒看見。

漢陽看向皇上皇后，問道：

「今日查案，是不是可以告一段落？玉帶鉤疑案，總算還了太子清白。究竟是誰偷的，請容下官再來調查！」

青蘿卻語不驚人死不休的說道：

「青蘿知道是誰偷的！」

太子大驚，看向青蘿問道：

「是誰偷的？」

青蘿看向伍震榮，鎮定的說道：

「就是和青蘿一起進太子府的那三個美人，她們已經把玉帶鉤交給榮王手下了！」

這一下，伍震榮怒不可遏，大吼說道：

「妳不要胡言亂語！簡直是吃裡扒外，本王要殺了妳！」

伍震榮一面說，一面從衛士身上，拔劍就對青蘿直刺而去。事發倉卒，青蘿起身想躲，哪兒躲得開，只見劍鋒刺向青蘿肩頭，立刻濺血。世廷驚呼：

「榮王息怒！」

太子大驚，喊道：

「青蘿！」

伍震榮怒發如狂，抖了一個劍花，一招「蛟龍分水」持劍再對青蘿刺去。只見太子拔身而起，飛躍過來，一式「雙龍抱珠」，立刻矮身抱起倒地的青蘿，雙手忙著，腳也沒有休息，站起身子，就一個迴旋踢，踢向伍震榮的劍。太子改用單手抱著青蘿，使出空手入白刃的功夫，和伍震榮徒手大打起來。鄧勇想護衛太子卻無從插入，只能凌空拋了一柄劍給太子。他俐落的接住，就一手抱著青蘿，一手揮舞著長劍和伍震榮過招。兩人劍出如風、迅若閃電、劍影森森、招招致命，兩劍相交，火花四濺。轉眼之間，雙方已各攻防十餘招。伍震榮邊打邊喊：

「我要殺了那丫頭！我要她的命！」追著太子揮劍。

眾人驚愕至極。太子邊打邊跑邊喊：

「父皇！青蘿手無寸鐵，弱女子一個，榮王是到太子府來逞凶的嗎？」

皇上震聲怒吼：

「榮王！住手！你要殺人滅證嗎？當著朕的面，你就膽敢在太子府行凶！這樣刺殺婢女……你你……」氣得發抖：「真的被朕縱容到如此地步！今天朕總算親眼看到了！」起身，大喊：「氣煞朕也，擺駕回宮！」回身就走。

伍震榮這才驚覺失態，趕緊跳開收劍。

太子怒沖沖瞪著伍震榮。

皇后、世廷等人急忙跟著皇上出門。漢陽深深看了太子和還在滴血的青蘿一眼，然後跟著皇上而去。

太子這才驚魂未定的對皇上的背影喊道：

「父皇母后，請恕孩兒不送！」

青蘿受傷不輕，太子把她抱進自己的寢宮，放在臥榻上，御醫立刻圍繞，經過治療，將青蘿左臂的傷口包紮好。御醫對太子說道：

「別擔心，雖然流血不少，幸好沒傷到筋骨，只要好好保養，臣天天換藥，過個十天半月就會痊癒的！臣告辭！」

御醫和閒雜人等退出了，太子妃拍著胸口說：

「還好還好！」看著臉色蒼白的青蘿，由衷的感激無比：「青蘿，難為妳了！妳保住了我們太子府，以後不能把妳當婢女看待了！」

太子在臥榻前坐下，深深看著青蘿問：

「妳怎麼知道要說玉帶鉤二十多天前失去了？妳怎麼會把楓紅她們三個都拉扯進來？伍震榮那脾氣妳還不知道？妳寧可為我被刺死嗎？這麼大的風險，妳為什麼要冒險？」

青蘿凝視太子，坦白的說：

「我們四個，都是被訓練過的！太子府裡的大事小事，除非我們不要管，要不然，我們都會知道。玉帶鉤之事也是這樣的！」

「妳差點送了命！」太子感動的說：「要不是我手腳快，妳已經身首異處！」

「奴婢要謝謝太子，救了奴婢一命！」青蘿誠懇的說：「那伍震榮是奴婢殺父仇人，只要能扳倒他，奴婢不在乎生死！救太子，更有我一片知遇報恩之心！」

就在這時，楓紅、白羽、藍翎一擁而入。楓紅急切的撲到臥榻前說：

「青蘿，妳把我們三個都出賣了？我們哪有偷玉帶鉤？」

青蘿勉強支起身子，去握住楓紅白羽的手，情真意切的說：

「我不是出賣妳們，是給了我們四個一條新的路去走！從此，讓我們一起效忠太子吧！我們當初在榮王府，哪一個沒有吃盡苦頭？但是，太子府讓我們覺得像個家！我們就把這兒當家了，好嗎？」

三個女子眼淚汪汪，太子妃就擁住了她們，真摯的說：

「歡迎加入我們這個家！」

青蘿抬頭看太子，眼裡帶著懇求。太子也動容的看著她，對她深深的點了點頭。

「從此，妳們四個，就是本太子的人了！」太子說，看著太子妃手中的四個姑娘。心想，伍震榮大概做夢也沒想到，送進太子府的奸細，居然全部背叛了他！

❖

皓禎離家第三天。

吟霜兩手被綁在公主院長廊的木柱上，宮女在吟霜的腰部纏上兩圈長布條，接著左右兩邊的宮女分頭拉緊布條，勒緊吟霜腰胸之間，讓她呼吸困難。宮女在崔諭娘示意下，下手越來越狠，吟霜無法呼吸，痛苦得直冒汗。

蘭馨面對著吟霜，坐在坐榻上喝茶，慢悠悠的說：

「本公主算是佛心來的，這會兒也沒把妳的好姊妹香綺召進來，省得她吃苦，這點妳可要感謝本公主！」

吟霜痛苦已極，哀聲問道：

「公主……奴婢到底是……犯了什麼錯？您何苦……要這麼做呢？」

「犯了什麼錯？就等妳告訴本公主呀！」蘭馨大聲的問：「妳和駙馬之間，是不是有什麼不可告人的祕密？妳自己呢？有沒有不可告人的祕密？」

「沒有！完全沒有！公主，您真的誤會了！請相信駙馬！」

「妳再嘴硬，就是自討苦吃！」崔諭娘對宮女下令：「再用力拉緊！」

「不要！求求妳們，不要！」吟霜哀號。

蘭馨走到吟霜面前，抓著吟霜頭髮往後拉：

「本公主相信自己的眼睛，也懶得天天想法子對付妳。妳要是想好好活著，少吃點苦頭，就從實招來！」

「公主，我已經全招了，真的沒有，求求公主，放了奴婢！」

「放了妳？那麼誰來放過本公主？從嫁入了將軍府到今天，皓禎千方百計逃避本公主，對妳這個丫頭卻親熱得很！」用力再拉扯吟霜的頭髮。

吟霜又被扯頭髮，又被勒著腰，痛苦萬分，不禁掙扎。蘭馨喊：

「拉緊！再拉緊！」

吟霜受不了，眼神凝聚，拚命用力來抵抗痛苦，痛楚的唸著：

「心安理得，鬱結乃通。治病止痛，輔以氣功。正心誠意，趨吉避凶。心存善念，百病不容！」

隨著口訣，吟霜不由自主的用了氣功，勒緊她的布條忽然像散花一樣爆裂開來，綁住的雙手布條也同時散開。吟霜頓時不支的跌落地，狐毛玉佩卻從她衣裳裡掉落出來，滑到老遠。

蘭馨一見，喊道：

「狐毛玉佩！原來這傳言中的狐毛玉佩，在妳的身上！」

崔諭娘也震驚無比，對蘭馨低語：

「聽說妖狐會附身在某一件物品上！」

吟霜看到玉佩滑出去了，就支撐著身子，爬到玉佩邊，用手去抓那玉佩。蘭馨一腳就踢開了玉佩，怒極的喊：

「崔諭娘！去拿一根大鐵錘來！我們去後院砸碎這塊玉佩！」

吟霜慘烈的叫：

「不要啊……不要啊……」

不管吟霜叫得如何慘烈，依舊被宮女衛士拉到了後院。只見狐毛玉佩放在一塊大石頭上，吟霜面無人色的被幾個宮女壓制著，在一邊觀看。

崔諭娘把大鐵錘遞給蘭馨。蘭馨舉起大鐵錘，對著那玉佩就砸了下去。同時間，吟霜閃電般掙脫宮女，撲上來用右手去壓住玉佩。鐵錘這重重一砸，就砸在了吟霜右手背上。

吟霜大痛！仰頭向天慘叫：

「啊……」

吟霜的手背，立刻出血，慘不忍睹。蘭馨冷冷說道：

「看來妳這個來路不明的女神醫，也不是金剛不壞之身嘛！」對宮女們喊：「拉開她的手！」宮女們拉開吟霜的手，吟霜已經臉色慘白，額汗涔涔，快要暈倒了。

蘭馨拿起鐵錘，再重擊玉佩，玉佩頓時四分五裂。吟霜看著，滿眼淚水，心也跟著四分五裂了。蘭馨再舉起鐵錘，不斷砸在玉佩上，直到玉佩粉身碎骨。

蘭馨喘吁吁，力氣用盡。

「好了！本公主累了，要休息一下！」

崔諭娘對宮女喊道：「還不趕快來收拾這些碎片！」

「這些沒用的破爛東西，有人居然把它當寶貝！」蘭馨接口：「趕快清理一下，丟到廢棄堆裡去吧！」就帶著崔諭娘和宮女們離去。

宮女們上來清理玉佩的殘骸。吟霜含著滿眼的淚，看著玉佩被掃進簸箕，又眼睜睜的看著玉佩的殘骸被帶走，她的心跟著玉佩而去，再也支撐不住，癱倒在地。

39

皓禎和魯超正在趕路。天空中，矛隼盤旋哀鳴著。皓禎一驚：

「猛兒！這一路都沒看到牠，也沒辦法向吟霜報平安！現在牠怎麼來了？」就抬頭喊道：「猛兒！你有消息帶給我嗎？」

只見猛兒哀鳴著，沒有飛下來，卻向長安城的方向飛去了。

不祥預兆頓時湧上皓禎心頭，他喊道：

「不好！猛兒不肯停，直接飛向長安去了！魯超，我現在心驚肉跳，我們必須快馬加鞭回家去！」一拉馬韁：「駕！」

皓禎的馬，如箭離弦般衝了出去。魯超也一拉馬韁，跟著衝了出去。

兩匹快馬，在路上飛馳不停。

❖

將軍府裡，吟霜的慘狀還沒人知道。蘭馨和崔諭娘捧著點心盤子而來，笑著對雪如和柏凱說道：

「爹、娘，蘭馨親手做了幾樣小點心，送過來孝敬兩位！不合口味可別罵蘭馨喲，我還在學習呢！爹娘知道，蘭馨在宮裡並不動手的！」

「哦！」柏凱驚喜：「妳太有心了！放下吧！讓本將軍嚐嚐！」

崔諭娘和蘭馨就放下點心。

柏凱吃著點心，不斷點頭，稱讚的說：

「好吃好吃！蘭馨跟名字一樣，蕙質蘭心！」

「字不同！但蘭馨能夠得到爹的讚美，太高興了！」

雪如也吃著點心，卻有點心事的問道：

「不知道吟霜和香綺那兩個丫頭，在公主院的表現如何？假若不能達到公主的滿意，就讓她們早點回來吧。」

「很好很好，這點心還是吟霜幫忙做的。娘，蘭馨特別喜歡吟霜，如果娘不是那麼需要她，就讓蘭馨留她在公主院過夜吧。」蘭馨說。

「這兩天，我都沒看到她，她還好吧？」雪如猶豫。

「她昨晚不是還回到將軍府嗎？」蘭馨驚訝的問：「難道她抱怨了什麼？」

雪如趕緊回答：

「沒有沒有！她怎會抱怨什麼？公主待她好，她感激都來不及！」

柏凱吃著點心，愉快的說：

「公主要個丫頭，小事一件！不用跟婆婆報備，照准！」

「謝謝爹！」蘭馨一笑。

雪如不安的看了蘭馨一眼，見蘭馨笑臉迎人，就不疑有他了。萬一有什麼事，蘭馨還能如此鎮定，做點心送來嗎？

❖

這時的靈兒和寄南，騎著馬，慢悠悠的在街道上踢踢踏踏走著。靈兒說：

「這次跟著漢陽辦案，有很多收獲，那個漢陽，的確是一個人才！」忽然好奇的問寄南：「你說，漢陽長得俊，學問好，年紀輕輕就當了大理寺丞，怎麼到現在還沒成婚呢？他房裡也沒收房丫頭，難道男人除了皓禎，也有潔身自好的人？」

「喂！」寄南生氣：「妳是我的小廝，不要跟著漢陽出去走一趟，就滿嘴漢陽這個，漢陽那個！妳也想想妳的主子好不好？」

「你？」靈兒瞪眼：「你還真以為你是我主子？少做夢了！你有什麼好想？你學問沒人家好，長得沒人家俊，人品沒人家好，就是生來是個王爺，全靠你姑姑……」

靈兒話沒說完，寄南的馬鞭作勢要對她抽來。

「妳再對本王爺出言不遜，我就抽妳幾鞭！」

「你敢？」靈兒也揮舞馬鞭：「看看我們誰比誰強……」

靈兒話沒說完，忽然猛兒的哀鳴聲急切的傳來。兩人立刻休戰，不約而同的抬頭。只見猛兒在兩人頭頂盤旋，又飛向將軍府去。靈兒大叫：

「不好！吟霜一定有難！皓禎出門，鐵定還沒趕回來！我們快去將軍府看看！」

兩人急忙一拉馬韁，在街道上疾馳。

❖

吟霜確實有難，她在那間練武房貼著牆坐著，臉色慘白，被砸的右手血痕未乾，心裡在自語：

「公主還要怎麼對付我？我的藥丸都被她們搜走了，如果不回小小齋，我也沒法為自己療傷，怎麼辦？皓禎！對不起，我沒把自己保護好，還失掉了你給我的玉佩！」

房門一開，蘭馨帶著崔諭娘進來。

「妳坐在這兒，有沒有閉門思過？」蘭馨問：「我呢？越想越氣，駙馬的玉佩居然在妳身上，那妳就是我的敵人。對付敵人，宮裡有許多作法，這些年來，我看著看著也學了不少！為了懲罰妳什麼都不說，我要用讓妳嚐嚐『肉刷子』的滋味！」

吟霜恐懼的問：

「什麼肉刷子？」

「妳馬上就會知道什麼叫『肉刷子』了！」崔諭娘陰森森的說。

宮女們就上前，把吟霜架了起來。又把吟霜拉到後院去了。

只見後院裡，有個小火爐，裡面燃燒著熊熊烈火。小火爐上有一壺熱騰騰滾開冒煙的水壺。火爐旁放著一張矮桌，桌面上固定著一個像手銬的裝置。桌上也放著一個刑具盒，盒內裝有數個名為「肉刷子」的刑具。吟霜恐懼的看著那刑具，只見是幾個像髮刷般的圓形鐵器，上面像刺蝟般長滿了尖銳的刺。

吟霜被拖上前，跪在桌前地上。蘭馨端著刑具盒到吟霜面前，陰森的說道：

「妳知道這套刑具叫什麼嗎？」拿起一根肉刷子在吟霜面前晃：「這叫做『肉刷子』，上面一根根細細的是尖銳的鐵釘，想必妳也不知道這『肉刷子』的用法吧？」大喊：「崔諭娘，把吟霜的雙手抓出來！」

蘭馨一腳踢向吟霜，讓她跪趴在矮桌上。崔諭娘和宮女將吟霜的雙手手腕，鎖進了固定在桌面的手銬上。吟霜一隻手還是血肉糢糊的。蘭馨說道：

「妳右手已經受傷了，我們就侍候妳的左手臂吧！」把吟霜的袖子拉高，將肉刷子輕輕的在吟霜的手臂上刮著：「這肉刷子就是這個用途，但是妳以為這是在搔癢是嗎？那妳就錯了！」蘭馨對吟霜笑笑，繼續說著：「首先，本公主會用開水把妳這潔白的手臂燙一燙，燙熟了之後，再用這個滿是鐵釘的肉刷子，刮得妳血肉模糊，接著呢……」抓起桌上備著的一把鹽，撒在吟霜的手臂上：「在妳的傷口上撒滿鹽巴，然後，再燙第二次，刷第二次……這樣一次一次的刷，直到看到骨頭為止！妳覺得這個刑具，是不是很有趣呢？」

吟霜聽得驚心動魄。蘭馨看到吟霜受傷的右手，就抓了一把鹽，撒在傷口上，說：

「先拿妳右手這個傷來試試鹽的功用！」

吟霜痛澈心扉，慘叫：

「啊……不要啊！」

「鹽的功用明白了！就上菜吧！那鹽只是調調味道而已！」

吟霜知道大難臨頭，不禁哀懇的看著公主，求饒的說：

「公主，不要！不要這樣！公主求求您！奴婢知錯了！原諒奴婢吧！」

蘭馨大喊：

「崔諭娘，把開水拿過來！」

崔諭娘興奮的去提水壺。拿來冒著煙的滾開水交給蘭馨。蘭馨對吟霜說：

「妳誰不好惹，居然惹上本公主，那就怪妳自己不長眼！」

蘭馨眼睛眨也不眨，就對著吟霜的左手臂淋上開水。吟霜哀鳴痛喊，哀鳴聲幾乎傳到了九霄雲外。後門口，小樂已經徘徊了一陣，此時，吟霜的痛喊聲驚動了他，也驚動了守衛，小樂再也不管了，用力推開也被哀叫聲驚動的守衛，直衝進後院。

小樂一看，吟霜被滾水燙得痛喊，嚇得魂飛魄散，掉頭又向外跑，邊往外跑邊喊：

「不好了！不好了！這回得找公子回來才行呀！要命啊！可憐的吟霜姑娘呀！妳要撐著點啊！哎喲！」

小樂奔出了將軍府的大門，正巧就撞上了寄南和靈兒。寄南驚問：

「小樂！你幹什麼這麼慌張？出了什麼事情了？」

「我……我得去找公子回來！人命關天，別攔我！」小樂繼續往外跑。

靈兒抓住小樂問：

「什麼人命關天？是不是吟霜出事了？你要到哪兒去找公子呀？」

「那個……」小樂慌亂：「公主對……對吟霜用刑！我得去搬救兵呀！」

「什麼？對吟霜用刑？可惡的公主！我就是救兵！」靈兒大震喊道。

靈兒說完就飛也似的奔進了將軍府，又奔向了公主院。寄南拉回小樂說：

「別找皓禎了，我們先進去救人要緊！」轉身向靈兒大喊：「裘兒，別衝動！等我呀！」

寄南和小樂追進將軍府，向公主院飛奔。

❖

後院裡，早已慘不忍睹。

吟霜的左手袖子捲得高高的，整隻手臂已經紅通通的一大片，痛得臉色慘白，微弱的呼吸著。蘭馨並沒有想收手的意思，拿著「肉刷子」對著吟霜被燙傷的左手臂，用力的刷下去。吟霜的手臂隨著刮痕立刻出血，又再次哀鳴痛喊：

「啊……啊……請住手……請停止……」

靈兒才跨進後院，就見到這個慘狀，聽到吟霜的痛喊。她急怒攻心，就在蘭馨第二次刮著吟霜之時，拿出飛鏢射飛了「肉刷子」，接著就飛躍到蘭馨面前，將她推倒在地，壓住蘭馨痛打，喊道：

「妳這個惡魔公主，居然敢對奴婢用刑！管妳是什麼來頭，今天我絕不饒妳！」

靈兒突然冒出，蘭馨雖然一時措手不及，但也反應靈敏，一招「翻花舞袖」，突然一個打挺，就踢飛了靈兒，躍起身，抽出身上的鞭子迎戰，嘴裡大喊：

「來者是誰？好大的膽子，竟敢對本公主動武！」

「我是正義使者！專門來收拾妳這個壞心腸的惡魔公主！」靈兒嚷道。

「正義使者？沒聽過！報上你的名號來！」蘭馨揮著鞭子。

靈兒連翻幾個觔斗躲避鞭子，氣勢洶洶的喊道：

「什麼名號聽不懂！本人是靖威王竇寄南的小廝，外號叫作『風火球』，怎麼樣！」靈兒到處亂蹦亂跳，躲著蘭馨的鞭子。

蘭馨追著靈兒打，怒喊：

「小小僕從，口氣不小！」突然停住腳步，終於明白：「喔！你就是竇寄南的小廝，也就是和竇寄南搞什麼斷袖之癖的人！既然是竇寄南的人，也就是自己人，本公主就看在竇寄南的份上，今天饒你不死！」

「妳想饒我，我裘兒可不饒妳！」靈兒跳上石桌，再躍下飛撲蘭馨，搶下她的鞭子，用鞭子纏住蘭馨的身子，讓她動彈不得：「妳以為當公主了不起！用刑欺負下人，妳連當人都不配！」

這時小樂和寄南匆匆趕到後院，就見到靈兒壓倒公主。皓祥和翩翩也聞聲趕到，震驚的看著這場混亂。寄南制止大喊：

「裘兒！快放了公主，妳這樣對待公主，會殺頭的！」

靈兒怒不可遏的喊道：

「你看看這個公主幹了什麼事，她對奴婢用酷刑啊！」向寄南使眼色。

寄南轉眼看到吟霜慘不忍睹的雙手，眼睛都不敢多看，心痛極了。小樂著急喊：

「竇王爺，快救救吟霜姑娘吧！」

寄南怒視著崔諭娘，大吼：

「還不把吟霜的手銬解開！」

崔諭娘遲疑，看向被壓倒在地的蘭馨。

蘭馨趁靈兒不備，用後腳跟往後一踢，靈兒一痛鬆手，蘭馨驟然起身，對寄南喊：

「寄南，本公主在教訓丫頭，你少插手！」

「這個丫頭犯了什麼錯？有必要用上刑具嗎？妳是不是當公主當到暈頭了！」寄南氣極，忍不住對蘭馨大罵。

「你縱容你的小廝對本公主無禮，現在還敢教訓本公主！你這個小小靖威王才是昏頭了！」蘭馨大怒，對寄南吼了回去。

「趁我現在還有理智的時候，妳快放了吟霜，否則我也一樣教訓妳！」

「一個卑賤的丫頭，還值得你不依不饒的！本公主今天就是不放人！看你敢把我怎麼辦？」

蘭馨的鞭子早就落在靈兒手上，見蘭馨蠻橫，便又對著蘭馨揮鞭。蘭馨一閃，沒被打到。靈兒跳腳大罵：

「什麼卑賤的丫頭，妳才是一個混帳魔頭！」

「可惡賤僕！把鞭子還來！」

「有本事欺負奴婢，沒本事搶回鞭子，妳這個傲慢公主，真是個笑話！」

公主院的這場大鬧，驚動了將軍府，柏凱和雪如走到院子裡，只見僕人和丫頭們紛紛奔向公主院。柏凱急忙喊：

「袁忠！什麼事情鬧哄哄的？」

「將軍，聽說竇王爺和他的小廝，跟公主打起來了！」袁忠回答。

「什麼？竇王爺什麼時候來的？我們趕快去看！怎會打起來呢？」雪如驚問。

「據說是因為公主對吟霜丫頭用刑的緣故！」

「吟霜？用刑？」雪如大驚失色。「我們快去！在哪兒用刑？」

「在後院裡！」

雪如、柏凱、秦媽、袁忠急急趕到後院，雪如一眼看到吟霜的傷痕，看到她氣若游絲的痛苦模樣，又看到刑具，頓感椎心之痛，無法言喻的大喊：

「通通住手！」怒瞪崔諭娘：「快放了吟霜！」

蘭馨、靈兒停了手，崔諭娘識相的趕緊打開手銬。吟霜立刻癱倒在地。

柏凱不可思議的看著刑具，再看蘭馨：

「肉刷子！在我們將軍府，居然有這種刑具？誰告訴我，這是怎麼一回事？」

「先救吟霜要緊！」雪如著急：「秦媽、小樂，趕快把吟霜帶回去請大夫醫治！」

「我來！我來！」寄南熱心的說：「這種緊急時候，也不管男女之別了！」

寄南抱起吟霜，小樂跟在後面，快速的離開公主院。靈兒還拿著蘭馨的鞭子，跟著寄南離開。雪如這才緩過氣來，氣憤的對蘭馨說道：

「將軍今天才誇妳蕙質蘭心！難道送完點心，妳馬上再來虐待丫頭？這就是妳要留下她過夜的原因？妳要把她弄成怎樣才滿意？妳好歹是個公主，為什麼這樣折磨一個丫頭？」

「在我袁柏凱的家裡，從來沒有對任何下人用刑！」柏凱更是嚴厲：「蘭馨公主，妳開了我們袁家的例子！本將軍看在皇上皇后的面子上，對妳輕不得，重不得！但是妳已經是袁家的兒媳婦，所作所為，沒有公主的風範，也該有袁家的氣度！」

蘭馨被雪如和柏凱罵得怒極，大聲喊道：

「公公婆婆，你們不要一人一句指著我罵，那個丫頭，身上有皓禎的狐毛玉佩！你們能不能告訴我，她到底是什麼來歷？」

「狐毛玉佩？」柏凱一驚。

雪如還來不及開口，靈兒拿著蘭馨的鞭子折回來，把鞭子丟還給蘭馨。她聽到蘭馨的問題，就忍不住接口了：

「妳想知道吟霜是誰嗎？她是妳絕對不能碰、絕對不能傷害的一個人，她是竇王爺、少將軍和我們許多許多人眼裡的女神醫、女英雄！妳把她折磨到這個地步，妳成了我們大家眼裡的魔鬼！妳想要少將軍恨妳，恭喜妳，妳成功了！」

靈兒說完，轉身而去。

雪如一拉柏凱：

「走吧！」對蘭馨正色說道：「別把這公主院，變成一個充滿血腥暴力的地方！這兩個丫頭，再也不會來公主院當差了！」

柏凱有著滿腹狐疑，卻再也不想看到那行刑現場，跟雪如一起離開了。

皓祥一直在旁邊看熱鬧，意猶未盡的說：

「一場好戲，就這樣沒啦！」

翩翩想向公主套近乎，又怕挨罵，看看蘭馨臉色，還是決定放棄：

「我這二夫人還是少開口好了，公主多保重！」翩翩和皓祥匆匆離開。

轉眼間，人都散了，蘭馨陷進極度的挫折和震撼中。

❖

回到了小小齋，吟霜半躺半靠的坐在床榻上，蓋著棉被，受傷的雙手放在棉被上。香綺、靈兒、雪如、秦媽都圍繞著她。香綺拿著藥丸和水：

「小姐，這止痛藥丸先吃下去！小樂已經去熬藥和煮參湯了！」

秦媽扶著吟霜的頭，吟霜衰弱的吃了藥。雪如心痛的說：

「傷得這麼重，怎麼辦？吟霜，我答應了皓禎，要好好照顧妳，結果把妳照顧成這樣，我被蘭馨騙了！她送點心來，笑容滿面，我真沒想到她會這樣狠！」

吟霜不安的在床榻上對雪如行禮：

「夫人，千萬別這麼說！先回去休息吧，只是一點外傷，沒有關係的！」

「吟霜……」靈兒著急的說：「妳這次的傷，比上次縫傷口的傷要複雜多了，而且兩隻手傷的不一樣，現在還得妳來教教我們，怎麼幫妳治傷才行？從哪一隻手開始呀？」

寄南伸頭進來看了看，膽戰心驚的說：

「還是去請一個大夫來吧！」

吟霜急忙說道：

「不要！讓我再休息一下，我自己來治！」喘口氣說：「香綺，我右手手背上，被公主灑了很多鹽，妳必須幫我清洗乾淨！要小心，很痛！」

「已經血肉糢糊了，還灑鹽？這怎麼清洗呀？」雪如驚喊。

「夫人……」吟霜對雪如說道：「將軍現在一定在大發脾氣，千萬不要把我和皓禎的事跟他說，他會對皓禎很生氣，對我也不諒解的。請夫人回去吧，竇王爺他們會照顧我的！請回去吧！」

「唉！」雪如心痛至極：「妳說得也是，我先去安撫一下將軍，你們需要什麼，就來找我，或者找秦媽！」

「是是是！夫人慢走！」

雪如搖著頭，秦媽扶著她離去。雪如嘴裡一直喃喃的說著：

「慘啊慘啊……可憐啊……」

雪如主僕離去，寄南就急忙喊道：

「小樂！趕快弄幾盆清水來！哦，小樂去熬藥了！我來吧！清水在哪兒？這兒有井嗎？應該要用清水先把傷口洗乾淨吧？吟霜，妳有力氣教我們嗎？」

吟霜吸了口氣，振作了一下，吩咐道：

「寄南和靈兒，你們幫忙剪白布條，這傷口治療完要包紮起來才行！香綺，清水要燒開再待冷，就是冷開水，要準備很多冷開水！越多越好！還要準備清洗的棉布，剪成小塊，清洗完一個地方，馬上丟掉換新的，所以要很多很多小塊的棉布……」

於是，大家急忙工作，剪布條的剪布條，剪布塊的剪布塊，提水的提水，燒水的燒水。寄南痛惜的說：

「吟霜，妳這雙手，怎麼這麼多災多難呀！一次比一次慘烈，看來妳現在也不能用治病氣功給自己止痛了？妳暫時忍忍啊！」

吟霜脆弱蒼白，冷汗淋漓，連回答的力氣都沒有了。

冷開水來了，香綺洗乾淨了手，就用小棉布塊打濕，試著輕輕去擦拭那傷口上的血塊，吟霜立刻痛到哀叫：

「慢一點！慢一點！哎喲，痛死我了！」

香綺張開雙手，不敢動了。

就在這時，皓禎回家了，他帶著魯超，風塵僕僕的飛趕回來。兩人進了院子，先向小小齋奔去，忽然看到小樂正拉著袁忠幫忙。小樂喊著：

「清水！要很多清水，越多越好！趕快去井邊提水，送到吟霜姑娘那兒去！我還要去廚房拿熬好的藥和參湯，忙不過來了！」

「是是是！我去提水，剛剛秦媽還問，要不要她去吟霜姑娘那兒幫忙？」袁忠問。

皓禎臉色一下子刷白，急喊：

「小樂！吟霜怎樣了？為什麼你們這麼慌張？」

小樂一看到皓禎，立刻悲從中來，放聲痛哭喊道：

「公子！吟霜姑娘被公主用了刑，肉刷子……肉刷子……好慘好慘啊！」

皓禎大驚：

「用刑？肉刷子？」

他對著小小齋就狂奔而去。魯超一把抓住袁忠：

「提水？我去提！袁忠你陪小樂去拿藥和參湯！」

皓禎衝進小小齋的院子，就喊著：

「吟霜！吟霜！」

臥室裡的吟霜，一聽到皓禎的聲音，就趕緊把剪好的布條要蓋在手上，奈何兩手都受傷，不知蓋哪一隻好。她著急的說：

「不好！皓禎回來了，靈兒寄南，你們出去攔著他，不能讓他看到我這樣子！快點去攔著他！」

靈兒想也不想，就急忙衝出去，在院子裡攔住了皓禎。

「不能進去！不能進去！」

「為什麼不能進去？」皓禎看靈兒神色，有點明白，大急：「她怎樣了？妳讓開！別攔著我！」

靈兒伸長了手，左擋右擋：

「不能進去！吟霜不要你看到她現在的樣子，你在這兒坐一下，等我們幫她包紮好了，你再進去！」

皓禎一聽，把靈兒重重一推，靈兒哪兒經得起他的大力氣，往後飛跌出去。寄南奔出來，正好接住了靈兒，嘆氣說：

「靈兒，現在怎麼攔得住他呢？皓禎，進去吧！你心裡有點譜，別嚇著，她被用了刑，皮開肉綻，我們正在聽她的指揮，如何治療……」

寄南話沒說完，皓禎已經衝到屋裡去了。

臥室裡，吟霜的雙手，都被一塊大白布蓋著，她的臉色，也和白布差不多。皓禎撲到床前，仔細察看吟霜，看到她下巴上被木劍劃出的傷口，立刻紅了眼睛：

「她居然敢弄傷妳的臉？用什麼東西劃傷的？」

吟霜努力擠出一個微笑，弱弱的說道：

「臉上沒關係，過兩天就看不出來了！只是一個小口子！」

皓禎看看那塊白布，就去小心的揭開。吟霜慘不忍睹的右手和左手臂，就完全暴露在他眼前，皓禎立刻抽了一口冷氣，閉上了眼睛，喘了一下，再鼓起勇氣睜眼去看那兩隻手。他良久沒抬頭，最後只啞聲問：

「這左手臂怎麼都是血水泡……」頓住，又問：「右手怎麼弄的？」

吟霜傷心起來，淚水盈眶：

「是我不好，沒把玉珮收藏好……一不小心讓玉佩掉出來了……公主……用鐵錘打碎玉佩……我想去搶救……皓禎，那塊玉佩……毀了……」眼淚落下來。

「所以，右手是被鐵錘打的……」

香綺小小聲插嘴：

「傷口上還灑了鹽，我們正想辦法要把鹽洗掉……」

皓禎猝然起身，轉身衝出房間，衝到院子裡。他靠在牆上，身子順著牆滑落在地，坐在那兒，用雙手抱住頭，痛哭失聲。寄南奔來，抓著他的肩膀，試圖穩定他。

「你這樣痛苦，吟霜不是更痛了？我們現在要趕快幫她治療呀！」

皓禎跳起來，崩潰的掙扎，咬牙嘶吼的說：

「我要去殺了那個公主！」

皓禎掙脫了寄南，就往外衝去。寄南死命抱住他，大喊：

「裘兒來幫忙，絕對不能讓他現在去公主院，會出人命的！」

靈兒飛奔過來，攔住了皓禎，說道：

「皓禎，你別亂來，現在要先救吟霜！她元氣大傷，沒辦法為自己止痛，如果我們不趕快治好她，她會痛死的！只有你，才是她的『止痛藥』啊！」

皓禎被這一番話提醒了，淚眼看著靈兒，喃喃的說道：

「是！先救吟霜……先救吟霜……」

40

香綺正在幫吟霜清理傷口，吟霜痛得額上冒冷汗，卻咬緊牙關不敢喊痛。皓禎進門，眼眶漲紅，吟霜就用哀懇的眼光看著他，婉轉的說道：

「皓禎，千萬不要再去公主院，靈兒已經跟公主大打出手，驚動了你娘和你爹。現在，不管是公主院還是將軍府，都被我鬧得亂七八糟，我已經懊惱極了……」

靈兒端了一盆乾淨的冷開水進來，把沾血的白布條收去丟掉。皓禎看看吟霜，看看香綺，就去洗手盆那裡洗乾淨手，然後走到香綺身邊，簡短的說：

「香綺！讓我來！」

香綺的手顫抖著，不放心的看著皓禎說：

「公子，你行嗎？那些鹽都化了，有的都跟血塊凝結在一起，要很輕很輕的弄，稍微重一點，血就又流出來了！還要小心，別碰到那隻被肉刷子刷過的手……」

皓禎深吸口氣，堅定的說：

「妳讓開！我來！」

香綺退開，皓禎就在香綺的矮凳裡坐下，接手香綺的工作。皓禎看著那隻右手，再抬眼深深看向吟霜，說：

「上次縫傷口，把妳縫得暈倒，該怎麼弄才能讓妳不痛，妳教我！我會慢慢的、輕輕的弄，如果弄痛了妳，請妳叫出來！我不要妳咬著牙關忍痛！聽說，叫出來會比較不痛！」

皓禎說著，就拿了小布塊，蘸濕了水，仔細找著有鹽和血塊凝固在一起的地方，輕輕的、輕輕的洗著傷口。吟霜看著他專注的，低俯的頭，很想伸手抱住他，就微微動了動另外那隻手。

皓禎立刻驚跳的喊：

「我弄痛妳了！」

吟霜含淚而笑，坦率的說道：

「沒有沒有！我好多了……」指導著：「看到嗎？那兒有個比較大的血塊，要用溫水，溫水會讓鹽和血塊化開……」

香綺捧來溫水：

「公子，這兒是溫水！」

皓禎把沾著血的布片交給靈兒，再用乾淨的布片浸入溫水打濕。他仔細的用溫水布片洗著血塊，頭也不抬的說著：

「以前弟兄們受傷了，我也幫他們包紮傷口！從來沒有一個傷口，讓我覺得這樣毛骨悚然！吟霜，妳不肯叫痛，但是我知道妳有多痛！如果妳有力氣為自己止痛，請妳告訴我一聲！但是，妳運氣的時候，先幫我止痛吧！」

吟霜眼中含著淚，唇邊，卻帶著笑。

「是！如果我有力氣了，我一定告訴你！」

接著，小小齋裡陷進無比的忙碌。小樂和香綺不斷捧來乾淨水盆，再把浴血的水盆拿去倒掉。皓禎不停的、專心的清理傷口。靈兒和寄南在小廳幫忙剪新的棉布片。魯超提了水桶到院子裡，再把空了的水桶拿去繼續盛水。袁忠一會兒送來熬好的藥，一會兒送來蔘湯。皓禎額上不停冒著汗，靈兒只能幫他擦汗。終於，靈兒不忍心的說：

「皓禎，你都忙了快一個時辰了！換香綺吧！那個傷口我真的不敢碰！」

「我快弄好了！血塊和鹽塊都清理乾淨了！你們誰都不要幫忙，她這些傷口都是我帶給她的，我要親自治療完，幫她包紮好！」皓禎堅決的說。

「該吃藥了！香綺，妳來餵小姐吃吧！」小樂捧著袁忠送來的藥進屋。

皓禎站起身，接過藥：

「這也是我的工作！我來！」就認真的對吟霜說：「吟霜，等妳好了，也教我那個治病氣功吧！如果我有了這個絕活，就能在妳受傷的時候幫妳解痛，不會把妳弄得這麼慘，痛到傷口都在痙攣，還不敢喊痛！」

吟霜看了皓禎一眼，心痛的問：

「你的任務順利完成了？是不是經過一番血戰？你沒休息就連夜趕回家嗎？多久沒睡覺了？黑眼圈那麼重，現在那隻手可以包起來了！你先去睡吧！好不好？」

「我的任務……」皓禎痛心回想在清河渡口的大戰，痛定思痛：「原來，當我在為這個王朝效忠，拚死血戰的時候，妳正在被這個王朝的公主用各種刑罰摧殘，這是不是太諷刺了？這李氏王朝，還值得我繼續賣命嗎？」

「你別一桿子打翻整條船！」抱了許多棉布片和包紮布條的寄南進房，對皓禎正色說道：「這是兩碼事，一碼歸一碼！吟霜受虐與我們效忠無關。如果沒有你、我和天元通寶，會多少人流離失所？多少人無辜送命？祝大人一家十口就是例子！」看看吟霜，說道：「吟霜有句話說對了，你這種悲憤心情加上過度疲乏，還是去休息吧！」

「不好！現在，吃藥吧！」皓禎端起藥碗，餵著吟霜：「吃完藥再治左手！」

「這隻手被開水燙過，還要清理那些水泡，比較麻煩……」吟霜喝著藥說。

皓禎一個驚跳，放下藥碗喊道：

「開水燙過？」

「你不知道『肉刷子』是怎樣用的？」寄南說：「先要把皮膚燙熟再用那鐵刷子刷！所以那燙傷的水泡裡，現在都是血水！」

皓禎一個踉蹌，差點站不穩。寄南趕緊扶住他。

「你堅持親自處理傷口，我只能坦白告訴你！你去休息，這兒換香綺吧！」

「不！我來！」皓禎勉強支撐著自己，坐回矮凳裡。

皓禎就端起藥碗，一匙一匙的餵著吟霜吃藥。

餵完了藥，吟霜的右手已經包紮好。開始處理左手臂上的傷口。皓禎看著那手臂，眼光發直，倒抽冷氣。吟霜盡量輕描淡寫的指導著：

「那些水泡，一定要一個個挑破，你不要怕我痛，香綺已經準備好燒過的針了，挑破了，讓裡面的血水流出來，然後用棉布吸乾……每一個都要挑……每一個都要吸，然後塗上我爹的藥膏……最後包紮起來……」

皓禎深吸口氣，開始用針挑著水泡，額上冷汗涔涔，靈兒又不停的幫皓禎擦汗。皓禎專注的挑著水泡，逐漸眼角含著淚。吟霜痛極，咬牙忍著，逐漸眼角也含著淚。靈兒又忙著為兩人擦淚。寄南忙進忙出，東張西望卻無法幫忙，跌腳生氣的自言自語：

「蘭馨也是和我從小一塊兒長大的，怎麼變成了一個魔鬼，殘忍到這個地步？」

皓禎終於弄完，接過香綺的布條，開始包紮。等到包紮完畢，吟霜眼睛一閉，立刻昏睡過去。皓禎筋疲力盡的把頭靠在吟霜的床上，臉色比床單還蒼白。

房裡房外的人，個個都累得東倒西歪。

❖

第二天一早，蘭馨就煩躁的在屋裡走來走去，問著崔諭娘：

「聽說駙馬爺昨晚就回來了？」

「是！好像也沒回房睡覺，恐怕直接去了那個丫頭房！」

「吟霜的丫頭房到底在哪兒？」

「不是在夫人房的隔壁嗎？」

「崔諭娘，妳去打聽一下，現在駙馬在哪兒？回家居然也不到我這兒轉轉……還有，吟霜那丫頭，有沒有被我弄死？現在怎樣了？將軍和夫人又怎樣了？都去弄清楚，回來告訴我！」

崔諭娘皺著眉回答：

「公主，天一亮奴婢就去打聽了！現在，咱們這公主院和將軍府之間，等於不通了，所有的通路，都被將軍府的衛士守著，說是不讓咱們公主院的任何人過去！所以，什麼消息都打聽不出來！」

「什麼？」蘭馨大驚：「不讓咱們過去？那……妳怎麼知道駙馬回來了？」

「那還是昨晚的消息，今天兩邊就完全隔絕了！他們可以過來，我們不能過去！」

「這不是把本公主軟禁了嗎？」蘭馨一怒：「我的鞭子呢？我殺過去問問！」

崔諭娘急忙死命拉住蘭馨，勸著：

「公主！還是暫時忍一忍吧！昨天那場大鬧，可能也鬧得太大，吟霜說不定撐不下去死了。如果傳出去，公主弄死了丫頭，還是公主吃虧，現在先等等，奴婢隨時會去打探！有消息再告訴您！」

蘭馨憤憤不平的滿室兜圈子。想來想去想不通，咬牙說道：

「這個丫頭有這麼神通廣大嗎？居然讓將軍府封鎖了本公主的路？太不可思議了！她不是人，一定不是人！」

❖

這個早上，大家都很忙，雪如帶著秦媽，一清早就來到小小齋。雪如一邊跨進院子，一邊說道：

「不知道吟霜怎樣了？說真的，看到她那個樣子，我實在心痛，這種心痛，就像我親生的女兒受到虐待一樣，痛到心坎裡！」

「奴婢也有這種感覺！」秦媽不住點頭。

魯超正在院子中打盹，看到兩人，急忙醒神，立刻攔了過來。

「夫人！」魯超悄聲的說道：「公子和竇王爺他們，忙了整整一夜，現在都累得睡著了，最好不要吵醒他們。尤其公子，整夜親自幫吟霜姑娘清傷口，一路急著趕回家，已經幾天幾夜沒睡了！」

雪如大驚，輕聲問道：

「公子什麼時候回來的？怎麼我都不知道？」

「昨天傍晚一回家，就聽說吟霜姑娘受傷了，他直接趕到這兒來，就沒去跟夫人和將軍請安。夫人別怪他，他可辛苦了！」

雪如怔忡不安的說道：

「不會的，不會怪他的，但是……他看到吟霜的情形了？唉！真不想讓他看到！」

雪如說著，和秦媽輕手輕腳走進大廳。只見廳中，寄南、靈兒歪坐在榻上睡著了，個個神情憔悴。雪如悄悄的掠過他們身邊，走進臥室。只見吟霜雙手包紮著，在床上熟睡。皓禎坐在床前那張為她治傷的矮凳裡，趴在床沿，也倦極睡著了。皓禎的手，還輕輕握住吟霜的左手小手指，因為左手只有手臂受傷，手指沒傷。

小樂和香綺躺在地毯上，也都昏睡著。

桌上還有沾血的棉布片，和一盆帶著血色的水，油燈還燃著。

雪如眼神慘淡，心痛如絞，對秦媽低語：

「秦媽，去把我房裡的棉被全抱來，然後幫他們把這兒悄悄收拾乾淨！」

秦媽點頭，立刻轉身去拿棉被。接著，秦媽和雪如，忙著為每個人蓋被。她們蓋得那麼輕柔，大家也都太累了，沒有一個被驚醒。然後，主僕二人加上魯超，把房裡治傷的水盆和帶血的棉布，都拿出去扔了。一切弄乾淨，雪如回到院子，魯超再度迎上前來，挺直背脊對雪如報告：

「夫人！魯超自作主張，把公主院和將軍府隔離了！那位公主太危險，不能讓她到處跑，再來傷害公子和吟霜姑娘！」

雪如點點頭說：

「但是，等到公子醒來，你一定要讓他到上房裡去，昨天的一場大鬧，我已經沒辦法瞞住將軍，他必須親自跟將軍說清楚！」

❖

皓禎保住了巴倫將軍，殺了伍項偉，太子立刻得到了好消息。本想去將軍府慰問一下皓禎，但是，青蘿剛剛受傷，劫金案還沒結束，一時之間，他也不敢輕舉妄動。這天早上，剛剛起床，太子妃就深深看著他說：

「太子，關於青蘿，您預備怎麼獎賞？」

太子愣了一下，說：

「她出自書香門第，也飽讀詩書，我就把她收在我的書房裡，當個內官吧！」

「內官？不夠吧？」太子妃直率的說：「對於一個女子來說，終身才是大事。我看她對太子自始至終盡心盡力，知道楓紅她們三個靠不住，還建議我為太子修建密室，這樣的女子，對太子已是忠心不二，太子還是把她封個『良娣』或是『孺子』，收在身邊吧！」

太子再度一愣，也直率問道：

「難道太子妃不吃醋？」

「太子，您遲早要有很多女人的！」太子妃認真的說：「您是太子，必須多子多孫。我生了佩兒以後，就再也沒有身孕，就算為了皇太孫想，也該有良娣或是孺子。如果您收了青蘿，我等於得到一個貼心助手，反而會非常高興。太子不要擔心我吃醋，這是不可能的事！開枝散葉，才是太子的責任！」

太子深深看太子妃，由衷的說道：

「妳是一個賢慧大度的女子！這事，讓我看著辦吧！今天還要進宮，關於劫金案，伍震榮還是死咬住我不放！在這案子沒有定論之前，我還沒心思去想良娣孺子的事！不過，青蘿這女子，我會放在心上的！」

❖

早朝之後，皇上把太子、伍震榮、漢陽都召進書房。

皇上一抬頭，眼光嚴肅的看向伍震榮，責備的說道：

「榮王！你大鬧太子府，幾乎殺了太子的婢女，你到底在做什麼？朕想來想去也不明白！你還是向朕說說清楚，也讓漢陽弄弄清楚！」

漢陽不待伍震榮回答，就一步上前，行禮稟道：

「陛下，漢陽昨天離開太子府，已經火速查明了青蘿的身分！她原來是榮王的歌伎，和另外三個歌伎一起，被榮王送進太子府的！」

「什麼？」皇上一驚：「那個女子，原來是榮王府的人！」

伍震榮怒沖沖答道：

「不錯！她本是榮王府的女子，是臣送給太子消遣的。誰知此女竟然貪圖皇室地位，不惜出賣本王，捏造事實，混淆視聽！本王相信不久之後，她將是太子的孺子或良娣！」

太子也怒沖沖看著榮王說道：

「榮王實在好心，送了四個美女給本太子『消遣』！父皇，那四個女子，包括青蘿，啟望從來不曾碰過！青蘿那番話，也震撼了我！原來榮王送了四個奸細到太子府，明明想置我於死地！萬一我真的『消遣』一番，說不定早已被她們亂刀刺死！」

皇上不禁不寒而慄，疑惑的看伍震榮問道：

「榮王為何要送美女給太子呢？應該送些古聖先賢的書吧？」

「那些書，方宰相不是都送了嗎？」伍震榮大聲說，怒視太子：「你不要以為買通了青蘿，就能擺脫萬兩黃金大劫案！」銳利的看漢陽：「漢陽，如果你被太子耍得團團轉，你就根本沒有當大理寺丞的資格！」

漢陽不亢不卑的說道：

「玉帶鉤的案子，漢陽認為已經水落石出。榮王地位崇高，相信也不會嫁禍給太子！到底玉帶鉤是在紅樹林發現，還是一直在羽林左監伍項魁手中，這才是榮王應該追究的！再有，就是那萬兩黃金的下落，說不定那黃金就在布局的人手上！如果始終找不到那筆黃金，這案子總之是個懸案……」

漢陽話沒說完，伍震榮毛焦火辣的一轉身，伸手就掐住了漢陽的脖子，怒吼：

「你這小子，你爹到底有沒有教你如何當官？如何查案……」

漢陽頓時被勒得漲紅了臉，瞪大了眼睛，眼看就要一命嗚呼。太子一看大驚，急忙上前，拉住了伍震榮的手，掰著他有力的手指，驚喊：

「榮王！使不得！殺青蘿事小，殺朝臣事大！漢陽還是方宰相的公子！更何況……」有力的說道：「是在父皇的面前！」

伍震榮趕緊鬆手，漢陽撫著脖子，驚魂未定，連退兩步，一直咳著。

皇上驚愕得睜大眼睛說：

「榮王，你最近火氣真大！如果不是朕如此信任你，肯定以為你不把朕放在眼裡！現在，這件黃金大劫案，朕也不想追究了！漢陽，就讓它成為懸案，告一段落吧！」

「咳咳……咳！」漢陽咳著，邊咳邊說：「漢陽……咳咳……漢陽遵旨！」

皇上又說道：

「榮王，朕那『退火消氣丸』十分有效！朕讓太醫給榮王送去！」

伍震榮臉紅脖子粗，又氣又恨又無可奈何。

皇上悄悄和太子交換了一個「此事已了」的視線。

❖

太子和皇上父子同心，總算擺平了「黃金劫案」，不但讓伍震榮破財，還讓他在皇上面前，幾乎真相畢露。搶來的金子，又救濟了許多災民，太子心中竊喜。進了一趟太府寺，差點命喪鑄金房，卻換來意料之外的效果。這皇上駕到，榮王失態，青蘿受傷……許多許多事，他真想和皓禎、寄南分享。但是，此時的皓禎，卻在將軍府的書房裡，被柏凱嚴厲審問著。

柏凱盤腿坐在低矮型書案前，一臉的鬱怒。皓禎跪坐在柏凱面前，他的神情依舊是憔悴疲倦的，為吟霜治傷，比清河渡口的大戰，更加讓他心力交瘁。柏凱突然拍了一下案面，厲聲問道：

「原來吟霜不是丫頭？是你的外室？你明明知道皇上已經看中你當駙馬，還去弄了一個外室？你著魔了嗎？你瞞著家人，就證明你心虛！如果你覺得這事是坦蕩蕩的，為什麼不徵求我們的同意？」

「如果我徵求你們的意見，你們會同意嗎？明知道你們不會同意，徵求又有什麼用呢？」皓禎振振有詞。

「什麼話？所以你是明知故犯！你根本不把父母看在眼裡，也不把你身上的責任放在眼裡。和蘭馨的婚姻，關係多少大事，你居然想把它弄砸了！」

皓禎背脊一挺，怒火騰騰的說道：

「請爹不要提蘭馨的名字！那名字侮辱了我，侮辱了將軍府，侮辱了整個皇室！更侮辱了我為李氏江山效忠賣命的一片心！」

「你為吟霜昏了頭嗎？」柏凱更怒：「這說的還是人話？你一直是我的驕傲，從來不為美色迷惑，怎會糊塗到這個地步？聽說你還趕在大婚前，和吟霜私下弄了一個小婚禮，如果蘭馨知道了，會變成怎樣，你想過沒有？那吟霜從哪兒來的？會不會是伍家派人對你用的美人計？」

皓禎氣昏了，眼睛也漲紅了，沉痛的說：

「爹！如果你不瞭解吟霜，也別給她亂加罪名！她為了我，受的苦難道還不夠嗎？上次為我擋刀受傷，現在躺在那兒不能動，你看過她的傷口嗎？整隻手臂燙出水泡，每個水泡裡都是血水……她已經被折磨得不成人形！你還要偏袒蘭馨來責怪她？」

雪如急忙插嘴：

「好了好了！皓禎，你少說兩句！一定是覺沒睡夠，說話這麼衝！你爹確實弄不清楚，你就好好說呀！」

「雪如，妳別處處護著他！」柏凱轉向雪如：「他會變成今天這樣，就是因為我們太寵他！皓禎！」大聲說：「看你這麼沒有理智，我也不想再聽你的解釋！總之一句話，你和蘭馨的婚姻，才是真正的婚姻！吟霜頂多是個收房丫頭，你不要再糊塗下去！」

皓禎瞪大眼睛，昂頭看著柏凱：

「爹，吟霜不是什麼收房丫頭，她是我唯一的妻子！你要答案，我就坦白說！我根本不要蘭馨，尤其她把肉刷子弄到府裡來之後，我跟她連親人都做不了！」說著，就不可思議的看柏凱：「爹！你看過那刑具沒有？你對吟霜沒有一點點不忍之心嗎？」

「當然有！昨天我已經把蘭馨狠狠教訓了一頓！現在想想，她會這麼做，也是因為你先對不起她的緣故！不管怎樣，你要對蘭馨負責！那是皇上皇后交給我們的責任！是你必須背負的責任！」

皓禎氣極的點頭說：

「我明白了！**我是為責任而活著的人，吟霜是為責任而犧牲的人**，好！我現在就去面對我的責任！」

皓禎說完，掉頭就走。雪如著急的追在後面喊：

「你要去哪裡？」

「當然是去公主院，對那位偉大的公主負荊請罪！」

皓禎衝出將軍府書房，衝進公主院，再大步衝進大廳，喊道：

「蘭馨！妳在哪裡？出來！」

蘭馨帶著崔諭娘和宮女們，從房內急急奔來。蘭馨看著皓禎的神色，故作輕鬆：

「喲！駙馬昨天回家，今天就來看我了真是榮幸之至！你為什麼喊那麼大聲？嚇了我一跳！」

皓禎直直的看著蘭馨，喊道：

「妳做的好事！妳用了多少手段欺負吟霜？給我從實招來！除了『肉刷子』之外，妳還用過什麼東西？妳說！」

「駙馬！」蘭馨背脊一挺：「你對那個丫頭的關心也太多了吧？我用什麼手段對付她，那是我的事，用不著跟駙馬報告！」

「妳讓我忍無可忍！」皓禎就一步上前，迅速的抓住一個宮女，問宮女：「公主對吟霜用過那些刑罰，說！如果不說，我馬上折斷妳的胳臂！」

「駙馬饒命呀！」宮女嚇壞了：「我沒看到呀！聽說……聽說墊著沙袋打，看不到傷痕，用絲綢綁著勒，也看不到傷痕……拉著頭髮在地上拖，不容易看到傷痕……」

蘭馨對宮女喊：

「住口！再說下去，不是他打斷妳的胳臂，是本公主打斷妳的胳臂！」

皓禎放掉宮女，盯著蘭馨。

「原來公主只敢做，不敢說？那麼，墊著沙袋打過了？綁著絲綢勒過了？」越說越痛：「拉著頭髮在地上拖過了？既然看不到傷痕，她下巴上的那條傷口是怎麼來的？」

蘭馨見皓禎氣勢洶洶，怒上心頭，不禁得意的回答：

「那是駙馬爺給的禮物！」

「什麼我給的禮物？」

「你不是說木劍不會傷人嗎？我就用那木劍試一試，誰知道她細皮嫩肉，這麼一劃，就留了一條口子，所以駙馬錯了，木劍也會傷人！」

皓禎這一聽，簡直快要七竅冒煙，吼道：

「妳用我送妳的木劍去刺傷她？妳怎能這麼狠心？」

「你心痛了嗎？」蘭馨豁出去了：「我不止用那木劍劃傷她的臉，我還想用它去刺瞎她的眼睛，可惜你那木劍有點邪門，居然刺不下去！」

皓禎越聽越毛骨悚然：

「如果刺得下去，你就把她刺瞎了？」

「不錯！我預備給她三劍的，兩個眼睛一張臉，只是沒有順利完成！但是，她再厲害，也擋不了鐵錘和肉刷子！」

皓禎瞪視蘭馨：

「妳為什麼要這麼做？」

蘭馨傲岸的抬著頭，揚著聲音說：

「難道你還不知道原因，要我一條條告訴你？因為你幫她提了水桶，因為你看了她好幾眼，因為她會用勾魂眼勾你，因為她身上有你的玉佩，最主要的，因為她根本是個小淫婦！」

啪的一聲，皓禎飛快的給了蘭馨一個耳光。

蘭馨完全沒有料到，閃避不及，撫著臉驚呆了，不敢相信的看著皓禎。

「你打我？你居然敢打我？」

「妳的所作所為，讓我不能不動手！」

皓禎舉起手來，還想再打。崔諭娘急忙一步上前，擋在蘭馨前面，嚴重的喊道：

「駙馬請留心，這是公主，冒犯公主會罪連全府的……」

崔諭娘話沒說完，皓禎這巴掌，就賞給了崔諭娘。皓禎對崔諭娘怒目而視：

「崔諭娘！這些虐待的點子，是妳想出來的？還是公主想出來的？」

崔諭娘驚嚇，卻依舊維持著宮中女官那份尊嚴：

「是奴婢和公主一起想的！這丫頭做錯事，本來就該責罰！」

皓禎一反手，就抓住了崔諭娘的胳臂。

「很好！公主不能打，妳這個老刁奴就代她挨打吧！不過，我不想打妳！我猜那『肉刷子』，是妳去宮裡拿來的吧？」大聲：「我現在就用『肉刷子』侍候妳！」喊道：「魯超！準備手銬，準備火爐和開水，準備肉刷子！聽說這兒的後院是行刑的地方，我們就在後院見！再叫幾個高手來幫忙！」

魯超不知道從哪兒冒出來，大聲答道：

「遵命！公子！立刻就準備！」迅速出門去。

崔諭娘臉色慘變，大喊：

「駙馬爺饒命呀！公主救命呀！」

蘭馨嚇住了，急忙上前喊：

「皓禎，手下留情！崔諭娘是把我一手帶大的女官！」

「女官做錯事，比丫頭更該罰！用幾十年的虐待經驗，對付年紀輕輕的小輩！今天，我一樣樣來，先用『肉刷子』，再用鐵錘，然後是沙袋和絲綢！當然我也不會忘記我的木劍！那木劍在我手裡，是運用自如的！走！」

皓禎拖著崔諭娘，就往後院走去，越想越痛：

「哦！忘了，還有拉著頭髮拖在地上走！是吧？髮根出血是不容易發現的！現在我知道髮根為什麼會出血了！」

皓禎一伸手，就打掉了崔諭娘的髮髻，拉著她的長髮，就在地上拖著走。

崔諭娘嚇得魂飛魄散，一路殺豬一樣的喊著：

「救命啊！奴婢錯了！駙馬爺饒命啊……」

蘭馨這一嚇，驕傲自尊都沒了，追在後面跑，驚喊著：

「皓禎！你……求求你……求求你，不要這樣啊……」

❖

盛怒的皓禎，為吟霜心痛如絞的皓禎，怎可能輕易放掉崔諭娘呢？就算將她碎屍萬段，也難解他心頭之恨！

（未完待續）

國家圖書館出版品預行編目資料

梅花英雄夢. 卷二, 英雄有淚/ 瓊瑤著. -- 初版. -- 臺北市：春光出版：家庭傳媒城邦分公司發行, 民109.01
面；　公分. --（瓊瑤經典作品全集；67）
ISBN 978-957-9439-80-0（平裝）

863.57　　108019327

瓊瑤經典作品全集㊼ 梅花英雄夢・第二部：英雄有淚

作　　者／瓊瑤
企劃選書人／王雪莉
責 任 編 輯／王雪莉

版權行政暨數位業務專員／陳玉鈴
資深版權專員／許儀盈
行 銷 企 劃／陳姿億
行銷業務經理／李振東
副 總 編 輯／王雪莉
發　行　人／何飛鵬
法 律 顧 問／元禾法律事務所　王子文律師
出　　　版／春光出版
台北市 104 中山區民生東路二段 141 號 8 樓
電話：(02) 2500-7008　傳真：(02) 2502-7676
部落格：http://stareast.pixnet.net/blog E-mail：stareast_service@cite.com.tw
發　　　行／英屬蓋曼群島商家庭傳媒股份有限公司城邦分公司
台北市中山區民生東路二段 141 號 11 樓
書虫客服服務專線：(02) 2500-7718 / (02) 2500-7719
24小時傳真服務：(02) 2500-1990 / (02) 2500-1991
服務時間：週一至週五上午9:30～12:00，下午13:30～17:00
郵撥帳號：19863813　戶名：書虫股份有限公司
讀者服務信箱E-mail: service@readingclub.com.tw
歡迎光臨城邦讀書花園 網址：www.cite.com.tw
香港發行所／城邦（香港）出版集團有限公司
香港灣仔駱克道 193 號東超商業中心 1 樓
電話：(852) 2508-6231　　傳真：(852) 2578-9337
E-mail : hkcite@biznetvigator.com
馬新發行所／城邦（馬新）出版集團　Cite(M)Sdn. Bhd
41, Jalan Radin Anum, Bandar Baru Sri Petaling,
57000 Kuala Lumpur, Malaysia.
Tel: (603) 90578822 Fax:(603) 90576622 E-mail:cite@cite.com.my

內 頁 排 版／極翔企業有限公司
印　　　刷／高典印刷有限公司

■ 2020 年（民 109）1 月 30 日初版　　Printed in Taiwan

售價／400元

城邦讀書花園
www.cite.com.tw

ISBN 978-957-9439-80-0

104 台北市民生東路二段 141 號 11 樓
英屬蓋曼群島商家庭傳媒股份有限公司
城邦分公司

請沿虛線對折，謝謝！

愛情．生活．心靈
閱讀春光，生命從此神采飛揚

春光出版

書號：OR1067　　書名：瓊瑤經典作品全集 ⑹⑺ 梅花英雄夢．第二部：英雄有淚

請於此處用膠水黏貼

讀者回函卡

謝您購買我們出版的書籍！請費心填寫此回函卡，我們將不定期寄上城邦集最新的出版訊息。

姓名：＿＿＿＿＿＿＿＿＿＿

性別：□男　□女

生日：西元＿＿＿＿年＿＿＿＿月＿＿＿＿日

地址：＿＿＿＿＿＿＿＿＿＿

聯絡電話：＿＿＿＿＿＿＿＿ 傳真：＿＿＿＿＿＿＿＿

E-mail：＿＿＿＿＿＿＿＿＿＿

職業：□ 1. 學生 □ 2. 軍公教 □ 3. 服務 □ 4. 金融 □ 5. 製造 □ 6. 資訊

□ 7. 傳播 □ 8. 自由業 □ 9. 農漁牧 □ 10. 家管 □ 11. 退休

□ 12. 其他＿＿＿＿＿＿＿＿

您從何種方式得知本書消息？

□ 1. 書店 □ 2. 網路 □ 3. 報紙 □ 4. 雜誌 □ 5. 廣播 □ 6. 電視

□ 7. 親友推薦 □ 8. 其他＿＿＿＿＿＿＿＿

您通常以何種方式購書？

□ 1. 書店 □ 2. 網路 □ 3. 傳真訂購 □ 4. 郵局劃撥 □ 5. 其他＿＿＿

您喜歡閱讀哪些類別的書籍？

□ 1. 財經商業 □ 2. 自然科學 □ 3. 歷史 □ 4. 法律 □ 5. 文學

□ 6. 休閒旅遊 □ 7. 小說 □ 8. 人物傳記 □ 9. 生活、勵志

□ 10. 其他＿＿＿＿＿＿＿＿

請於此處用膠水黏貼